Scrittori italiani e stranieri

Fabio Genovesi

Cadrò, sognando di volare

ROMANZO

Dello stesso autore in edizione Mondadori

Esche vive
Versilia Rock City
Chi manda le onde
Il mare dove non si tocca
Rolando del camposanto

librimondadori.it

Cadrò, sognando di volare
di Fabio Genovesi
Collezione Scrittori italiani e stranieri

ISBN 978-88-04-72196-3

© 2020 Mondadori Libri S.p.A., Milano
I edizione gennaio 2020

Cadrò, sognando di volare

Il tetto è bruciato –
ora
posso vedere la luna.

MIZUTA MASAHIDE

1
La fine dei confini

L'estate più bella della mia vita è stata il 10 dicembre del 1982.

E magari suona strano, ma i miei genitori erano strani di più. Strani e geniali, nell'inventarsi modi per aggirare le amarezze e provare a stare bene.

Come nel giugno di quel 1982, che avevo otto anni e il respiro mi frizzava nel petto dall'emozione, perché la scuola finiva e iniziava l'estate, e se esiste uno nel mondo che non pensa sia il momento più bello dell'anno, io quello lì non lo conosco e non lo voglio conoscere.

Poi però, in quel primo giorno di vacanza, sono caduto da un albero e buonanotte.

Stavo rubando le ciliegie ai merli, che già le rubavano al padrone del campo dove era l'albero. Solo che il padrone è tornato all'improvviso, i merli sono volati via a schizzo dai rami e io li ho seguiti. Poi mi sono ricordato che non avevo le ali, e dopo un attimo avevo pure una gamba rotta.

Addio ciliegie, addio estate.

Il gesso enorme e pesante mi portava a fondo nella melma della noia, mentre mia cugina Alessandra e gli altri bimbi correvano al mare e non avevano tempo nemmeno per fare una firma sulla mia gamba dura e bianca. Le uniche infatti erano quelle del postino, del padrone del ciliegio, del babbo e della mamma. Che sotto i loro nomi avevano aggiunto: *Non piangere Fabio, non perdi l'estate, l'estate aspetta te.*

E io nei caldi pomeriggi vuoti leggevo e rileggevo queste parole, non le capivo ma suonavano bene. Poi è arrivato il 10 dicembre, e ho capito tutto.

Non subito, lì per lì sono tornato da scuola, ho aperto la porta e mi si è rovesciata addosso un'afa a mille gradi.

Che magari erano solo trenta, ma insomma erano tantissimi se vieni da fuori dove si gela, col maglione di lana e il cappotto.

«Ma che succede» ho chiesto ai miei. «Cos'è questo caldo?»

«Eh, l'estate è così» mi hanno risposto loro, che stavano in costume. Mi hanno preso e spogliato, e in un attimo ero in costume anch'io.

I termosifoni al massimo, e una stufetta elettrica che sputava aria bollente in salotto, dove per terra al posto del tappeto c'erano due teli da spiaggia e il cassone frigo che il babbo si portava a pesca, pieno di ghiaccio e con mezzo cocomero che a dicembre chissà dove l'avevano trovato.

L'abbiamo mangiato e poi siamo andati in bagno, la vasca era già piena e ci siamo entrati tutti e tre insieme, a ridere e schizzarci. Io dopo un po' ho fatto notare che avevamo la pancia piena di cocomero, e bisognava aspettare almeno tre ore prima di fare il bagno. Ma loro hanno riso e mi hanno spiegato che è una grandissima scemenza che i bimbi sentono dai genitori e ci credono, poi quando crescono la raccontano ai loro figli e ai figli dei figli, così questa leggenda delle tre ore ha percorso i millenni ed è arrivata fino a oggi. Al 10 dicembre 1982. Dove però si fermava e moriva per sempre.

E un'altra scemenza era il calendario: perché appunto secondo lui era quasi Natale, invece noi avevamo appena fatto il bagno e ora stavamo sui teli in salotto a prendere il sole e a sfogliare "La Settimana Enigmistica".

Poi è suonato il campanello. Mi sono alzato e sono corso

alla finestra, e al cancello c'era lo zio Ettore a petto nudo, con un cesto sottobraccio. Tremava per il freddo, perché là fuori non era mica estate come da noi, allora ho aperto e lui è entrato di corsa, ha tossito, ha bestemmiato, poi ha cominciato a urlare: «Cocco! Cocco Bello!».

Nel cesto aveva i pezzi di cocco già lavati e pronti, ce li ha dati e abbiamo mangiato pure quelli insieme a lui, che mi ha raccontato una barzelletta sporca e anche se non l'ho capita bene mi ha fatto ridere un sacco.

Ma dopo il cocco e la barzelletta, il mio sorriso ha cominciato a calare insieme al sole, che tramontava fuori dalle finestre e mi ricordava che per il giorno dopo avevo tanti compiti da fare.

«Macché» ha detto la mamma. «D'estate ci sono le vacanze, e la scuola no.»

«Sì mamma, però domani la scuola c'è.»

E lei: «No che non c'è, Fabio, se non ci vai».

Io l'ho guardata, ho guardato il babbo, e loro mi hanno guardato in un modo che non si poteva stare così senza abbracciarci fortissimo. Allora ci siamo stretti, tanto forte che tutto intorno si è fermato. Anche il mondo. Anche il tempo.

E infatti, quando poi la scuola è ricominciata anche per me, e la maestra ci ha fatto fare un tema che si intitolava *Racconta la tua estate preferita*, io ho scritto che la mia era arrivata a dicembre, e lei mi ha detto che non era possibile.

Ma non era colpa sua. È che lei non c'era, quando i miei genitori hanno spostato il confine. Perché questo è, che separa il possibile dall'impossibile: un confine disegnato a caso e in un certo momento, come quelli tra una nazione e l'altra, che sembrano chissà cosa ma poi ci arrivi e sono solo una striscia bianca per terra con un paio di militari di qua e un paio di là, vestiti diversi.

Eppure ci sono voluti secoli di guerre e montagne di morti per disegnare questi confini sopra la terra smisurata e libera, poi alziamo la testa e il risultato è che siamo confinati da una parte o dall'altra, prigionieri di sbarre che ci siamo costruiti da soli.

Come quando a Natale della prima elementare la maestra ci aveva dato per casa il compito di disegnare Babbo Natale, solo che mentre stavo per finirlo ho guardato quello che aveva disegnato mia cugina Alessandra, che era ancora all'asilo ma voleva farmi compagnia. E il suo era stupendo. Sembrava che fosse andata al Polo Nord e gli avesse scattato una foto, e in quella foto Babbo Natale era venuto benissimo. E allora, se io non potevo rifarlo così preciso, almeno lo facevo abbondante: gli ho disegnato una barba gigantesca, che si confondeva coi capelli lunghi da tutte le parti sotto il berretto, mentre sul vestito rosso ho versato un chilo di tempera per farlo più colorato. Però sono daltonico e al posto del rosso ho usato il marrone. E gli occhi li volevo grandissimi, ma più ci lavoravo e più venivano cattivi, come il sorriso a mille denti sulla sua bocca enorme. E insomma, alla fine il mio Babbo Natale non era più Babbo Natale:

«È l'Uomo Lupo!» ha detto Alessandra, spaventata un po'.

E io di più. Me l'ero appeso in camera e la notte non ci dormivo dalla paura. La paura di un mostro orribile che mi ero disegnato da solo.

I confini sono così. Limiti inventati, che ci strizzano e soffocano l'orizzonte davanti e dietro di noi.

Ma per fortuna, come il disegno di Babbo Natale si può staccare e buttare in un cassetto, i confini si possono spostare più in là.

Tutti quanti, non solo quelli tra un paese e l'altro, ma pure quelli più prepotenti e concreti, come i muri che prima o poi crollano, come i fiumi che a seconda delle piene cambiano il loro corso. Il Mississippi per esempio, che è immenso, è undici volte l'Italia, il Mississippi. Undici Italie liquide che corrono nella stessa direzione, decidendo i confini di parecchi degli Stati Uniti lungo un corso scavato nella terra e nei millenni.

Eppure a volte, per la furia delle piene, il Mississippi può cambiare strada. Magari in un punto dove faceva un giro largo, un giorno perde la pazienza e decide di tirare dritto, e quel pezzo di terra che prima stava da una parte si ritrova di colpo dall'altra. Insomma, uno va a letto col fiume che scorre a destra, e il mattino dopo ce l'ha a sinistra. Che magari sembra poca cosa, ma se succedeva negli anni giusti e sul confine giusto, e avevi la pelle nera, ti addormentavi da schiavo nel Missouri e ti risvegliavi nell'Illinois, nel tuo primo giorno da uomo libero.

Proprio così, giuro. Succede ai fiumi, ai muri e anche ai monti. E pure ai confini più rigidi e tremendi di tutti: quelli che tracciamo dentro di noi. Tra bello e brutto, presto e tardi, giusto e sbagliato. E appunto il terribile confine tra il possibile e l'impossibile, tra quel che vorremmo fare e quel che si può. E ci fermiamo lì, bloccati da una riga.

Ma ogni tanto, all'improvviso, arriva una piena di emozione, una scarica portentosa e irresistibile ci solleva e ci scaraventa di là, dove pascolano i nostri sogni, spazzando via regole, abitudini, piani, previsioni, tutti quei sentieri scavati nella roccia a forza di passi corti e prudenti e sempre uguali.

E allora ecco cos'è questa storia, che comincia un giorno lontano del 1982 che era dicembre e però, anche se sembra impossibile, quel giorno arrivò l'estate.

È la storia di un'altra estate, quella del 1998, quando una piena di emozione ci ha travolti e rovesciati su una terra ignota, che non raggiungi seguendo rotte o calcoli, ma solo con la pazzia dell'improvvisare, del seguire sogni e sensazioni.

Su in salita fino a quel limite che chiamiamo impossibile, e però quando arrivi in cima e guardi bene, vedi che là davanti si apre una discesa a strapiombo verso orizzonti così smisurati che rubano il respiro.

È la storia di un uomo. Anzi, di due. O di almeno cinque. Ma in realtà è la storia di tutti noi. Di un arrembaggio all'impossibile, che ne scassa i forzieri e fa piovere intorno i suoi incredibili, clamorosi tesori.

Tesori che invece di trasformarci da poveri in ricchi fanno tanto, tantissimo meglio: ci trovano schiavi, e ci rendono uomini liberi.

2
Cartoline dal mondo

Nel 1998 se arrivava una cartolina era ancora normale.

Oggi no, le chiedi ai negozianti e ti guardano strano. Quelli seri e pratici scuotono la testa e già servono il cliente dopo, quelli gentili – o che non hanno altri clienti da servire – ci pensano un secondo, si piegano a qualche cassetto chiuso da secoli, e a volte tornano su con un mazzetto di cartoline brunite di muffa, foto in bianco e nero o dai colori incendiari con piazze piene di Cinquecento, Alfette, Bianchine Innocenti. Perché all'epoca i centri storici chiusi al traffico non esistevano, così come oggi non esistono più le cartoline, e se proprio le vuoi ci sono queste.

Che sono bellissime, infatti quando ne prendi una, ci scrivi *Un caro saluto* e la spedisci, chi la riceve resta un attimo stranito, come uno che cammina e lo affianca una carrozza. Poi però si lascia prendere dall'abbraccio del passato, che è caldo e profuma di cose tue.

Un passato lontano, e insieme era ieri. Ecco perché non c'era nulla di strano, quel giorno di maggio del 1998, quando mia madre mi ha urlato che era arrivata una cartolina.

Sono andato in cucina a prenderla, veniva dalla Spagna, c'era la foto di un matador e di un toro che caricava il drappo rosso, e il drappo era un vero pezzetto di stoffa incollato alla carta.

Me la mandavano i miei amici da Siviglia, i miei migliori amici, e forse anche gli unici. Erano là all'università per il progetto Erasmus, e fra tre giorni li raggiungevo anch'io, che avevo appena superato l'ultimo esame a giurisprudenza.

La mamma, il babbo e la zia dicevano che facevo bene, così mi riposavo un po'. Io ho risposto che andavo a fare ricerche in biblioteca, necessarie per la tesi che stavo già scrivendo. Niente riposo, niente scemenze, proprio come i miei amici che stavano là a studiare e basta.

Ho preso la cartolina dalle mani della mamma, l'ho girata e dietro c'era il loro messaggio per me:

Ciao Scemo!
  Ma quando vieni?
  Qui tutte le sere feste, tutte le notti casino! Si beve tantissimo, siamo ubriachi anche adesso! E fica a valanga, fica per tutti! Anche Rino è andato con una!

Mi sono appoggiato al tavolo per reggere tutta la vergogna che mi si era scaricata addosso di fronte ai miei.

Anche se loro su certe cose si vergognavano molto meno: a volte, quando ero piccolo, il babbo e la mamma si abbracciavano e cominciavano a baciarsi davanti a me, e non finivano più. Quando gli chiedevo se potevano smettere, la mamma con la voce storta mi diceva di stare zitto, che i baci sono la cosa più bella del mondo: «Non parlare, Fabio, bacia!».

«Ma chi bacio io, che sono solo?»

«Non lo so, baciati una mano.»

«Ma come una mano, che senso ha baciarmi una mano?»

Allora il babbo si staccava per un attimo: «Ha molto senso invece, vedrai fra qualche anno, quante soddisfazioni amorose ti darà, quella mano!».

Guardava la mamma lì appiccicata, la mamma guardava lui, e scoppiava una risata fortissima di tutti e due. Lei gli diceva *scemo*, lui le diceva *scema*, e a me dicevano che ero un rompipalle.

E forse avevano ragione, però io con loro su certe cose mi vergognavo già da piccolo quando non facevo nulla, figuriamoci quel giorno con la cartolina che parlava di alcol e sesso con persone sconosciute.

Chissà se prima di chiamarmi l'avevano letta. Provavo a capirlo dai loro occhi, ma non riuscivo a guardarli, e loro uguali con me. Unica differenza, a loro scappava da ridere.

Allora io sono scappato e basta, in camera mia, e ho alzato al massimo il volume dello stereo. Poi l'ho letta ancora.

Mi sembrava di sentire le voci di Sergio, di Michele e Gianluca, voci ubriache dal fondo di una notte sconvolgente, e non riuscivo più a stare nella mia camera. Era stretta come una cella. Ma credo che nelle prigioni del mondo ci siano poche celle piccole come la mia camera, forse giusto in Corea del Nord, o da qualche parte in Africa. E allora, più che in carcere, mi sembrava di essere chiuso in una cabina del telefono. Che come le cartoline è una cosa che oggi non esiste più. Ma era il maggio del 1998 e a quel tempo esisteva tutto, e io rileggevo quelle parole gigantesche nella mia stanza minuscola, mezza riempita dalla valigia già pronta sul pavimento.

Perché tra poco finalmente partivo.

Dentro avevo messo magliette e roba estiva, siccome a Siviglia non c'ero mai stato ma secondo me era un posto caldo. Solo un maglione di lana, non si sa mai. E protetto nel maglione, un pacco da dodici preservativi.

Li avevo comprati in una farmacia a Querceta, non in quella vicino casa perché lì ci stavano fisse mia mamma e la zia, la farmacista ogni volta mi diceva di salutarle e insomma era imbarazzante. Però i preservativi mi servivano per forza. O almeno ci speravo, volevo tanto che mi servissero. E avevo letto che in Giappone per esempio non si trovano. Cioè, sì, ma di una misura più piccola, e allora tu li provi e sono troppo stretti. E magari in Spagna pure, o forse là erano troppo larghi, chi lo sa.

Sapevo solo che io stavo al massimo dell'inesperienza. Avevo ventiquattro anni ma ero ancora un esordiente del sesso, non potevo permettermi l'handicap di preservativi stranieri e strani. E insomma, li avevo presi.

Adesso poi ero ancor più convinto di aver fatto bene, perché la cartolina diceva questa cosa incredibile, che anche Rino era andato con una. Rino! E allora voleva proprio dire che ce n'era per tutti. Che a Siviglia un'onda immane di giustizia divina aveva sfondato i cancelli appuntiti della verginità, e si poteva correre tutti verso l'amore.

Come situazione era davvero perfetta: la mia grande vergogna di essere così inesperto me la portavo dietro dalle medie, e da lì tutto un inseguire, un informarsi, un accumulo seriale di teoria e una mancanza sfinente di pratica, che ogni anno diventava sempre più grave e scandalosa. E quindi adesso era splendido potermi riprendere a Siviglia, in un posto così lontano, con ragazze straniere che magari rimanevano deluse, però dopo non è che le incontravi nelle strade del tuo paese, che raccontavano tutto alle loro amiche che poi lo raccontavano agli amici tuoi.

No, a Siviglia era tutto perfetto, perfetto. Anzi, forse mi ero tenuto basso col pacchetto da dodici preservativi, era meglio tornare a Querceta e prenderne altri.

Ricordo che stavo pensando proprio a questo, il mattino dopo. Ero in camera e forse ci andavo subito, tanto non avevo nulla da fare. Nel pomeriggio invece c'era la prima tappa del Giro d'Italia, e l'unica cosa che mi spiaceva di questa avventura spagnola era non poter seguire bene il Giro.

Giuro che mi stavo alzando per andare in farmacia, in quel momento. Ma sono volato in cucina molto più veloce, quando la mamma ha urlato: «C'è un'altra cartolina!».

Un'altra? Chissà cosa avevano aggiunto i miei amici, che non gli era entrato in quella di ieri. Orge, droga, rapine in banca? Non lo sapevo, e non volevo che lo sapessero i miei, sono corso lì e gli ho strappato la cartolina di mano.

Però era diversa. Niente foto, tutta grigia davanti e dietro. C'era sopra il mio nome, ma veniva dal distretto militare.

Io il militare non lo volevo fare, avevo scelto l'obiezione di coscienza, e infatti mi avevano accontentato: tra una settimana partivo.

Non per Siviglia, per il servizio civile.

Un anno.

In cima agli Appennini.

In una casa di riposo.

Per preti.

L'ho detto ai miei, lì in cucina. E mio padre, giuro:

«Vabbè, così non ti perdi il Giro d'Italia.»

3
Bimbo antico, dove vai?

Il primo che ha conservato dei semi, li ha piantati in terra e ci ha versato sopra l'acqua.

Il primo che ha costruito due ali di pelle d'asino, se le è montate sulla schiena e si è buttato dalla torre del paese.

Il primo che ha posato la sua bocca sulla bocca di un'altra persona per farle sentire quanto la amava.

Uno ha inventato l'agricoltura, uno è stato il primo a volare, l'altro ha dato il primo bacio della storia. E hanno questo in comune: che tutti li hanno guardati come pazzi, un attimo prima che cambiassero il mondo.

Lo stesso succede il 5 giugno 1994, quattro anni prima che mi arrivasse quella cartolina maledetta, quando inizia la salita del Mortirolo e un ragazzino sconosciuto sale sui pedali e parte.

Davanti c'è un gruppetto di attaccanti, con dentro il suo capitano Claudio Chiappucci, soprannominato El Diablo. Il ragazzino invece un soprannome non ce l'ha, non si sa nemmeno il suo nome vero: per meritarsi l'attenzione dei tifosi ci vuole qualche impresa sulle strade del grande ciclismo.

Ma non adesso. Perché il suo capitano è all'attacco, lui doveva lasciarlo fare e starsene buono là dietro, mica scattare così, col rischio di riportare il gruppo sugli attaccanti.

I telecronisti lo fanno capire con un giro di parole, al bar La Gazzella invece il mio babbo e i suoi amici con le parole vanno sempre dritti: «Ma dove cazzo va quello lì!».

E per qualche motivo lo chiedono a me. Forse perché abbiamo più o meno la stessa età. È una domanda alla nostra generazione cialtrona, che non sa cosa fare e infatti non fa nulla, e le poche volte che ci prova fa una cazzata.

E io non so rispondere. Ho vent'anni precisi, sono al primo anno di università, fra poco ho la prima sessione di esami e infatti quasi quasi oggi non ci venivo a guardare la tappa al bar: «Forse resto a casa, un po' la seguo e un po' ripasso».

L'ho detto al babbo, e lui ha fatto di sì, poi mi ha agguantato per la maglia con la mano che gli trema sempre di più per la malattia. Però è ancora forte, infatti mi ha messo a sedere sull'Ape tra gli attrezzi e un pezzo di tubo e via al bar. Chi l'ha detto che scegliere è complicato. A volte è facile. Basta non restare troppo rigidi quando il destino ti prende per la maglia.

E oggi mi sembra pure di aver scelto bene, perché è appena cominciato il Mortirolo e già ci sono attacchi alla tv e gente che urla lungo la strada e qui alla Gazzella.

E urla appunto: «Ma dove cazzo va quello lì!».

Quello lì è il ragazzino fuori di testa che ha vinto la tappa di ieri. Un attacco pazzo nel finale, ha preso vantaggio sull'ultima salita staccando i campioni nella pioggia, poi giù a novanta all'ora sull'asfalto bagnato, in una posizione col culo dietro la sella che se prendeva un sassolino gli facevano saltare il passaggio all'ospedale per portarlo dritto al cimitero. Però è andata bene: non è caduto e nessuno è stato così folle da provare a stargli dietro, ha vinto la sua prima corsa da professionista, addirittura una tappa al Giro d'Italia. Un giorno di gloria, interviste, telefonate in lacrime di mamma e fidanzata, gli deve bastare così.

Eppure non gli basta. Perché alla mamma ha detto che non è fatto per arrancare in mezzo al gruppo, a questo Giro deve combinare qualcosa di grosso, oppure molla tutto e va a fare le piadine al chiosco insieme a lei.

E la fidanzata invece non ce l'ha. Anzi, lei è qui con lui, perché la sua fidanzata è la bicicletta. Fin da piccolo, tutto il giorno insieme e la sera se la porta in casa, la mette nella vasca e le fa il bagno, la asciuga bene, la appoggia al letto e ci dorme accanto.

Che è una bella storia, commovente quasi, ma al gruppo adesso non gliene frega nulla. Oggi è la tappa più dura e importante del Giro, hanno già scalato lo Stelvio e ora il Mortirolo, poi ci sarà il Santa Cristina e l'arrivo all'Aprica. Montagne giganti, che pretendono la vittoria dei giganti in gara.

Magari l'eroe nazionale Gianni Bugno, che un Giro d'Italia l'ha vinto restando in testa dalla prima all'ultima tappa. O il russo Berzin, che ha la Maglia Rosa e nelle gare a cronometro umilia tutti. Ma soprattutto l'immenso Miguel Indurain, gigante tra i giganti, che di Giri ne ha vinti due ma già tre Tour de France, ed è qui per pareggiare il conto.

È iniziato il Mortirolo, e questi campioni stavano lì in testa al gruppo rispettoso, si guardavano tra loro per capire chi si sentiva meglio, si studiavano coi volti di pietra per tenere la fatica nascosta dentro. Statue viventi, monumenti sui pedali, a soppesare il primo passo.

Ma poi, dall'ombra scura di questo Olimpo ciclistico, ecco che attacca il ragazzino.

E allora, davvero: ma dove cazzo va quello lì!

A morire, va. Sulle rampe del Mortirolo, che la Morte ce l'ha già nel nome. Una salita spietata, cattiva e ladra, che a ogni pedalata ti ruba un pezzo di vita. Sono più di dodici chilometri, ma lui è scattato come se l'arrivo fosse dietro il primo tornante. Perché è giovane, non sa dosare lo sforzo, non conosce le tattiche, le regole scavate nella carne da un secolo di corse, di trionfi e rovine. Comincerà a impararle tra poco, quando lo ritroveranno a vomitare l'anima a bordo strada.

Intanto però il ragazzino insiste, ha staccato il gruppo e

là davanti già avvista il drappello degli attaccanti col suo capitano. Che si volta e lo vede arrivare, e allora ecco che tutto diventa chiaro:

«Ora partono, partono insieme!» urla la Franca, appoggiata al bancone del bar. È la padrona, ma da ragazza correva nell'Unione Ciclistica Pozzese, ha vinto tre volte il Trofeo Stazzema: quando parla, non parla a caso. «Ora lui e il Diablo vanno via in coppia, poi nel finale il capitano fa la sua sfuriata e va a vincere!»

Una mossa geniale, certamente studiata ieri sera in albergo col direttore sportivo. Lì per lì sembrava una cazzata, adesso invece si rivela nella sua genialità.

Infatti il ragazzo raggiunge il gruppetto, il suo capitano lo guarda e gli si mette a ruota, ma lui invece di proseguire regolare si alza di nuovo sui pedali, e senza voltarsi scatta ancora lasciando tutti lì.

Confusi e spersi come viaggiatori alla stazione, che aspettano il treno da una vita e lo vedono arrivare, raccattano le valigie e si avvicinano al binario, ma il treno non si ferma. Non rallenta nemmeno, tira dritto a missile verso la sua destinazione misteriosa, e chi prova a saltarci sopra al volo lo recuperano in serata, coi guanti e un secchio per raccogliere i pezzi nell'erbaccia.

E così il treno continua a correre impazzito, verso il caldo afoso che lo aspetta all'arrivo, ma dopo aver scalato lo Stelvio tra due mura bianche di neve e un vento sottozero che gliela spiaccicava in faccia. Stamani si è alzato, ha chiesto al massaggiatore che tempo c'era, e quello: «Tutti, bimbo. Oggi ci sono tutti i tempi, non ci pensare».

E lui prova a non pensarci mentre scala il Mortirolo, ma è più facile non respirare. Davanti adesso ha solo Franco Vona, in fuga dal mattino per ottanta chilometri di tentativo solitario. Lo riprende e lo passa così veloce che le telecamere si perdono l'attimo. Si vede solo lui che vola via, e Vona che sprofonda reggendosi al manubrio.

Ma è normale, questa non è una salita da andarci in bici. E nemmeno coi motori: mentre vanno su, i corridori devono fare lo zig-zag tra macchine e moto dell'organizzazione, piantate lì con la frizione andata e il motore che fuma, un'auto prende proprio fuoco.

E invece lassù, davanti a tutti e tutto, il fuoco ce l'ha addosso questo ragazzino che ancora strizza i denti e va.

In piedi sui pedali, come in piedi adesso stiamo tutti al bar La Gazzella. Il babbo, la Franca, Stelio e pure Urano, che di solito si alza dal tavolo solo per prendere altro vino o pisciare via quello bevuto, in una nuvola di bestemmie per lo sforzo.

Adesso le bestemmie volano lo stesso, ma per l'eccitazione. Non salgono a offendere il Cielo, rimbalzano sul soffitto e tornano da noi come urla emozionate.

Perché ancora non si sa, "dove cazzo va quello lì", col suo attacco pazzo e scalmanato, ma ora vogliamo solo che ci arrivi. *Vai bimbo, vai!*

Lo chiamano "bimbo", perché la tv dice che ha ventiquattro anni, ma forse si sbaglia: all'occhio sembra più vecchio di tutti quanti. Secco e curvo, una smorfia rattrappita in faccia, sotto i pochi capelli che crescono solo sulle tempie e dietro.

È un ragazzo che ha appena iniziato a correre da professionista, ma insieme è un fantasma del passato, che sta riportando il ciclismo indietro di cinquant'anni almeno.

È arrivato in un mondo di calcoli, di computer che dettano il passo, di strategie prudenti e campioni che basano la loro corsa sulla regolarità e la tattica, sul controllo assoluto. Mai strafare, mai rischiare. Questo è il presente, questi gli ingredienti di una formula che accompagnerà il ciclismo al coma e fino a una placida, noiosissima morte.

E invece, così dal nulla, ecco un ragazzino che sembra un vecchio, e tutto scoppia.

Dicono che i grandi campioni sono quelli che arrivano in uno sport e di colpo gli fanno fare un salto in avanti. Questo qui invece lo sta riportando indietro. A quel luogo antico e furibondo da dove viene il ciclismo. Come se fosse partito in un mattino assolato degli anni Cinquanta, coi tubolari incrociati sul petto, su per una strada sterrata. Arrivato a un bivio ha sbagliato direzione e si è ritrovato qui, stupito e sperso, nel 1994. E non sapendo cosa fare in questo mondo nuovo e assurdo, scappa.

Scappa là davanti, e noi più stupiti di lui saltiamo, urliamo, mentre dietro nel presente gli unici che non perdono troppa strada sono una coppia impossibile: il minuscolo colombiano Rodríguez, detto "Cacaito", e il colossale Indurain, campione tra i campioni.

Finisce la salita, e giù in discesa i due lo recuperano, così pedaleranno insieme lungo la pianura e fino alla fine, ognuno con un suo guadagno: Indurain distaccherà Berzin che arranca dietro, e lascerà la vittoria di giornata a Rodríguez e al ragazzino, che se la giocheranno allo sprint.

Così vanno le cose, così devono andare. Per renderlo ancora più chiaro, Indurain si mette in testa e tira. Le sue cosce sono pistoni che impongono un ritmo mostruoso, e spiegano ai due piccoletti che per loro è già un onore pedalare accanto a lui, mentre vanno regolari e precisi fino al traguardo.

È così, lo sa Indurain, lo sanno i tecnici sulle auto e i telecronisti alla tv. Lo sanno pure i tifosi, che si sono emozionati per un po' ma adesso tornano comodi a seguire il presente che prudentemente si rimette alla guida. Come a scuola, quando il maestro usciva dicendo alla classe di stare buona, ma il maestro non c'era e nessuno stava buono, si urlava si batteva sui banchi si lanciavano le cose. Era favoloso, era sciagurato, ma era un attimo. Poi il maestro tornava, e restava solo un sorriso selvaggio sulla bocca, che piano piano perdeva la sua piega fino a naufragare negli sbadigli.

Però oggi in classe c'è questo alunno nuovo, e lui come ci si comporta non lo sa. Sa solo che dopo la pianura la strada torna a impennarsi sul Colle di Santa Cristina, ultima salita del giorno, e lui come un fiammifero si strofina forte sul dorso ruvido della salita, si accende di nuovo e parte con un'altra folle fiammata.

Lì per lì nessuno ci crede. Per primo Indurain. Lui è il campione più grande di tutti, in gruppo lo rispettano come un dio, ci sono dei corridori che gli danno del lei. E adesso questo ragazzino spelacchiato gli scatta ancora in faccia?

No, questo non può essere. Vanno bene le tattiche, la regolarità, la gestione dello sforzo, però un affronto del genere non è accettabile. Allora Indurain stringe il manubrio, scuote la testa e fa l'unica cosa che non fa mai: un errore.

Accelera e prova a stargli dietro. Spende tutta l'energia rimasta per far vedere all'altro che non lo stacca, che il grande Navarro se lo rimangia prima della vetta.

Insiste per un pezzo, seduto a testa bassa, e ogni tanto alza gli occhi per controllare quanto gli manca a recuperarlo. Solo che il ragazzino è sempre più lontano.

Indurain si guarda intorno, e per la prima volta nella sua lunga gloriosa carriera scopre di essere arrivato nel luogo misterioso di cui aveva solo sentito parlare nelle leggende di vecchi corridori: Indurain è arrivato oltre il limite. Una terra riarsa dove l'energia è finita e manca l'aria, e sotto ogni sasso, dietro ogni curva ti aspetta la crisi nera, il crollo, il corpo che dice basta e perdi tutto quel che hai accumulato in tanti chilometri di saggezza.

Allora il campione rallenta, respira, prosegue la salita insieme a Rodríguez con un passo più umano, che lo riporta di qua dal confine, entro i territori mappati e conosciuti che si prestano ai disegni dell'ordinario.

Là davanti invece, sparito alla vista, il ragazzino vecchio corre in un mondo che esiste solo per lui, illuminato dal bagliore del delirio.

E il delirio è pure qua al bar, dove tutti urlano a questo bimbo che non è più un bimbo, anzi è uno di loro, venuto dai loro tempi, che erano più seri più cazzuti più forti e non conoscevano la fatica. Oggi il babbo e i suoi amici scoprono che il loro passato non è passato per niente: è là che vola, lasciandosi alle spalle tutto il resto.

E invece io, nell'urleria scalmanata, riesco a sentire pezzi della telecronaca e scopro di avere un fratello maggiore.

Si chiama Marco Pantani.

Ha quattro anni più di me.

È nato e vive in un paesino turistico sul mare, come me.

È il figlio di una casalinga e di un idraulico, come me.

Come me! Come me! Che urlo e salto, e urlano e saltano i vecchi al bar, e il mare di persone di ogni età che allaga la salita del Santa Cristina e si apre in due solo all'ultimo istante, per farlo passare. Sono arrivati quassù stamani, a piedi, oppure ci hanno trascorso la notte, per vedere i corridori e riconoscere Indurain, Bugno, Berzin, Chiappucci e gli altri grandi nomi da gridare.

Mica lui. Che non lo conosce nessuno.

Eppure, in qualche modo misterioso e magico, lo riconoscono: i tifosi sul Santa Cristina come i milioni di persone nelle case, nei negozi, negli ospedali e nei bar.

Ci abbiamo messo un po', ma per forza: passiamo la vita aspettando un miracolo che non arriva mai. E se un giorno dopo tanta attesa il miracolo finalmente succede, è così impossibile, così diverso dal resto, che lo prendiamo per un errore.

Ma è un attimo, poi capiamo.

Che questo qui non è un ragazzino che ha osato attaccare i grandi, questo che vola davanti ai nostri occhi spalancati, tra i pugni scossi al cielo e gli schizzi d'acqua e gli urli bestiali per spingerlo fino all'arrivo, è un nuovo, immenso, formidabile campione.

E così, nel tempo di una salita e una discesa, è successo quello che tante volte non riesce in una carriera intera: il ragazzino spelacchiato è diventato Pantani.

Vola verso il trionfo, e guadagna così tanto che se ci fossero altre salite serie rischierebbe di vincere il Giro.

Invece arriverà secondo. Così dal nulla, a ventiquattro anni.

E allora il prossimo anno di sicuro il Giro lo vince. Bisogna aspettare dodici mesi, ma cosa sono per un talento così, che in un attimo ha riportato il ciclismo indietro di mezzo secolo? Non sono nulla, infatti chiudiamo gli occhi ed ecco che inizia il Giro d'Italia del 1995.

Ma Pantani non c'è.

Poi quello del 1996, ma Pantani non c'è.

Poi quello del 1997, ma Pantani ancora non c'è.

Per una serie di sventure che se te le inventi in un romanzo ti dicono che è troppo, che hai esagerato e non è credibile, non è realistico. Auto che saltano gli stop, sportelli che si aprono di colpo, jeep lanciate dalla foresta giapponese, amputazioni facili, gatti maledetti...

Tutto può far succedere la realtà per tenere quel ragazzo inchiodato a terra, in attesa della sua occasione. Ma adesso sono passati quattro anni, comincia il Giro del 1998, e stavolta la realtà ha deciso che Pantani c'è, e si prepara a scrivere la sua storia.

E la realtà è la scrittrice più grande che ci sia.

4
Educatore

Educatore. Così c'era scritto sulla cartolina, insieme a un posto, e a un giorno.

Il giorno era oggi, il posto era questo, e l'educatore ero io.

Perché lì c'era una scuola, una scuola media privata dentro un convento di preti, una specie di collegio in cima ai monti dove i ragazzi studiavano e vivevano. E io venivo a dargli una mano.

L'avevo chiesto io, quando avevo scelto di non fare il militare e dichiararmi obiettore di coscienza. Era un diritto, però questo diritto lo gestiva il ministero della difesa, gli obiettori di coscienza erano affidati all'esercito. Come affidare un maiale a un norcino. Infatti eccomi qua, appeso come un salame in un enorme piazzale di cemento, a stagionare per un anno in mezzo al nulla.

Stavo sotto il sole con la cartolina in mano, la valigia nell'altra, intorno tante finestre che squadravano il piazzale in un rettangolo grigio, tutte chiuse.

Ho puntato una facciata a caso, ho tossito, ho chiesto: «C'è nessuno?». Poi mi sono voltato e l'ho detto dall'altra parte, più forte, «c'è nessuno?». Ma alle orecchie mi tornava solo l'eco, a farmi sentire quanto era scema la mia domanda.

Mi era già successo in macchina mentre salivo, quando avevo passato l'ultimo paesino che erano sette case aggrappate alla strada. Ma non sette per dire poche, erano proprio sette a contarle. E dopo quelle la via diventava sempre più stretta e sterrata, e non era possibile che più in là ci fosse ancora qualcosa, se non boschi e lupi e orsi. Volevo chiederlo a qualcuno, ma c'erano solo le sette case, zitte, chiuse.

Allora ho provato ad andare avanti, e dopo un po' la strada finiva del tutto, contro un cancello chiuso pure quello, a catena. E accanto un campanello, con due scritte una sopra una sotto, slavate dal tempo. Quella sopra diceva "convento", l'altra "rotto".

Ho suonato lo stesso, ma il pulsante è andato giù scricchiolando e non è tornato più su. Ho aspettato così per qualche minuto, non è successo niente. Tra il cancello e la rete c'era uno spazio, ci passavo, ho lasciato la macchina lì fuori, ho preso la valigia e mi sono infilato nel buco, su fino a una curva dopo gli alberi, dove il bosco si apriva e c'era questa costruzione rettangolare e gigante che rubava lo sguardo al cielo. La stradina finiva con un arco quadrato, e da lì eccomi nel piazzale vuoto, dove adesso parlavo alle finestre chiuse con la valigia sempre in mano.

La stessa che avevo preparato per Siviglia. Avevo solo aggiunto un giubbotto, perché la mamma e la zia pensavano che in montagna magari c'era più fresco.

I miei amici invece mi avevano telefonato e mandato messaggi, tutti per darmi dello scemo, che loro si divertivano come animali e io invece coi preti sui monti. Dove magari la sera c'era fresco, ma intanto qua nel piazzale stavo cuocendo, e le mie parole rimbalzavano sempre meno convinte tra finestre e muri. E più mi tornavano addosso, più la mia domanda suonava come un'affermazione: «C'è nessuno? C'è nessuno?». *No, non c'è proprio nessuno.*

E avrei voluto che fosse strano, ma l'unica cosa strana davvero era che ci fossi io, lì in mezzo al nulla.

Fino a stamani ero a casa mia. Fino all'altro giorno dovevo partire per Siviglia. Ieri e il giorno prima ero al bar La

Gazzella, stretto al banco col babbo e gli altri a guardare le prime tappe del Giro d'Italia.

Dove finalmente, dopo quattro anni di sfortune, c'era anche Pantani, il mio fratello maggiore.

Che quel giorno del 1994 era apparso dal nulla travolgendo la corsa, aveva spinto e attaccato come se non ci fosse un domani. E aveva ragione, perché un domani non ci sarebbe stato, e nemmeno un dopodomani. La giostra della gloria girava e girava lì davanti, ma per una sciagura o l'altra lui non era ancora riuscito a salirci.

Quest'anno però sì. E chissà cosa faceva, chissà cosa si inventava. E chissà se potevo vederlo. Qua. Fermo in un piazzale vuoto in cima ai monti, non solo giù dalla giostra, ma senza giostre in vista a girare.

Poi, dal nulla: «Lei! Chi è, cosa vuole, perché non ha suonato il campanello!».

Mi sono guardato intorno, non si vedeva nessuno. Allora ho risposto all'aria: «L'ho suonato, giuro, però non funziona!».

«Peccato!» ha detto la voce. Che veniva da laggiù in fondo, dalla parte opposta all'ingresso, dove c'era un altro passaggio. Sono andato lì, e qualche scalino portava appena sotto, a uno spiazzo con un campo da calcio, un orto e un pollaio. E uno scuolabus giallo, antico ma insieme nuovissimo.

E un vecchio coi capelli bianchi a spazzola, in tuta blu da lavoro macchiata di morchia e vernice. «Peccato, quel campanello non mi riesce di sistemarlo, è la mia grande vergogna!»

Si è passato la mano enorme sulla tuta e poi me l'ha stretta. Ho sentito le ossa dentro le dita che si scambiavano di posto.

«Piacere, io sono Don Mauro. Sono il custode del convento. Custodisco e aggiusto tutto. Tranne quel campanello, sono anni che mi fa dannare. Gliel'ho detto, che è la mia grande vergogna, gliel'ho detto già?»

«Sì.»

«Ah, ecco. Perché a volte ripeto le cose. In compenso, non dico mai bugie. Mai. Non mi riesce proprio. E lei, è venuto per confessarsi? Allora bisogna che aspetti, oppure mi racconta tutto mentre aggiusto lo specchietto del pulmino. Bello, vero? Io faccio questo, sa, aggiusto tutto.»

«Tranne il campanello.»

«Bravo! Quello è la mia vergogna! Come lo sapeva?»

«Ho tirato a indovinare. Però io non devo confessarmi, sono qui per il servizio civile.»

«Ah!» ha detto Don Mauro. «Ma qua non c'è nessuno ora che fa il servizio civile, sa.»

«Sì, cioè, da oggi ci sono io, credo.»

«Ah!» ha fatto di nuovo. E: «Oh! Ma benissimo! Allora staremo tanto tempo insieme, piacere di conoscerti!»

E purtroppo ha allungato ancora la sua mano gigante. Ci ho messo dentro la mia con rassegnazione, le ossa si sono mischiate ancora un po'.

«Allora, dimmi figliolo, ti serve qualcosa?»

«Sì. Cioè, tutto. Non so cosa devo fare, dove...»

«Ah, quelle son cose che devi parlarne col direttore.»

«Sì, benissimo! Mi può dire dov'è?»

«Non c'è. O meglio, c'è, ma sta per conto suo. Aspetta un po' e vedrai che lo conosci. Intanto lo informo che ci sei.»

«Grazie, molto gentile, allora se non disturbo mi metto nel piazzale e lo aspetto.»

«No, meglio se ti sistemi, ci vorrà un po'.»

«Non importa, non ho nulla da fare, posso aspettarlo finché vuole. Mezz'ora, un'ora?»

«Facciamo qualche giorno.»

«Ma come, qualche giorno! Io non ho idea di cosa devo fare, non... cioè, la scuola sta finendo, forse ci sono dei corsi estivi? Non posso parlare con qualcun altro? Qualche professore magari.»

«Con chi?»

«Con un professore, una professoressa, un vicedirettore.»

«Senti, vieni con me.» Ha posato a terra la chiave inglese e due bulloni, è partito verso le scale, e io dietro di lui. Spaesato ma un po' più leggero, perché finalmente andavamo da qualche parte. Attraverso il piazzone e fino all'arco da dove ero entrato. Lì, incastrata nel muro di cemento, prima non l'avevo vista ma c'era una finestrella quadrata col vetro scorrevole. Don Mauro me l'ha indicata.

«Intanto puoi metterti al tuo posto, in guardiola» mi ha sorriso, e già tornava da dov'era venuto.

«In guardiola?»

«Sì, la porticina è di là lungo il muro, entra e mettiti comodo, il tuo posto è quello. Scusa la polvere, ma il tuo collega ultimo è andato via da un pezzo, saranno tre o quattro anni che non abbiamo più un portinaio.»

«Ma no, Padre, io non sono un portinaio, io sono un educatore!»

«Educatore? Ma di chi, nostro? Siamo maleducati, noi? Ah, scusa! Mi sono dimenticato, non ti ho chiesto se hai sete, vuoi un bicchiere d'acqua?»

«No, no, grazie, non ho sete, e lei è educatissimo.»

«Figurati. Ti serve magari qualcos'altro?»

«Sì, Padre. Io dovrei parlare col direttore, ma subito.»

«Sì, sì, te l'ho detto, intanto ci parlo io. Altro?»

«No, grazie. Cioè, ecco... non è che da qualche parte c'è una tv da guardare?»

«Una tv? E che te ne fai? Danno solo scemenze, alla tv, è tutto tempo perso che uno potrebbe sfruttarlo lavorando.»

«Sì, ma c'è il Giro d'Italia.»

«Ah! Quello è bello! Ma io non ho tempo. Ho da lavorare.»

«Sì, ma se uno avesse tempo, c'è per caso una tv per guardarlo?»

«Certo, una c'è.»

«Evviva, e dove?»

«Ce l'ha il direttore. Ma nella guardiola c'è una radio. E tu la puoi ascoltare, perché tanto il tuo lavoro è lì dentro.»

«Sì. Io però glielo ripeto, non sono portinaio, io sarei educatore.»

«Educatore? Ma di chi, nostro?»

«No no, Padre, lei è educatissimo. Io devo educare i ragazzi.»

«I ragazzi? Ma quali ragazzi!»

«Come quali, quelli che vengono a scuola, no?»

«Ah! Certo, la scuola!» e ha sorriso con la sua bocca piena di denti perfetti e giganti. La mascella forte di un uomo di una volta, di quelli che mangiavano le mele a morsi, a morsi spaccavano le noci. L'ho guardato, ed è venuto da sorridere anche a me. Per un attimo, poi lui: «La scuola non c'è più, figliolo. Anche quella saranno tre o quattro anni».

Non sono riuscito a fiatare, ma Don Mauro parlava per tutti e due. E mi ha spiegato che una grande impresa specializzata in alberghi di lusso e stabilimenti termali si era accorta di questo convento, tanto cemento prezioso in mezzo al parco naturale delle Alpi Apuane, e aveva fatto una grande offerta. Ma grande davvero, infatti la diocesi aveva subito chiuso la scuola e stavano per firmare. Poi però erano venute fuori delle difficoltà, l'edificio era una donazione di una signora ricca e molto devota, che l'aveva lasciato alla chiesa col vincolo che fosse dedicato all'educazione cristiana dei fanciulli. Gli avvocati dell'impresa sostenevano che le cure termali, portando sollievo ai sofferenti, erano comunque in linea con gli insegnamenti di Gesù, e la questione era al vaglio dei giudici.

Ma mentre la giustizia andava avanti col suo passo, e cioè non andava avanti, la diocesi aveva chiuso la scuola e tutto quanto, trasformandola in un ospizio per preti troppo vecchi per dare una mano in altre parrocchie ma troppo vivi per portarli al cimitero. Dove finivano uno per uno a un ritmo assai regolare, e ormai quassù erano rimasti solo Don Mauro e il direttore: in questo posto gigantesco, che tra preti e ragazzi aveva almeno trecento posti letto, vivevano in due. Anzi, da oggi in tre, con me che all'ospizio ero arrivato a fare l'educatore.

«Qua non serve mica un educatore» ripeteva intanto Don Mauro. «Qua serve solo il portinaio, per accogliere le persone che vengono a trovarci.»

«Ma com'è possibile che non c'è più la scuola, io sono qui per quella!»

«Credimi, tu sei qui per accogliere le persone che vengono a trovarci.»

«Ma no, io non... ma poi cosa faccio quando vengono queste persone, non sono pratico, non...»

«Non ti preoccupare, tanto non viene mai nessuno.»

Don Mauro ha detto così, e stavolta se n'è andato davvero. È sparito là in fondo, giù per le scale, e tutto è tornato vuoto e zitto.

Allora ho trovato la porticina, l'ho aperta, sono entrato nella portineria che era uno stanzino con tre mura dai lati a proteggere l'odore di muffa, una sedia, un tavolinetto di legno, e davanti al tavolino la finestrella scorrevole. Era stretta quasi come camera mia, a casa. Ho pensato a lei, poi ai miei, a cosa stavano facendo adesso, i miei e la mia stanza, laggiù lontani, lontani da me.

Ho posato la valigia sul tavolo, l'ho aperta per prendere l'acqua, perché a Don Mauro avevo detto di no, ma avevo sete. Cercando la bottiglia tra i vestiti, ho sentito qualcosa di liscio e spigoloso. Il pacchetto da dodici preservativi che avevo preparato per Siviglia. Mi ero scordato di toglierli. O forse li avevo lasciati lì apposta, perché boh, nella vita le occasioni non si sa mai quando arrivano.

Li ho presi, li ho guardati, li ho messi di nuovo dentro la valigia. Mi sono seduto, ho bevuto un sorso d'acqua, ho appoggiato la bottiglietta sul tavolo.

E lì, sotto la finestra, c'era davvero la radio. Una radiolina vecchia con l'antenna piegata. La tappa di oggi non era ancora partita, ma dovevo seguirla tutta perché era speciale: arrivava nel mio paese, e verso la fine passava proprio davanti al nostro bar.

La Franca aveva messo fuori la sua bici di quando correva, si era vestita da ciclista e tutti le davano una mano a servire con la maglia rosa. Non esserci era un dolore che mi rubava il fiato, quel poco che mi restava dentro questo sgabuzzino puzzolente di muffa. Almeno però volevo ascoltare la corsa alla radio.

L'ho accesa e funzionava, ma giravo la rotellina e usciva solo fruscio, un soffio sofferto e ogni tanto qualche scarica elettrica in mezzo. E solo verso la fine, in quel mare di rumori incasinati, una stazione che si sentiva bene, anzi benissimo: le preghiere di Radio Maria.

"Un Padre Nostro da Mirella di Frascati, per la piccola Simonetta e la sua mamma Piera che hanno la febbre. Padre Nostro, che sei nei cieli..."

L'ho spenta. L'ho posata sul tavolo accanto alla bottiglia.

Poi ci ho appoggiato anche i gomiti e ho guardato fisso là davanti, il panorama oltre il vetro scorrevole della mia guardiola.

Un muro di cemento.

Senza fretta, ho cominciato a piangere.

5

Il trucco dei frutti

Il mondo intero va avanti da sempre e per sempre grazie a un unico, magnifico trucco: i frutti.

Che sono belli da guardare e così dolci a mangiarli, ma lo stesso sono un trucco. Perché noi ci mettiamo al centro di ogni situazione, e pensiamo che i frutti siano una cosa nostra, da staccare o comprare e poi farci sparire in bocca. E l'unica parte che non ci interessa, quella che per noi è un fastidio inutile, sono i semi.

E invece i semi sono il senso di tutto. I frutti esistono per loro, mica per noi.

Gli crescono intorno per proteggerli e nutrirli, e sono colorati e succosi così gli uccelli e gli altri animali li vedono, li mangiano, volano via lontano coi semi in corpo e alla fine li scaricano – li seminano, appunto – a miglia e miglia dalle radici immobili dei loro genitori, spargendo nel mondo la loro esistenza.

Questo è il trucco che usano le piante con gli animali, ed è lo stesso che usa con noi la vita: ci sventola davanti sogni colorati e desideri dolcissimi, obiettivi luccicanti e speranze clamorose, che ci accendono dentro la voglia di insistere, la smania di muoverci e tentare. Ma sono trucchi della vita per spedirci in giro dove vuole lei, e mentre pieni di passione cerchiamo qualcosa o qualcuno, finiamo sempre per trovare qualcos'altro che non c'entra nulla e che noi non volevamo, però lo voleva la vita.

Ti innamori di una ragazza, l'hai vista in un locale e sai solo che lavora in un negozio di animali, giri la provincia per trovarlo e quando finalmente ce l'hai davanti parcheggi, attraversi la strada col cuore che ti batte forte e la testa che ripassa le parole da dirle e... bum, un camion ti schiaccia e addio.

O magari stai andando a un convegno sulla sicurezza stradale, una roba noiosissima che piuttosto ti strofineresti gli occhi mezz'ora con la cartavetra, ma non trovi il posto e a forza di girare entri in un negozio di animali per chiedere indicazioni, e lì dentro conosci la donna con cui passerai il resto dei tuoi giorni.

È così che funziona la vita, ci smuove coi suoi frutti, ma quel che importa sono i semi che senza saperlo ci portiamo dentro. E infatti le cose più grosse che ci succedono – stupende o tremende che siano – arrivano sempre così, senza sceglierle, da qualcos'altro che c'entra poco o nulla.

E allora è normale se io sto per diventare un avvocato perché le cozze che crescono sotto al pontile del mio paese sono le più buone del Mediterraneo.

Ed è normale se Pantani diventerà un campione perché gli uffici del comune di Cesenatico sono vicini al piazzale di casa sua.

In comune infatti lavora Roberto Amaducci, che però dopo pranzo stacca, prende la macchina del Gruppo Sportivo Fausto Coppi e, siccome quel piazzale è tra il comune e la sua casa, lì c'è l'appuntamento coi ragazzini che corrono con lui.

Marco no, lui gioca a pallone. Però non è bravo, fa tanta panchina, e resta lì a domandarsi che senso ha mettersi le scarpette e i calzoncini per stare seduto a bordo campo. Ha undici anni, e se prova a studiare si addormenta subito, ma di correre non si stanca mai. Si è appena trasferito qui col babbo e la mamma, e mentre si prepara per andare al campetto sente questa urleria nel piazzale, ragazzetti della sua età vestiti tutti uguali, coi caschi e le magliette della squadra, che aspettano l'allenatore e intanto si sfidano con scatti corti sulle loro bici favolose. Finché non arriva Amaducci, suona il clacson della sua auto piena di scritte e antenne misteriose a dondolare sul tetto, e tutti via veloci dietro a lui.

Tutti, pure Marco.

Coi calzoncini da pallone, una maglietta normale, sulla bici scassata della mamma.

Non osa infilarsi nel gruppo, ma si tiene subito dietro. E così correrà da oggi e per tutta la vita, fuori dal piazzale di casa come sulle strade del Giro e del Tour: sempre in fondo al gruppo, quasi staccato, come se fosse lì e insieme non c'entrasse mica tanto.

Come non c'entra la sua bici, che la mamma l'ha presa usata a cinquemila lire per raggiungere l'albergo dove fa le pulizie. Quel giorno le tocca andarci a piedi, la rimproverano perché è in ritardo, e la sera lei vorrebbe sgridare Marco allo stesso modo, però lui appena la vede salta ad abbracciarla, e con la voce affondata nel grembiule ripete: «Oh mà, non mi han mica staccato sai! Ho patito come un cane, ma non mi han staccato mai!».

La stringe così forte, la guarda con quegli occhi che friggono di felicità tra i riccioli sulla fronte, che in Tonina si spegne ogni scintilla di nervoso. Gli dice bravo, ma gli dice pure di finire i compiti, che andare bene in bici è bello, ma andare bene a scuola di più.

Non la pensa così Amaducci, che quel pomeriggio al volante si voltava fisso indietro, perché non poteva credere a questo bimbo con le orecchie a sventola. Vestito normale, su un catorcio senza cambio, non si staccava dal gruppetto e anzi, sul cavalcavia se voleva li lasciava tutti lì.

E insomma, eccoli qua, i frutti e i semi della vita: per un

piazzale che era vicino agli uffici del comune, quel ragazzino è diventato Marco Pantani.

E allo stesso modo, dicevo, io sarei diventato un avvocato perché le cozze del pontile del mio paese sono le più buone del Mediterraneo.

È un fatto risaputo. Non esiste una spiegazione scientifica, anche se il mio babbo e i suoi amici la conoscono e possono spiegartela per ore dissertando su correnti oceaniche e brezze marine e la distanza giusta tra le foci dei fiumi. Ma non importa, importa solo che le nostre cozze sono le migliori, e infatti le vogliono tutti. La gente del posto, i turisti, i ristoranti. E il mio babbo faceva l'idraulico, ma tante volte per arrotondare si tuffava a prendere le cozze e le vendeva.

I suoi polmoni erano come mantici, scendeva fino in fondo ai piloni di cemento del pontile, dove vivono quelle più grosse e carnose, le metteva in un sacco e tornava su. Però quel giorno no. Era andato sul pontile a controllare se il mare era troppo mosso per scendere, e infatti era mossissimo. Così tanto che anche là sopra arrivavano gli schizzi delle onde che ci sbattevano contro.

E bagnavano il babbo, me e mia cugina Alessandra. Eravamo andati a fargli compagnia, e a fargli un fischio se per sbaglio passavano quelli della Capitaneria a controllare.

Il babbo di Alessandra era il fratello del babbo, ma era morto quando eravamo piccoli, e forse per questo lei aveva un anno meno di me ma nella testa era assai più grande. Diceva che con questa cosa delle cozze il babbo poteva avere problemi, ma pure noi che facevamo da palo. Ci spiegava anche quali problemi, perché eravamo ancora al liceo ma lei aveva già deciso che poi si iscriveva a giurisprudenza e diventava avvocato per difendere gli innocenti, o magistrato per punire i colpevoli. Sapeva già quali erano i primi esami, e in che via a Pisa stava la facoltà. Sapeva pure gli articoli che stavamo violando a pesca di cozze col babbo.

Cioè, quel giorno no, perché appunto non c'era verso di prenderle, il mare era troppo furioso. Era complicato pure rimanere lì sul pontile, e infatti c'eravamo solo noi tre, più una signora con un cagnolino e una bimba piccola.

E le onde sono come noi, ognuna nasce col suo carattere. Ci son quelle più alte o più basse, tranquille o nervose, ma le peggiori sono quelle che stanno buone e zitte fino all'ultimo, poi gli prende un attimo storto e scoppiano. Quest'onda era così. Dal nulla si è impennata ed è salita fin qua sopra, ha dato uno schiaffo nero e bianco in faccia alla terraferma e poi è tornata giù al suo mare. Ma si è portata dietro qualcosa.

Il cagnolino della signora. E la bimba.

La signora tutta zuppa si è affacciata giù, indicava l'acqua nera, urlava. E io ancora stavo finendo di capire cos'era successo, mi sono voltato verso il babbo per chiedergli cosa si poteva fare, ma lui si era già tuffato a farlo.

Nuotava vicino alla bimba, che saliva e scendeva sulle montagne russe dei cavalloni, e quando scendeva spariva e beveva. Il babbo l'ha stretta, ma un'onda gigante li ha agguantati tutti e due e li ha sbattuti contro i piloni del pontile. Il babbo ha preso il colpo per lei, poi l'ho visto sfilare via da solo. Fermo. Spento. E la bimba ancora lì, in mezzo alle onde, più sotto che sopra. E la signora che urlava. Allora mi sono voltato verso Alessandra, per capire se dovevamo correre alla Capitaneria, o alla Polizia, o...

Oppure guardare l'acqua nera che esplodeva di schizzi sotto di noi. Anzi, di me, perché gli schizzi erano di Alessandra, che si era appena tuffata.

È tornata su con la bimba in braccio, si è aggrappata al pilone lì sotto, stringeva quello e stringeva il vestitino di lei con l'altra mano. Ogni onda la sbatteva contro il cemento, ma lei resisteva. Forte, testarda, seria. Sapeva cosa doveva fare e lo faceva, fino alla fine. Mia cugina inchiodava i colpevoli, mia cugina difendeva gli innocenti.

Poi a forza di gridare è arrivato un signore, un amico del babbo che anche lui arrotondava di frodo lì intorno. Ha buttato una corda, Alessandra ci ha fatto aggrappare la bimba, che con un'ultima onda fortissima è salita su, un braccio del signore l'ha afferrata e l'ha tirata finalmente sul pontile. Poi di nuovo il braccio là sotto, a raspare nel vuoto tra le onde che battevano e battevano.

E Alessandra non c'era più.

«Io non ho parole, non ho parole» diceva il babbo della bambina, anche se stava parlando da mezz'ora. Nella stanza di ospedale dove c'era il mio babbo in osservazione, perché in mare si era rotto due costole, e poi i dottori gli avevano chiesto se il tremore alla mano sinistra era nuovo o ce l'aveva da un po'. E ce l'aveva da un po'.

Io e la mamma eravamo con lui, e in un'altra stanza c'era la zia Cinzia, la mamma di Alessandra. Appena saputo cos'era successo, si era tuffata anche lei, dalla finestra. Le avevano dato così tante medicine che dormiva da un giorno, allora il babbo della bimba salvata era venuto da noi.

Era alto, era vestito bene, era l'avvocato Ferroni. Di nome lo conoscevamo già, siccome in paese la gente per minacciare altra gente non diceva "ti faccio causa", ma "ti faccio causa con Ferroni", e lì il discorso si chiudeva. Perché magari era una lite per un tamponamento, ma con l'avvocato Ferroni in mezzo ci poteva scappare l'ergastolo.

Nella camera all'ospedale è entrato tutto serio, ha stretto la mano alla mamma che dopo si è pettinata, poi al babbo. E lì, l'avvocato Ferroni ha pianto.

Senza fare rumore, una mano davanti agli occhi, un movimento appena della testa. Poi ha smesso, ha chiesto scusa e ha ringraziato il babbo con un discorso che mi sarei commosso anch'io, però dal giorno prima non sapevo più nemmeno come mi chiamavo.

Ma il discorso non bastava, l'avvocato voleva fargli un

regalo, e quel regalo erano soldi. Ha detto pure quanti, ed erano tanti.

Così tanti che la mamma ha smesso di pettinarsi e con quella mano si è tappata la bocca, a guardare il babbo che con una smorfia si tirava su col busto, e rispondeva: «No, grazie».

«Ma come, no» ha fatto l'avvocato. E negli occhi si vedeva che stava calcolando un'altra cifra ancora più alta. Ma solo per un attimo. Poi qualcosa nel suo cervello si deve esser tirato su come il babbo sul letto, e ha capito. Che la sua bimba, la sua unica figlia era viva, ma Alessandra no: non era il momento per parlare di soldi.

«Mi scusi, mi deve scusare. È che sono sconvolto, immagino che voi ancora di più, ma... comunque non voleva essere un regalo, il regalo l'avete fatto voi a me, salvando Rebecca. Io voglio solo, vorrei solo...»

L'avvocato è rimasto così, si è voltato verso di me con gli occhi spersi. Forse per la prima volta dopo anni e anni di arringhe inesorabili era rimasto davvero senza parole. E figuriamoci io, che non sapevo più nulla di nulla. Ho alzato la mano, l'ho sventolata un po', tutto qua.

E lui, con un tono appena più saldo di prima, mi ha chiesto quanti anni avevo.

Ne avevo diciotto, ero in quinta liceo.

«Ah!» ha detto l'avvocato, e sulla bocca gli è nato un nuovo sorriso. Perché gli era servito un istante, ma era tornato sui binari dritti e precisi del destino. Adesso sapeva cosa fare: «Prossimo anno università, quindi.»

Ho risposto di sì, e la mamma pure. Nella nostra famiglia, all'università non c'era mai andato nessuno. Nemmeno al liceo, ma l'università era ancora più grossa. Lei se ne vantava già con le amiche e anche coi passanti, lo infilava in qualsiasi discorso. All'alimentari diceva: «Fammi due etti di crudo, Teresa, ma veloce, che mio figlio andrà all'università». Alla merceria: «Patrizia, mi raccomando le mutande non larghe come l'altra volta, che a mio figlio son scomode, poi gli danno fastidio quando va all'università».

Uscite così, che non c'entravano nulla. Quelle dell'avvocato invece erano come frecce, ognuna dritta al centro del bersaglio: «A che facoltà ti iscriverai?».

E io sono rimasto zitto. Perché non lo sapevo mica. Ce l'aveva chiesto anche la professoressa di italiano nel compito in classe, dovevamo pure spiegare i motivi della nostra scelta. Io avevo scritto che non lo sapevo, e invece di spiegare i motivi avevo insistito sul fatto che volevo pensarci fino all'ultimo, perché l'università mi interessava, ma stavo valutando anche altri progetti. Solo che in realtà questi progetti non esistevano, allora per arrivare alle tre pagine del compito ho insistito sul tempo che ancora avevamo davanti a noi prima di scegliere.

E invece no, oggi il tempo era scaduto. E all'avvocato che mi chiedeva se avevo già un'idea, ho dovuto rispondere di no.

«Bene!» ha detto lui, non a me, ma al babbo e alla mamma. «E allora non devi più pensarci: tu farai giurisprudenza. Ti aiuto io, in tutto. Ti laurei, poi il praticantato lo fai nel mio studio, così diventi un avvocato della mia squadra. Da oggi, non ci devi pensare più. Da oggi, sei a posto.»

Il babbo stava sul letto e quindi al sicuro, la mamma invece era in piedi da quando era entrato l'avvocato, e adesso stava per svenire e picchiare per terra.

E coi mesi pure la zia, che lì per lì non sapeva nemmeno se era viva o morta, si era aggrappata a questa occasione clamorosa. Al fatto che Alessandra non c'era più, ma il suo sacrificio aveva salvato la vita a una bambina, e risolto la mia. Alessandra non poteva più realizzare il suo sogno di diventare avvocato o magistrato, ma grazie a lei potevo diventarlo io.

Che così mi ero iscritto a giurisprudenza, e in quattro anni avevo dato tutti gli esami in corso, mi mancava solo la tesi e mi laureavo, poi entravo a fare pratica nello studio più prestigioso della provincia.

Insomma, ecco come sono arrivato al mio destino, proprio come Pantani: la vita ci ha fatti girare e girare dietro ai suoi frutti, ma alla fine ci ha portati in un punto preciso, dove voleva che arrivassero i suoi semi.

E ora, dopo tanto impegno, ci trovavamo davanti al momento fondamentale: io dovevo scrivere la tesi e laurearmi, Pantani poteva correre il Giro d'Italia e provare a vincerlo.

Il suo babbo e la sua mamma si erano comprati un camper per seguirlo e abbracciarlo dopo il traguardo. Il mio babbo e la mia mamma si erano comprati il vestito per il giorno della laurea, e abbracciarmi allo stesso modo.

Uguali, identici.

Unica differenza: Marco è nato per correre in bici, quello è il suo talento, la sua passione, la sua vita.

A me, studiare legge mi fa vomitare.

6

Il rosso del sangue

Quattro anni prima di questo Giro, che mi toccava ascoltarlo alla radio da un ospizio in cima ai monti, quel pomeriggio ero come sempre al bar La Gazzella a guardare il Tour de France col babbo, la Franca e gli altri appassionati. E tutti pensavamo che Marco si fosse fermato a piangere.

Stava lì piegato con la bici a terra, il gruppo andava, e lui piangeva.

Ma non è mica vero. Marco guardava.

Sul Col du Glandon, prima delle tre montagne che disegnano la tappa più dura del Tour del 1994, un mese dopo il Giro dove gli italiani hanno imparato il suo nome. Oggi voleva insegnarlo al mondo intero, ma subito a inizio gara si è toccato con Elli ed è caduto a bordo strada. Che sui Pirenei non è erba o cespugli. I Pirenei sono sassi severi, e lungo la via solo polvere e rocce appuntite.

Pantani ora lo sa, si è rimesso in piedi ma resta piegato. Dietro ha i compagni di squadra e il direttore sportivo, il meccanico ha raccolto la bici e la tiene pronta per farlo ripartire. Però Marco non riparte. Resta così. Gli chiedono come sta, se va tutto bene. Ma lui non li sente. Lui si studia le mani, il ginocchio tagliato, e guarda.

Guarda un colore, e ascolta altre voci. Voci di gente che

non è qui, che non c'è più. Dicono: «Ti piace, Marco? È bella, vero?».

Sono il babbo e il nonno. Lo hanno portato al negozio del signor Vicini, a Cesena, che è il più fornito della zona. Gli hanno fatto una sorpresa, ieri sono venuti e si sono accordati per una bici, Vicini l'ha già lucidata e piazzata lì in mezzo per Marco, così il bimbo arrivava e vedeva la sua prima bicicletta da corsa pronta per lui. E oggi l'hanno portato, è entrato, e con l'ultimo fiato rimasto ha detto: «Oddìo, ma è bellissima!».

Tutto secondo i piani. O quasi. Perché loro lo guardano, guardano dove guarda lui, e: «Scusa Marco, ma... ma quale dici?».

Perché con questo ragazzino i piani non funzionano, mai. Gli indichi qualcosa e lui guarda qualcos'altro, più in alto, più in là. E adesso i suoi occhi scuri sono spalancati da un'altra parte, il suo *bellissima* è per un'altra bicicletta.

Che sta in fondo, appoggiata al muro, tra quelle che non avevano considerato perché costa troppo. Quarantamila lire in più. E di soldi a casa ce ne sono pochi, ora poi che non vivono più col nonno, non ce ne sono per niente.

Ma il bimbo non lo sa. Sa solo che è entrato e ha visto lei, là in fondo. La fissa mentre si avvicina piano, e quando trova il coraggio allunga un dito sul telaio, due dita, comincia a carezzarla. Poi si volta di scatto ai suoi. E davanti a quelle carezze, a quegli occhi, come fai a contare i soldi. Non serve nemmeno deciderlo, nemmeno dirlo al signor Vicini, che infatti già sistema i pedali e olia la catena.

I soldi in più li mette il nonno Sotero, dalla pensione che ogni mese arriva e finisce al volo. È la sua prima bici seria, da corsa, Marco se la porta a casa e poi su in camera la sera, le fa il bagno nella vasca e ci dorme insieme, per portarla con sé nei sogni.

Sogni dove continua a fare quel che fa davvero ogni giorno: pedala. Cambia solo la strada, e la scena intorno. E quando Marco li racconta al nonno, questi sogni diventano promesse: «Grazie Nonno! Grazie! Non son soldi buttati, sai, non è come le scarpe da calcio. Io con la bici non smetto, non smetto mai, giuro. Mi alleno un sacco, e un giorno vinco il Giro d'Italia, capito nonno? Lo vinco per te, sai, sei contento?».

Parla a lui, ma continua a guardare la sua bici, che ha un manubrio stupendo e cromato e cerchi luccicanti, ma quel che lo innamora davvero è il colore.

Rosso, un rosso vivo e profondo, che Marco non aveva mai visto prima. E mai dopo.

Lo rivede solo adesso, sul bordo della strada in cima ai Pirenei. Non ci pensava più, ma ora può pensare solo a quello, al rosso che gli sta colando dal ginocchio e va a perdersi nella polvere lungo la salita. E mentre il resto della corsa va, lui rimane lì piegato, a guardare il suo sangue.

E a ripensare a tutto il tempo che c'è stato in mezzo. Anni di allenamenti, di corse fra ragazzi, di scatti sregolati e pronostici ribaltati. Fino a vincere il Giro dei giovani. Che non è il Giro vero, ma insomma, è importante. È un primo pezzetto mantenuto della promessa che ha fatto al nonno Sotero.

Infatti appena tornato a casa è andato da lui con la coppa. Ma la mamma gli ha spiegato che non si era sentito bene, che era all'ospedale. E Marco è corso là, ma era troppo tardi. Il nonno era sul letto, ma insieme non c'era più.

Il nonno che gli aveva insegnato a pescare, ad avere pazienza fissando il galleggiante immobile per un'ora o due, sapendo che anche se non succede quel che deve succedere, basta aspettare, basta crederci, e succederà.

Ma non è vero, non è vero per niente. Adesso Marco poteva stare qui nella stanza bianca dell'ospedale per un secolo a fissarlo, lì sul letto cogli occhi chiusi, ma il nonno non si sarebbe svegliato più. Marco non potrà mai dirglielo, che ha vinto. Però glielo dice lo stesso. E siccome si vergogna degli infermieri, si avvicina per prometterli all'orecchio che vincerà anche il Giro vero, presto, per lui.

Accostandosi sente il suo odore, il profumo del nonno, e allora ecco che Marco fa quel che non fa mai, nemmeno quando la mamma da bimbo lo sculacciava per qualche casino combinato: lì accanto al nonno, Marco ha abbassato la testa e ha pianto.

Ma adesso no, qua al Tour non sta mica piangendo. La sua squadra, i tifosi sulla strada e noi a casa, tutti ci domandiamo cosa fa. Il mondo intero lo sta guardando, ma lui è lì solo. A guardare quel rosso che cola.

Mentre il gruppo davanti continua ad andare. Il ritardo diventa grande, troppo grande forse per rientrare, anche perché Marco non ci prova nemmeno.

Ma poi, dal nulla, si drizza sulla schiena, prende la bici, sale in sella e riparte. E se prima si pensava che avesse poche possibilità, adesso a vederlo pedalare è chiaro che Marco è proprio spacciato.

Non sembra lui, non sembra nemmeno uno che sa andare in bicicletta.

Pedala storto, senza una posizione e senza un ritmo, lento, così sgraziato che i compagni faticano a stargli intorno. Il gruppo è lontano e a tirarlo in testa è la squadra del grande Indurain, che non ha simpatia né pietà per questo ragazzino che un mese prima, al Giro, si è permesso di scattargli in faccia e metterlo in difficoltà.

Marco invece va più volte all'auto del medico. Lo disinfettano, lo fasciano al volo. Lui continua a guardare là sotto, la benda, le gambe. Il ritardo dal gruppo è grave, ma per lui sembra essere nulla.

Marco è così. Le sue corse non sono mai contro gli altri. Gli altri ci sono, sì, ma solo come riferimenti. Qualcosa da raggiungere, da lasciarsi dietro e via. Se c'è una cosa che ha bisogno delle persone è la solitudine: tante persone da lasciarsi alle spalle mentre sparisci.

I compagni, i telecronisti, noi al bar La Gazzella possiamo solo guardare la sua testa che ondeggia sotto il cappellino, le sue pedalate lente, sofferte, e a ognuna pensare: "Ecco, questa è l'ultima".

Ma a forza di ultime pedalate, Pantani arriva in qualche modo in cima al monte. Giù in discesa, l'auto del direttore sportivo lo affianca. Forse per capire cosa vuole fare, perché le possibilità sono due: o prova a rientrare o si ritira. Ma come sempre, quando gli fai vedere qualcosa, Marco guarda qualcos'altro, più in alto, più in là.

Infatti, dopo quasi cento chilometri di fatica, sul Col de la Madeleine riesce a raggiungere il gruppo. E dovrebbe starsene lì contento, riprendere fiato, recuperare le forze aspettando occasioni nelle prossime tappe. Sì, il piano è questo, e non è solo giusto, è l'unico possibile.

E invece, sui drittoni tremendi dell'ultima salita che porta fino ai 2275 metri di Val Thorens, Marco si sposta sulla sinistra, sale sui pedali, e scatta!

E con lui scattiamo noi, tutti in piedi. E urliamo. Al bar La Gazzella e in ogni casa, per le strade dell'Italia e del Tour. Non ci crediamo, non è possibile, eppure sta succedendo lì davanti a noi.

E succede dentro Marco, che prima sembrava non sapesse andare in bici, e adesso vola. Il ginocchio fasciato continua a sanguinare, ogni tanto abbassa gli occhi e lo sente sotto la garza, questo dolore, questo colore stupendo che cola.

È il colore dell'emozione. Che tornava a luccicare sulla sua bici quando la sera le toglieva la polvere nella vasca, il colore dei suoi sogni quando la portava a letto la notte. Il colore della promessa che ha fatto al nonno.

E con tutto questo dentro, Marco spinge e va. Dietro di lui, Indurain ha già capito che a seguire questo ragazzo ti fai solo male, altri lo capiscono adesso mentre ci provano e rimbalzano in fondo al gruppo con le gambe di sasso.

Invece lui è fatto d'aria, di aria e sangue, e vola via su

questa salita lunghissima che insieme all'attacco di Marco pare di colpo un altro mondo, caduto dal cielo all'improvviso: fino a un attimo fa Pantani arrancava sotto il solleone di luglio, adesso stacca i campioni pedalando nel buio, nel freddo, in una nebbia che fa sembrare tutto inventato. Una fantasia. Il sogno di quel che doveva succedere se il mondo fosse un posto giusto e generoso, mica nella realtà dove Marco di sicuro si è ritirato e guarda la strada al rovescio mentre lo riportano in albergo con un asciugamano sulle spalle.

E invece no, invece è tutto vero, e Pantani eccolo qua che scala questa montagna terribile, fino ad alzare le braccia sul traguardo lassù. Dove ci alziamo anche noi, e ci abbracciamo e urliamo forte al cielo, urliamo tantissimo, anche se non abbiamo parole.

Una la trova "L'Équipe", il giornale sportivo che organizza il Tour. Una sola, però se la scrivi enorme basta per riempire la prima pagina del giorno dopo: *Heroique*.

E scalando i tornanti, Pantani ha scalato pure la classifica, fino a conquistare da sconosciuto il terzo posto al Tour de France.

Su quel podio, nel cuore di Parigi, è un ragazzino spaesato con un berretto troppo grande. Lo toglie. Guarda Indurain là sopra, che non gli stringe la mano. Lui il berretto ce l'ha, allora lo rimette anche Marco.

Poi si volta là davanti, dove lo aspettano i flash di mille fotografi, i microfoni e le telecamere di tutto il mondo, il mare di persone che riempie i Campi Elisei.

Ma lui non li vede. Perché come sempre quando ha qualcosa davanti, Marco guarda più in là. Verso qualcos'altro che non sa bene cos'è, non sa dove sta né come arrivarci. Ma è da qualche parte che lo aspetta, lo aspetta e lo chiama. Lo sente così chiaro, così caldo, nel rosso del sangue.

7
Numeri a caso

Venerdì 22 maggio 1998. L'ho scritto nello spazio della data, poi la mia firma come ogni mattina sul registro del servizio civile.

Il registro diceva che questa era una scuola, e chiedeva pure la firma del direttore, ma la scuola non esisteva più, e dopo quattro giorni che Don Mauro me lo doveva presentare, cominciavo a pensare che non esistesse nemmeno lui.

Forse era morto da un pezzo, come gli altri preti dell'ospizio, ma Don Mauro lo aveva nascosto da qualche parte perché tutto continuasse uguale a prima. Che uno si chiede che senso ha, mandare avanti un convento dove non ci sono più preti. Che senso ha lucidare ogni giorno il pulmino di una scuola senza più studenti.

Ma ancora meno senso ce l'avevo io, che stavo lì come educatore di nessuno, solo e rinchiuso nello stretto della guardiola ad accogliere il niente.

La situazione sarebbe stata perfetta per lavorare alla tesi. Silenzio, solitudine, tanto tempo libero. I libri me li ero portati, stavano lì sul tavolo davanti a me. Ci avevo provato, giuro, però ero troppo triste, troppo oppresso dall'immenso nulla che mi si stringeva intorno: a mescolarci la tristezza che mi davano gli studi del diritto rischiavo un'overdose di sconforto. Ma davvero, magari chiudevo il libro, andavo in bagno e mi appendevo al cassone del water.

E allora, invece che in bagno, andavo nell'angolo in fondo al piazzale. Accanto alle scale che scendevano al campo da calcio, al pollaio e allo scuolabus. Perché lì, per qualche motivo tecnologico misterioso, era l'unico punto dove prendeva il cellulare.

L'avevano comprato a inizio anno la mamma e la zia, così la sera me lo portavo dietro e non stavano in pensiero se facevo tardi. Però io lo lasciavo sempre a casa e non serviva a niente. Fino a ora, che stavo quassù e quell'affare era diventato comodo per sentirci.

Ma appunto funzionava solo nell'angolo del piazzale. E infatti quel mattino, appena arrivato lì, il *bip* di tre chiamate perse, due da casa, la terza dallo studio dell'avvocato. Più un messaggio, sempre dallo studio, di richiamarli subito. Ma era un messaggio del giorno prima, ormai richiamare subito voleva dire quando mi pareva. E quindi non ho richiamato.

Invece ho acceso la radio. Perché oltre al telefono, nell'angolo funzionava anche lei. Così potevo seguire le tappe del Giro, che era iniziato da poco e per ora solo tanta pianura e piattezza emotiva, ma nel coma che regnava al convento mi sembravano lo stesso l'apocalisse della passione.

Al comando della classifica c'era dal primo giorno Alex Zülle, campione svizzero che se lo mettevi in un romanzo non ci credeva nessuno, perché era troppo luogo comune per essere reale, e al massimo poteva fare lo svizzero delle barzellette: preciso e calcolatore, maestro di tattica e prudenza, era l'unico corridore in gruppo con gli occhiali da vista sopra un volto sempre serio, e proveniendo dalla patria degli orologi la sua specialità erano le corse a cronometro. Insomma, mancava solo che il suo sponsor fosse una marca di cioccolato o di orologi a cucù.

Però Zülle era anche troppo vero: massiccio e potente, perfetto erede di Indurain che si era ritirato da poco, aveva vinto due volte il Giro di Spagna e ora veniva a fare lo stesso in Italia. Nelle prime tappe aveva già dato un bel distacco a Pantani, che nell'assenza di montagne vere provava a scattare appena la strada accennava a salire: colli, strappi, cavalcavia, tutto andava bene. Anzi, andava male, perché ci spendeva tanta energia senza recuperare un secondo.

Io lo seguivo con l'orecchio alla radio, e alla fine di ogni tappa mi faceva così strano, dopo duecento chilometri a combattere per qualche secondo in classifica, tornare qua al tempo del convento, che si misurava in ore e ore da far passare in qualche modo.

Infatti, se il Giro risolveva i miei pomeriggi, il problema era quando la tappa finiva, e insieme il mio giorno di servizio, e davanti avevo una sera e una notte infinite da attraversare, sprofondando nelle sabbie mobili della noia.

Non avevo nemmeno una camera dove andare. Cioè, in realtà sì, e gigantesca, ma non era una camera. Era il dormitorio degli studenti, che siccome erano solo maschi dormivano tutti insieme, in questo stanzone lunghissimo che prendeva tutto un lato dell'edificio. Dall'altro lato del piazzale c'erano le stanze private dei professori, cioè dei preti, e avrei preferito una di quelle. Invece stavo qua nello stanzone, con due file infinite di letti a castello. Saranno stati almeno trecento, dovevo solo sceglierne uno e sdraiarmi.

Anzi, no: «Il tuo letto è questo» mi aveva detto Don Mauro la prima sera, portandomi lì. Aveva aperto la porta con una delle mille chiavi del suo mazzo, e indicato la branda più vicina all'entrata.

«Questo? Non posso prenderne uno più in là, vicino alla finestra? O il letto sopra?»

«Meglio di no. Tu sei il primo, e questo è il primo letto. I letti si assegnano in ordine, sennò è il caos.»

«Ma perché, viene qualcuno dopo di me?»

«Nessuno. Ma chi lo sa. Non sapevamo nemmeno di te, e invece eccoti qua.»

«Ma come, non lo sapevate?»
«Io no. Ma di sicuro il direttore sì.»
«Ecco, appunto, quand'è che posso parlarci?»
«Presto, presto.»
«Ma presto quando?»
«Presto. Che fretta hai? Ci stai un anno intero qua dentro» aveva detto col suo sorriso sempre fisso in faccia. Anche quando non c'era proprio nulla da ridere.

Un sorriso fisso, esagerato, pieno di denti bianchi e grandi, sotto due occhi anche loro quasi bianchi e sgranati.

Il tipico sorriso di uno che porta avanti un convento da solo, dopo aver ammazzato gli altri preti a colpi di accetta. E anche per questo le mie notti erano lunghissime e con poco sonno, lì nel dormitorio pieno di letti nudi e vuoti, con le reti a molle vecchie che ogni tanto cigolavano, e tutte insieme mandavano un gemito senza fine.

Ma se Don Mauro aveva eliminato i suoi confratelli, aveva risparmiato la Flora, una signora che viveva giù in paese e veniva ogni giorno a far da mangiare e le pulizie. Era alta poco più di un metro, con occhi così piccoli che non potevi capire di che colore fossero. E quando ti parlava non riusciva mai a guardarti, li buttava sempre da un'altra parte, per timidezza forse, o perché già pensava a quel che doveva fare dopo.

La prima volta l'ho incontrata lì nel mio angolo dove funzionava la radio, andava verso il pollaio con un secchio di pane vecchio, ha allungato il braccio e mi ha detto di accompagnarla giù per le scale.

Pensavo fosse perché camminava male, invece: «Finché non entro nel pollaio, te parlami sempre, non smettere un secondo».

«Buongiorno, e piacere» ho detto mettendomi al suo fianco. «Ma di cosa le parlo?»

«Di nulla. Parole a caso, a voce bassa, anche solo i numeri. Una volta al cinema facevano così. Gli attori dicevano numeri a caso, giusto per muovere la bocca, poi li doppiavano. Sai quelle belle scene commoventi, dove si dicono frasi stupende che poi ti ricordi finché campi? Ecco, loro in realtà si stanno dicendo trentasei, cinque, ventiquattro, sessantasette.»

«Davvero? Non lo sapevo. Ma in tutti i film?»

«Ecco, bravo, continua così, parla e non smettere, nemmeno per un attimo. Soprattutto quando passiamo davanti a Don Mauro, non smettere un secondo, sennò si infila e comincia a parlare del pulmino e non la smette più.»

Io ho fatto di sì, scendevo le scale cercando di tenerle il braccio ma era difficile perché era così bassa che dovevo stare tutto storto. E intanto dicevo: «Ventinove, trentadue, poi sei, sette, otto, nove, dieci...».

«No, non in ordine, sennò se ne accorge!»

«Ah, scusi. Cinquantanove, sette, centoventidue», ma mentre pensavo a numeri sparsi e diversi e credibili mi è venuto in mente che invece avevo qualcosa di vero da dire alla Flora. Anzi, da chiedere: «Scusi, ma lei per caso lo sa, dov'è il direttore?»

«Sì, certo, perché?»

«Perché io dovrei parlarci, non l'ho ancora visto mai.»

«Lo vedrai, lo vedrai. Anch'io è un po' che non lo vedo.»

«Un po' quanto?»

«Quant'è che è chiusa la scuola, un paio d'anni? Più o meno era quel periodo lì.»

«Due anni? Ma allora magari non abita più qui.»

«Certo che sì. Ti pare che il direttore non vive nel suo convento? Sarebbe assurdo, no?»

Io non ho risposto. Ho solo pensato che se cominciavamo a togliere l'assurdo, qua intorno non rimaneva praticamente nulla, tranne forse il parcheggio e il pollaio.

Anzi, nemmeno quello era proprio normale, perché adesso che ci eravamo vicini sentivo uscire dal casottino di lamiera un grido stridulo, come di una gallina che prova a cantare una canzone.

Ho chiesto alla Flora cosa c'era nel pollaio. Lei si è voltata di scatto a guardarmi, ha risposto «galline» e ha smesso di parlare.

Ma stavamo passando davanti a Don Mauro, che lucidava il cofano dello scuolabus, allora sono ripartito io: «Sessantacinque, tre, ventidue, novantotto». Fino alla porta del pollaio, che era la rete di un letto messa dritta, ma per il resto sembrava una vera porta, col chiavaccio per aprire e chiudere.

Flora è entrata, mandando indietro le prime galline che venivano a mangiare.

Io stavo per seguirla, ma lei mi ha bloccato, mi ha detto di no.

«Perché no? Mi lasci entrare, almeno faccio qualcosa.»

«No. Non puoi. Mi ero dimenticata che è venerdì, bisogna che vai subito da Don Basagni.»

«Chi?»

«Don Basagni. Su in camera sua.» L'ho guardata, deve aver visto che non c'era luce nei miei occhi, infatti: «Vabbè, ti porto io fino al primo piano, poi però al secondo ci vai da solo».

«Sì, ma a fare cosa?»

«Il solito, come ogni venerdì.»

«Ma questo è il primo venerdì per me. Sono arrivato da tre giorni soli.»

L'ho detto, e ha fatto strano più a me che a lei. Mi sembrava di stare qui da una vita, tra il piazzale e la guardiola, possibile che fossero passati tre giorni appena?

Il tempo è davvero la bugia più grande che ci sia. E pure una grande fregatura.

Nemmeno Pantani lo capisce, il tempo. Le tappe a cronometro, quelle dove corri da solo, dosando lo sforzo dall'inizio alla fine, col cronometro che dice chi è stato più veloce. Insomma, in queste tappe parti da solo e corri contro il tempo. E contro il tempo c'è poco da fare, perdi sempre tu.

Zülle invece no. Lui a cronometro è stato pure campione

del mondo, e infatti questo Giro con dentro poche montagne e tanti chilometri così lo vince quasi sicuramente.

Il tempo, che fregatura è il tempo. Che terribile bugia.

Ma intanto, pensando a quello, io e la Flora eravamo tornati nel piazzale e fino all'ingresso dei preti.

«Vieni» ha detto lei. «Ti porto al primo piano, poi fai le scale e sei al secondo.»

«E la stanza di Don Basagni qual è?»

«La trovi facile, al secondo ci sta solo lui.»

«Bene. Ma cosa devo fare?»

La Flora non mi ha risposto. Cioè, sì: ha preso un secchio dal fondo della scala e me l'ha passato, dentro c'erano una spugna, un asciugamano, un telo di plastica, un pezzo di sapone.

«Ma... ma io, Flora, io sarei un educatore» anche se ormai quando lo dicevo mi facevo pena da solo. «Le pulizie non le fa lei?»

«Sì, le faccio tutte io. Ma non da lui.»

E l'ha detto in un modo diverso, *lui,* come se invece di tre lettere fossero state tre lucertole, o ragni o serpenti, che le faceva schifo trovarsi in bocca. Poi ha piantato gli occhietti al marmo degli scalini e su su fino al primo piano.

«Ecco, sali di qui e vai.»

«Sì, ma... Flora, non lo so, davvero non è un lavoro mio. Il servizio civile ha dei compiti precisi, e non...»

«Sali, su. È venerdì, qualcuno ci deve andare, e io non ci vado mai più.»

«Ecco, e allora ci devo andare io?»

«Sì, bimbo, ci devi andare te. E poi ci tenevi tanto a conoscerlo, il direttore.»

8

Riders on the Storm

«Niente conversazione, niente discorsi, non ti presentare nemmeno. Non mi interessa chi sei e quel che pensi, tanto sono le solite cazzate. Niente domande, e soprattutto niente confidenza, capito? E ora su, lavami.»

Le prime parole di Don Basagni, e le uniche.

In realtà qualcuna me l'aveva detta anche prima, quando a forza di girare per il secondo piano, tra tante porte aperte su stanze vuote, sono arrivato davanti a una chiusa. Ho bussato, nessuna risposta. Ho bussato ancora, ma più piano, perché andava bene così, nessuno rispondeva e io potevo tornare giù, posavo il secchio in un angolo e addio.

Ho fatto un passo indietro, un altro, poi da dentro: «Ma cosa bussi? Entra».

Sono rimasto immobile, già mezzo voltato verso le scale e l'aria aperta. Ho allungato la mano alla maniglia, ho provato ad aprire.

«Sì, ma è chiuso a chiave.»

«Certo, apri!»

«Ma come, io non...»

«Nel secchio.»

Ci ho guardato dentro, e c'era la spugna, c'era il sapone, c'era l'asciugamano. E sotto quello, una chiave.

L'ho messa nel suo buco, ma non ho aperto subito. Perché insomma, se uno sta in una camera con la porta chiusa a chiave, significa che vuole stare per conto suo. Se invece la porta è chiusa da fuori, quello dentro ce l'hanno rinchiuso.

«Ti muovi?» la voce di là.

Allora mi sono fatto forza e ho girato, ho aperto, ho tolto quel legno tra noi. E davanti, il buio.

Buio totale, ancor più nero per tutto il sole che riempiva il giorno, sul piazzale e dalle finestre fino a ovunque. Tranne qua dentro, in questa tenebra che odorava di chiuso, di muffa, e di qualcos'altro che non riconoscevo e non volevo riconoscere.

«Entra, su, muoviti. E chiudi la porta!»

Sono entrato, ho chiuso. Tanto, più buio di così non poteva diventare. E a quel buio ho provato a parlare: «Buongiorno, buonasera».

«Sì, sbrigati, fai il tuo lavoro.»

«Ma... così al buio, io...»

«Che problema c'è, non lo sai fare il tuo lavoro al buio?»

«Io non so nemmeno qual è, il mio lavoro.»

«Che palle. Vabbè, tira su appena la tapparella, ma appena appena eh!»

Sono rimasto dov'ero. E forse l'ha visto, perché ha sbuffato, e a parole mi ha guidato verso la finestra. In qualche modo ci sono arrivato, ho trovato la corda, l'ho tirata e le stecche della tapparella si sono scostate appena tra loro. Sono passate strisce finissime di luce, e la voce subito: «Basta! Basta così!».

E magari non bastava davvero, ma mi sono voltato e là sul letto, finalmente, ecco il direttore.

Ora almeno ero sicuro che esisteva, che era vivo, Don Mauro non l'aveva dato in pasto alle galline. Magari l'aveva solo rinchiuso in questa stanza minuscola, stretta come una cella in prigione. Anzi, di più: stretta come la mia guardiola. Con una finestra sola, che da fuori era una delle tante finestrelle intorno al piazzale, poi un armadietto, una sedia a rotelle, un comodino con sopra due barattoli di pillole, una Bibbia, un sacco pieno di noccioline e un letto.

E sul letto, sotto un lenzuolo bianco, Don Basagni.

Cioè una testa pelata, due occhi piccolissimi e neri che mi puntavano, e la sua voce un po' storta dalle labbra che non avevano voglia di muoversi. Per dire quelle prime, semplici parole:

"Niente conversazione, niente discorsi, non ti presentare nemmeno. Non mi interessa chi sei e quel che pensi, tanto sono le solite cazzate. Niente domande, e soprattutto niente confidenza, capito? E ora su, lavami."

Ha tirato fuori un braccio, poi con uno strappo improvviso, come in qualche numero di magia, si è tolto di dosso il lenzuolo.

Stava in canottiera e mutande, e in fondo alle gambe secche, ficcate di forza sotto la pancia tonda, i calzini.

I miei occhi intanto si abituavano alla penombra e vedevano sempre meglio il suo corpo sdraiato. Io però non potevo abituarmi all'idea che adesso questo corpo lo dovevo lavare.

Anche perché in realtà non dovevo proprio per niente:
«Ma io... non è compito mio, Padre, non spetta a me».

«Ah no? E allora a chi, a me?»

«Sì. Cioè, no, però io sono qui per il servizio civile.»

«Ecco, appunto, allora muoviti e fai il tuo servizio.»

«Ma io sono qui come... insomma, io sarei un educatore.»

L'ho detto, e la risata scoppiata in gola a Don Basagni si è allargata fino a fargli tremare la pancia, come onde di melma bianca che mi davano il mal di mare.

Ho tolto gli occhi di lì, li ho abbassati al secchio che reggevo. Dentro c'era l'asciugamano, c'erano il sapone, il telo e la spugna. E mi è venuto da lasciarlo cadere a terra, per essere più leggero mentre scappavo. Subito, e così veloce da essere lontano prima che questa roba toccasse il pavimento.

Invece no, nulla, sono rimasto lì immobile, perché non avevo il coraggio. Perché quando uno scappa dicono che è un codardo, ma non è mica vero. Per fuggire, per mollare tutto e allontanarti più veloce che puoi, senza sapere quanto riuscirai a correre e dove andrai a finire, ci vuole tantissimo coraggio.

Il coraggio delle fughe di Pantani. Che si alzava sui pedali come per vedere cosa c'era là davanti. E non lo vedeva mica. C'era solo la strada ripida e cattiva, e un tornante che chiudeva l'orizzonte, e tutta la fatica, tutto l'ignoto della vita che lo guardavano in faccia. E Pantani dritto in piedi, le mani a stringere la parte bassa del manubrio, chiudeva gli occhi e ci si tuffava dentro.

Ci vuole un sacco di coraggio, per fuggire.

Quello che mancava a me. E infatti sono rimasto lì nel buio, il secchio in mano.

E Don Basagni: «Ci devi mettere l'acqua dentro, il bagno è lì».

«Sì, però davvero, io non...»

«No, non dirla più quella cosa dell'educatore, se rido un'altra volta così forte me la faccio addosso, e dopo mi devi lavare il doppio.»

«Sì, ma appunto io non dovrei lavarla. Io dovrei stare coi ragazzi. E lo capisco che i ragazzi non ci sono più, infatti faccio altre cose che non mi spettano. Ma lavare lei, io... cioè, secondo me è una cosa che spetta alla signora Flora, no?»

«Certo, ma lei da me non ci viene.»

«Me l'ha detto.»

«Ah, e ti ha anche detto come mai?» Io ho scosso la testa, e lui: «Bene, allora te lo racconto io. Perché magari lei si inventa qualcosa di tremendo, invece la verità vera è che non viene a lavarmi perché se viene la palpo tutta e le salto addosso. Tutto qua. Sennò lei ti racconta chissà cosa, e mi fa passare male.»

Così ha detto il direttore. E io mi chiedevo in che modo la Flora poteva farlo passare peggio di così. Si vede che l'ha capito dalla mia faccia, perché ha continuato: «Oh, bimbo, cosa vuoi da me? Io ho fatto quarant'anni di missioni, capito? Quaranta! Sudamerica, Africa Nera, Amazzonia. Nelle foreste, lungo i fiumi selvaggi dove c'ero solo io, gli indigeni e delle belve che ancora non hanno un nome. Per quarant'anni nell'infinito dell'avventura, il mio tetto era il cielo, i muri l'orizzonte smisurato. E ora son rinchiuso qui, in questa stanzetta di merda. Poi viene su questa donna, buona come il pane, e mi spoglia: cosa deve fare un uomo?».

Volevo rispondere che lui non era un uomo, era un prete. Ma nella testa vedevo la Flora, pensavo a Don Basagni che le scostava il grembiule e la palpava, e mi è salito un brivido che mi ha chiuso la gola. Poi ho pensato che adesso toccava a me palpare lui, e addio.

«Oh, comunque bisogna che ti muovi, non ho tanto tempo» ha detto il direttore. E chissà che fretta aveva, chiuso da anni in questa cameretta buia. Ma ci sarebbero state troppe cose da chiedergli, invece sono andato in bagno a riempire il secchio, l'ho posato accanto al letto e ci ho inzuppato la spugna.

Perché prima iniziavo e prima finivo. E io sì che avevo fretta davvero: era quasi l'una, e a momenti cominciava la diretta della tappa, che oggi finalmente aveva dentro le prime montagne. Pantani doveva inventarsi qualcosa, e io quel qualcosa lo dovevo vedere. Cioè, solo sentire alla radio, ma meglio di nulla.

E provavo a immaginare il punto dove poteva attaccare, chi poteva reggere il suo passo, cosa potevano fare i suoi compagni per aiutarlo... tutto per non pensare a quel che stavo facendo, mentre toglievo la spugna dal secchio e la accostavo a Don Basagni. Alla sua pelle, alla carne. L'ho fatta vagare un po' nell'aria, poi l'ho appoggiata alle gambe, che mi facevano meno impressione della pancia.

«Oh! Ma prima metti il telo sul materasso, sennò mi fai dormire nella palude! Bimbo, ma te non hai mai lavato nessuno?»

«No!» mi è venuto da rispondere, subito, forte.

Perché non avevo mai lavato nessuno, io, come quasi tutti quelli della mia età. L'unico da lavare in famiglia poteva essere il nonno, negli ultimi anni, ma lo faceva la mamma, io non ci avevo mai nemmeno pensato.

E però adesso mi sembrava strano, strusciare la spugna addosso a questo vecchio sconosciuto, e non averlo mai fatto per il nonno.

Il mio nonno che da piccolo quando avevo l'otite e non dormivo stava lì tutta la notte a raccontarmi del fringuello che girava e girava il mondo in cerca del paese dove non si moriva mai, però non lo trovava e allora non smetteva di girare. Il mio nonno che aveva passato la vita a scrostare con la cartavetra il fondo delle cisterne in eternit dell'acquedotto. Il mio nonno che alla fine respirava appena e con un fischio storto, eppure lo so che se fosse venuto con noi quel giorno al pontile, quando il mare era troppo mosso per pescare le cozze, si sarebbe tuffato subito a salvare la bimba, prima del babbo forse, e prima di Alessandra. E di sicuro prima di me, che non mi sono tuffato proprio.

Ci pensavo adesso, e mi sentivo affogare. Anche perché questo pensiero si mescolava a quelli di Siviglia, dove adesso i miei amici stavano persi nelle feste, nelle notti, addosso a ragazze belle e libere e straniere.

E io, con le mani addosso a Don Basagni.

Sentivo la nausea, su dalla gola e nel naso. E allora ho fatto quel che fanno tutti per non pensare: mi sono messo a parlare.

«E insomma, chissà quanti posti lontani e misteriosi ha visto, Padre, nelle missioni.»

Ma lui, secco: «Ho detto niente conversazione. Fai il tuo lavoro e sbrigati, poi addio».

Ha allungato una mano al comodino, ha preso una manciata di noccioline dal sacchetto, se le è infilate in bocca tutte insieme. «Anzi» con la voce impastata, «metto la musica, così non rompi più e mi scordo che sei qui.»

L'ha detto e ha allungato ancora il braccio, ma stavolta sotto il letto. Ha tirato fuori uno stereo portatile, l'ha sistemato sul comodino sopra la Bibbia, ha schiacciato un tasto e la musicassetta ha cominciato a girare.

E lì nel quasi buio, sopra il fruscio della spugna, mi sono preparato al peggio: musica classica, canti gregoriani, forse qualche roba tribale dai posti sperduti dove aveva vissuto lui.

Era sicuro. Tanto che quando ho sentito il rumore della pioggia ho pensato a uno di quei dischi coi suoni rilassanti, tipo i canti delle balene e scemenze del genere. E giuro che nemmeno al primo tuono in lontananza ho riconosciuto cos'era.

Poi è partito il piatto, poi l'organo e il giro di basso. E allora ho capito, ma insieme non potevo crederci. E le mie mani si sono bloccate, quando nella stanza è salita la voce di Jim Morrison che ripeteva *Riders on the Storm, Riders on the Storm.*

No, non era possibile. Don Basagni non aveva acceso la radio, non era una stazione che invece delle solite schifezze trasmetteva per miracolo uno dei pezzi più grandiosi di una delle bande più grandiose di ogni tempo. No, lui aveva messo una cassetta, questa era proprio la musica che voleva ascoltare. E mentre ricominciavo a strusciargli la spugna sulle ginocchia, mi sono accorto che la sua bocca stretta, le labbra che quando parlava si aprivano appena, adesso seguivano il pezzo e cantavano insieme a Jim, con le sue parole giuste e precise.

> *Cavalieri nella tempesta,*
> *cavalieri nella tempesta,*
> *siamo nati in questa casa,*
> *buttati in questo mondo...*

Era così, stava succedendo davanti a me, un prete vecchio e rinchiuso in camera sua che ascoltava i Doors e cantava le loro canzoni. Com'era possibile, dove, perché...

Ma non volevo chiederlo a lui. Primo, perché tanto mi avrebbe detto di stare zitto. Secondo, perché volevo godermi fino in fondo questa canzone stupenda, del gruppo che più mi faceva impazzire, e che però non ascoltavo ormai da quattro anni.

Per tutto il liceo i Doors erano stati la mia guida, mi aiutavano ad alzarmi, a sopportare la scuola e chi ci stava dentro, a tirare dritto per la strada cantando con loro, senza sentire quel che dicevano i miei compagni, i professori, i genitori, le idiozie tutte intorno a me. E mi facevano capire che nella vita non c'era solo chi parlava di futuro, di responsabilità, di calcio di donne di automobili di marche di vestiti di computer. Nella vita c'erano anche queste meraviglie, e persone meravigliose che le suonavano e cantavano.

Poi però mia cugina Alessandra si era tuffata, era morta, e io ero finito a studiare giurisprudenza per diventare avvocato, avevo tagliato i capelli e avevo pure smesso di ascoltare i Doors. Ma non per una scelta mia, l'aveva deciso Jim Morrison.

Proprio così: una notte ho sognato che stavo camminando da qualche parte, e intanto nelle cuffie mettevo *Strange Days*. Ma una mano mi bloccava il braccio, ho alzato gli occhi ed era lui. Jeans attillati, gilet di pelle sul petto nudo, quel suo sorriso triste che ti faceva le lastre all'anima. Jim scuoteva la testa, mentre si prendeva la cassetta.

"No, Jim, è mia, è un disco stupendo."

"Lo so. Ma tu non puoi ascoltarlo. Mai più."

"Eh? Ma perché? Non è giusto, non..."

"Lo sai da solo perché, Avvocato."

"Ma io non sono un avvocato, Jim! Mi sono iscritto a giurisprudenza, ma per forza, non potevo dire di no, era un'occasione troppo grande, e i miei... e io..."

"Lampada persa dei miei sorrisi, accendi il domani di un passato che trema, ti tengo per la criniera, cavallo degli abissi, conchiglie sono i tuoi occhi."

Così mi ha detto Jim. E io lo fissavo, gli ho risposto che non avevo capito tanto bene.

"Per forza, le mie parole non possono vivere nel tuo mondo di giacche e cravatte, Avvocato."

"Ma quali giacche, quali cravatte! Non ce le ho nemmeno, mi metto sempre magliette e tuta..." ma mi sono reso conto che nel sogno indossavo un completo scuro, cravatta dello stesso colore. "No! Non me li sono messi io, non li ho scelti io, giuro! Io... io..."

"Bionde valli del desiderio, piegatevi al vento caldo della mia estate, vergini isole dell'estasi, da voi sto arrivando."

E nemmeno stavolta avevo capito, ma non gliel'ho detto. Perché aveva ragione Jim, era colpa mia. Non capivo, e non avrei capito mai più. Avevo scelto una vita così diversa, così regolare e formale. Non aveva senso ascoltare i Doors, mi faceva quasi male, mi ricordava cos'ero stato, cos'avrei potuto essere.

Lui mi ha ripetuto: "Mi raccomando, mai più, mai più". Poi mi ha salutato sventolando la mano, una volta sola, si è girato ed è sparito in un tramonto smisurato e arancione. Cantando:

> *Quando la musica finisce,*
> *quando la musica finisce,*
> *quando la musica finisce*
> *spegni le luci.*

E io mi sono svegliato. Sudavo, tremavo, e da quella notte non ho più ascoltato il mio gruppo preferito.

Però lo risentivo adesso, dopo quattro anni di università, mentre strusciavo le mani su un prete vecchio e nudo, che mormorava le parole insieme a Jim.

E ogni tanto, se lo lavavo bene, grugniva, e se lo lavavo male grugniva diverso. Mentre la musica stupenda e insieme lenta, calda, sensuale, prendeva il buio della stanza e rischiava di farla diventare una situazione quasi ambigua, calda, erotica.

Ma io ormai seguivo il ritmo con la spugna, su e giù, la pancia e pure la schiena, il collo, le braccia. Andavo avanti e basta, come quei soldati rimbecilliti da esplosioni e massacri, senza sapere cosa facevo, senza sapere dove stavo, che ora era, se alla radio già trasmettevano la tappa. Andavo avanti e basta, e potevo continuare così per sempre.

Poi, di colpo, Don Basagni mi ha fermato.

Mi ha bloccato il braccio con una mano, come aveva fatto Jim. Con l'altra ha preso l'asciugamano, se l'è passato addosso un attimo, poi ha cominciato a cercare qualcosa sul comodino. E intanto: «Ecco, ora sparisci. E non farti rivedere fino alla prossima settimana».

«Eh? No, Padre, una volta passi, ma la prossima settimana no, non...»

«Oh, ho detto sparisci!»

Ha trovato quel che cercava, l'ha puntato verso i piedi del letto, e in uno sbuffo elettrico la stanza si è illuminata di azzurro. Perché non me n'ero accorto, ma là in fondo c'era un televisore. Lo schermo ha sfarfallato per qualche secondo, poi ha cominciato a funzionare.

E Don Basagni, senza scostare gli occhietti da lì: «Sparisci e lasciami in pace, che c'è il Giro d'Italia».

9
I sogni finiscono nelle foreste del Giappone

Eccole, improvvise, gigantesche là davanti. Non spuntano mai piano piano, le montagne: un attimo prima non ci sono, poi di colpo si prendono l'orizzonte intero. E svegliano dentro di lui questo brivido piromane, che gli incendia il cuore e il respiro fino a fargli bruciare le gambe dalla voglia.

Sempre. Oggi al Giro d'Italia, ma già quella sera che il babbo era tornato a casa dopo una giornata di lavoro, le mani scure d'olio, la schiena un pezzo di legno e la fame che ruggiva nello stomaco.

Però la mamma gli corre incontro, e la fame passa di colpo: Marco non è ancora tornato.

Il babbo nemmeno chiede dov'è andato. Fa la seconda media, viene da scuola, butta la cartella e si tuffa sul pranzo, gli chiedono com'è andata stamani e lui risponde *bene*, ma è già sulla bici che li saluta e va. Così ogni pomeriggio che Dio mette in Terra. Ma adesso non è più pomeriggio, è sera ormai. È buio. E Marco non si vede.

E non è che possono chiamarlo o mandargli un messaggio: sono gli anni Ottanta, e quando esci di casa non importa se vai all'edicola o a esplorare l'Africa Nera: finché non torni sei perso nel mistero più assoluto.

Ma alla fine Marco torna. Ha gli occhi e il sorriso così spalancati che li vedono brillare dal fondo delle scale, mentre sale con la bici in spalla.

«Babbo! Mamma! Oggi andavo da Dio! Il Fumaiolo l'ho fatto tutto sui pedali, le Balze pure!»

Il babbo ci resta di sasso, le braccia bloccate in aria prima di dargli uno schiaffo o un abbraccio, non lo sa nemmeno lui.

Marco gli parla di posti che conosce bene, c'è nato e li ha raccontati lui a suo figlio, che da piccolo non voleva le favole, voleva sentire di quei monti alti e severi. Il Fumaiolo, il Carnaio, il Cippo, il Carpegna gli piacevano più di Cappuccetto Rosso o i Tre Porcellini, perché erano favole che un giorno poteva vivere davvero.

«Marco, ma sei matto? Tra andare e tornare saranno cento chilometri!»

E lui, come se rispondesse la cosa più ovvia del mondo: «Sì babbo, ma le salite sono là!».

Perché le salite sono tutto, senza salite non ha senso pedalare.

E un senso non ce l'avevano le prime tappe di questo Giro. Tutte piatte, buone per le volate dei velocisti, e una breve cronometro di apertura che era bastata a Zülle per staccarlo in classifica e prenotare la vittoria finale.

Ma oggi si cambiava, oggi finalmente cominciavano le favole dei monti. Non quelli altissimi delle Alpi, eravamo in Campania e si arrivava a Lago Laceno. Ma in questo Giro così avaro di salite era già molto, e le gambe di Marco friggevano di voglia mentre pedalava in fondo al gruppo con gli occhi bassi, nell'attesa di vedere la strada che iniziava a puntare verso il cielo.

La stessa attesa che mi pesava sul respiro, qua nell'afa del piazzale, nell'angolo magico dove non c'era mai l'ombra ma la radio funzionava.

E io la ascoltavo, anche se ogni tanto veniva più forte quel verso strano dal pollaio là sotto, quel misto sinistro tra una gallina e un canto di bimbi lontano, che mi si era piantato nel cervello e la notte prima l'avevo pure sognato. Ma ora cercavo di sentire solo la radio, e non avendo nulla da guardare provavo a leggere le pagine del libro di diritto civile. Anzi, la pagina, perché da quando l'avevo aperto stavo fermo sulla stessa. Poi mi guardavo le mani, le annusavo, e anche se le avevo lavate cento volte mi pareva avessero ancora l'odore di Don Basagni. Allora ho alzato gli occhi all'aria bollente del piazzale, al silenzio chiuso delle tante finestre intorno, alla sua che era l'unica con la tapparella buttata giù.

Ma sapevo che anche il direttore là dentro era sveglio e ascoltava la tappa. Cioè, lui la guardava proprio alla tv, mi aveva mandato via apposta perché cominciava. E col secchio in mano avevo provato a dirgli che ero anch'io un appassionato, ma mi aveva fatto un gesto per ripetermi di sparire.

Eppure, mentre fissavo la sua finestra chiusa e ascoltavo la tappa, mi sembrava di essere collegato a lui in qualche modo. E non eravamo noi due soli, era tutta l'Italia e anche di più, un cavo dell'alta tensione che ci univa tutti lungo le strade, nelle piazze nei bar nelle case, cuori che battevano forte e fremevano come tante lampadine pronte ad accendersi, tante bandiere nere col teschio sopra che volteggiavano aspettando di scuotersi nell'arrembaggio.

Ma pure il galeone più corsaro dell'oceano deve restare fermo se manca il vento. Le vele sgonfie, lo sguardo intorno, la mano che tormenta il manico della sciabola come fa il piede col pedale. Nell'attesa divorante di poter attaccare, spinto dall'urlo di una ciurma di milioni di persone che gridano: *Vai, Pirata!*

Che è un nome marinaro, con le montagne non c'entra nulla, ma è perfetto per lui.

Infatti questo è il suo nome, adesso. Prima qualcuno lo chiamava Panta, gli spagnoli El Calvito, in Francia – per le orecchie a sventola – Dumbo o Elefantino. E lui ci stava male, aveva speso un sacco di soldi provando a far tornare i riccioli che già a vent'anni l'avevano abbandonato senza pietà.

Poi un giorno ha detto basta. Alla sua maniera, senza misura, per lui le cose sono bianche o nere, accese o spente. Così ha preso un rasoio, e i pochi capelli rimasti li ha spazzati via. Le orecchie a sventola, che non poteva nascondere, le ha sbattute in faccia al mondo con un grande orecchino luccicante e poi via, a correre così. E se qualcuno aveva dei problemi con questa scelta, quel qualcuno non era lui.

Però il sole picchiava sul cranio nudo, non era ancora l'epoca del casco e la sua testa era troppo piccola per il berretto che gli finiva sempre sugli occhi. Allora una mattina la mamma: «Ma scusa, metti un bel fazzolettone, no?».

Che son quelle uscite che solo le mamme.

Tu esci a ballare con la ragazza che ti piace, e la mamma: "Stasera è freschino, te la sei messa la maglia della salute?".

Oppure una notte vai a far casino con gli amici da qualche parte sulla costa, e lei: "Lì vicino ci sta la zia Mara, perché non fai un salto a trovarla? Le farebbe tanto piacere".

Le mamme le dicono, queste cose, fa parte del loro mestiere. E la parte dei figli è sorridere, magari mandarle un po' a quel paese, poi via con la vita.

Marco però quel mattino aveva voglia di ridere, e il sole picchiava forte davvero. Allora ha preso la bandana dalle mani della mamma, se l'è legata in testa per scherzo e via sulla strada.

E così è diventato il Pirata.

Perché le cose davvero importanti della vita, quelle che arrivano per cambiare tutto, non prendono appuntamenti e non studiano percorsi, un giorno si svegliano e decidono che è il momento, scelgono la via più storta e sgangherata che ci sia e si tuffano a bomba su di te.

E il momento giusto era questo, un nome nuovo adesso gli serviva proprio. Perché veniva da due anni così neri nell'abisso della disgrazia che non era mica possibile uscirne davvero. E allora questo qua che pedalava sulla prima salita del Giro 1998 con la voglia di attaccare era per forza un'altra persona, nel corpo e nell'anima.

Mentre il corridore Marco Pantani, quel ragazzo con qualche capello ancora in testa e tante speranze nel cuore, lui un pomeriggio di autunno del 1995 era morto.

Il 1995 doveva essere la stagione della grande conferma, dopo il debutto incendiario dell'anno prima. Poi a maggio è uscito ad allenarsi, un'auto non si è fermata allo stop e invece del Giro si è ritrovato all'ospedale.

Si è rimesso in sella per il Tour, dove ha aggredito la noia della corsa dominando l'Alpe d'Huez, e a Guzet-Neige ha vinto con un attacco furibondo come la tempesta che picchiava sulla tappa, così tremenda che lo schermo della tv era solo un quadrato grigio di nebbia. Ma si vedeva chiaro lo stesso che Marco era tornato, e se aveva saltato il Giro del 1995 si sarebbe rifatto a quello del 1996.

Intanto però, a fine stagione va a far girare un po' le gambe alla Milano-Torino: nell'ultimo tratto un drappello di fuggitivi si litigherà la vittoria, lui sta dietro tranquillo e da Superga scende senza troppi rischi verso Pino Torinese.

È in un gruppetto di corridori, ma lasciano davanti lui che in discesa sa disegnare le curve come nessuno. Destra, sinistra, destra, ancora destra, poi... poi più nulla. Perché segue il tornante con una piega decisa, ma dietro a quello, invece della strada che continua a scendere, Marco trova la terribile, impenetrabile foresta del Giappone.

Che è un territorio selvaggio e ostile, per questo la Nissan ha costruito il primo fuoristrada giapponese, un mezzo militare massiccio e potente nato per pattugliare il folto di quelle zone, e appunto l'ha chiamato Patrol.

Oggi l'esercito non lo usa più, lo guidano i civili per andare al supermercato o alle poste o girellare qua e là, eppure per qualche motivo il Patrol è ancora più grosso e devastante, e porta le sue due tonnellate e mezza lungo tutte le strade del mondo.

Tutte, ma su questa non dovrebbe esserci.

Perché oggi è chiusa al traffico, oggi c'è la corsa. Transenne a bloccare gli accessi, ognuno presidiato da due vigili.

Solo che stanno lì dal mattino, e c'è un limite agli insulti, alle offese e alle minacce che due uomini possono reggere in un giorno, da parte degli automobilisti che davanti a una transenna diventano belve assetate di sangue e acceleratore. Raggiunto quel limite, succede che fai una scemenza. E la scemenza è pensare che la corsa sia passata, aprire la transenna e lasciar entrare la Nissan Patrol. Che dopo aver tanto atteso, adesso sale veloce verso casa, come veloci scendono i corridori verso il traguardo.

Nessuno arriverà da nessuna parte. Tre ciclisti presi in pieno, buttati giù come gli alberi della foresta giapponese. Il primo è Marco.

Steso per terra, ma cosciente. Prova a rialzarsi, ma non ce la fa. E come quella volta che era rimasto incantato a fissare il rosso stupendo del suo sangue dal ginocchio, si tira su col busto per trovarlo lì anche oggi e guardarlo ancora e ancora.

Ma quel che vede gli fa buttare lo sguardo da un'altra parte.

Le gambe immobili per terra, piegate in modi che sono impossibili, se c'è un osso dentro che le guida. Ma le ossa sono rotte, ha visto il loro bianco così strano e sbagliato lì fuori dalla carne, allora Pantani smette di guardare e sposta gli occhi all'asfalto lì accanto, agli alberi intorno, al cielo spietato che se ne sta lì sopra senza fare nulla.

Non sa cosa guarda, non sa dov'è, Marco non sa nemmeno cos'è.

Perché un corridore no, quello non lo è più.

Contusioni al volto, alle braccia, gomiti spalle ginocchia schiena e insomma ovunque, non c'è un pezzetto del suo corpo che non sia nero. Ma soprattutto, frattura esposta-scomposta di tibia e perone: la gamba sinistra è da buttare.

Il direttore sportivo Martinelli e i suoi compagni lo trovano lì nel letto all'ospedale, balbettano parole a caso ma le loro teste trattengono lo stesso pensiero: "Ciao Panta, non ci vediamo più".

Qualcuno che invece non vuol capire domanda ai medici se Pantani tornerà a correre, e loro rispondono che al momento bisogna vedere se tornerà a camminare.

Perché è già una specie di miracolo che sia vivo. Lo sanno il babbo e la mamma, hanno visto l'incidente alla tv e in un attimo stavano sul camper in autostrada, così lo piazzano davanti all'ospedale e restano lì vicini a lui.

Appena lo vede, Tonina pensa: "Questo non è il mio Marco". E con tutte le lastre e gli esami sofisticati della scienza medica, niente ti fa capire che sei messo male quanto tua madre che non ti riconosce.

Ma lei non parla del corpo. Le mamme vedono cose che vanno oltre la pelle e la carne. Rotto e nero l'ha già visto mille volte, da ragazzino per una caduta è pure andato in coma. Adesso però sono gli occhi, è lo sguardo che non è più il suo. Quello di suo figlio sta sempre in giro, frenetico e pieno di vita, a cercare qualcosa che non si sa. Adesso invece i suoi occhi non cercano più niente.

Mentre il sangue non defluisce dalla gamba, che è nera e dura e sembra già di legno. Infatti i medici proveranno presto a incidere il muscolo, segni sottili col bisturi che scriveranno la parola *fine* in fondo alla carriera di Marco. Perché l'alternativa, se non funzioneranno, è proprio l'amputazione.

E allora ecco perché gli occhi di Marco non cercano più nulla: perché è solo il nulla che ha davanti.

Da ragazzo, un giorno, il suo amico Andrea dopo un allenamento gli aveva detto che lasciava la bici: era una vita troppo dura, troppi sacrifici, voleva smettere e tornare all'università. Marco aveva ripensato a quando aveva sedici anni, il giorno che era andato a vedere i risultati a scuola e aveva preso tre materie da riparare a settembre. Aveva buttato via i libri e a scuola non c'era tornato più. E così ad Andrea aveva risposto: «Bravo, fai bene, tu puoi. Ma se smetto io, cos'è che faccio?».

La risposta è questo nulla smisurato che adesso riempie i suoi occhi.

Però quel giorno aveva accompagnato Andrea a casa, e anche se si era già allenato era ripartito per una sfuriata sulla bici, forte, fortissimo, a lasciarsi dietro quei pensieri, a sudarli via dal corpo. Ora invece, piantato sul letto, il nulla invade l'orizzonte e non se ne va. Nero come la sua gamba, così scura e dura che a toccarsela non la sente più, non sembra sua. Solo il nulla, il nulla.

Poi, al telefono da Brescia, il professor Terragnoli domanda quanto spesso gli cambiano il ghiaccio. Il babbo risponde che il ghiaccio non gliel'hanno messo mai. Terragnoli chiede se scherza, e lui: «Professore, io non so nemmeno più come si fa, a scherzare».

E allora ghiaccio, tantissimo ghiaccio, a coprire la gamba. Che in poco tempo risponde. Il sangue comincia a defluire, la carne torna chiara, qualche giorno e sparisce la durezza del legno, insieme all'idea di tagliarla.

«Ancora ghiaccio, ancora!» urla Marco. Parla agli infermieri, ma i suoi occhi restano fissi alla gamba. E come lei, anche loro stanno tornando quelli di prima. Non sono più spersi, anzi sono accesi addosso a un solo punto, preciso e magnifico. Per questo chiede altro ghiaccio, tanto, quasi troppo, perché lo vuole addosso, accumulato fino a formare uno spettacolo tremendo e insieme il suo preferito: una montagna lì davanti, gelida e trasparente, tutta per lui da scalare.

Farlo così, con la gamba maciullata e un tutore esterno grosso come un manganello che prova a tenerla insieme, è un'impresa durissima, quasi impossibile. Non ci credono i dottori, non ci crede la squadra, nemmeno lui sa se ci crede davvero.

Ma chi ci crede, e glielo dice sempre, sono i suoi nonni.
Uno è Sotero, che gli parla ogni notte dai sogni strani della morfina. L'altro invece è un nonno nuovo, perché i legami dell'anima valgono come quelli del sangue, e Marco gli vuole un bene vivo e magico dal primo momento che gli ha parlato, a Luciano Pezzi.

Come tutte le persone con cui si intende e si trova bene, è molto più vecchio di lui. Ma è normale, Marco viene dal passato, da un tempo senza tempo dove si mescolano forze primitive e portentose. Quelle stesse forze muovono Luciano Pezzi, che ha settantacinque anni, è stato capo partigiano, ha corso con Coppi e Bartali, ha portato il giovane Gimondi a vincere il Tour de France. E adesso è convinto di poter fare lo stesso con lui, che non riesce nemmeno ad alzarsi dal letto.

E glielo dice, glielo ripete, insiste che si sbrighi a tornare in piedi, che lui vuole portarlo al Giro d'Italia e al Tour de France e vederlo vincere. Marco lì steso gli chiede come si fa, e Pezzi risponde che deve alzarsi e tornare sulla bici.

È vero Luciano, è vero. Marco fa di sì, quando ci parla e quando ci pensa, e prende fiducia. Ai giornalisti che vengono all'ospedale e gli mettono il microfono sotto al naso dice che «l'importante è aver voglia di fare e di soffrire, perché credo che l'importante è la testa, non è la gamba».

E con la testa comincia gli esercizi in piscina, stringe i denti e sopporta sforzi che impressionano il fisioterapista e gli altri pazienti nell'acqua intorno a lui. Si voltano, smettono di lavorare e iniziano a fare il tifo. Urlano le stesse cose che gli urlavano lungo la strada, e infatti Marco adesso è proprio lì. Sulla montagna più tremenda. Guarda su, e i suoi occhi brillano fissando la salita, che oggi come quando era bimbo e faceva tanti chilometri per trovarla dà un senso alla sua vita.

«Sono ancora vivo» dice. «Sono ancora qui, e mi sento fortunato.»

Non c'è più suo nonno Sotero, a cui ha promesso di vincere il Giro.

Non c'è più Alessandro Ercole, un ragazzo di Cerro Tanaro, vicino Asti. Il giorno della corsa maledetta dove la jeep ha investito Marco, Alessandro stava pedalando per andare a vederlo passare. Un attacco di cuore, a ventidue anni, e addio.

Marco ci pensa, stringe i denti e stringe gli occhi sempre più a fuoco verso la cima. Si sente forte, tanto da potersi caricare sulle spalle loro due, e portarli con sé. Non importa il peso, non importa il dolore alla gamba. Importa solo la salita negli occhi, nelle orecchie le voci dei dottori e dei pazienti intorno, "dài Marco, dài, dài!".

E contro ogni previsione, a cinque mesi dall'incidente che doveva portarselo via, Pantani torna in bicicletta. Il tutore che gli teneva insieme la gamba se l'è fatto togliere senza anestesia, perché sono sostanze che non fanno mica bene a un corridore. Il dolore invece sì, quello fa benissimo, è la sua benzina. Ed è il segreto che lo rende imbattibile: i corridori quando sentono il dolore smettono di andare, i campioni invece lo sentono ma continuano lo stesso. E poi c'è Marco, che sul dolore ci pedala, lui ne ha bisogno per volare.

È il 23 marzo 1996, per camminare gli servono ancora le stampelle, ma per pedalare no. La gamba sinistra gli è rimasta più corta, di quasi un centimetro. Che è un'enormità, per lui che tante volte a metà corsa si ferma e aggiusta la sella di un soffio. Ma quel centimetro sparisce nei pochi chilometri che fa quel giorno, con qualche compagno, un paio di amici e pure sua sorella Manola, che in bici non è andata mai, ma vuole controllare che Marco non faccia sciocchezze.

Lungo la strada le persone lo riconoscono e impazziscono, buttano via quel che stanno facendo e lo seguono, in bici, a piedi, su auto e motociclette. Diventa una festa, un corteo, un carosello improvvisato dietro a Marco, che va avanti così, avanti verso un traguardo che nessuno sa, nemmeno lui. Ma sarà splendido arrivarci.

Non al Giro di quell'anno, che ormai è troppo vicino, ma a quello del 1997. Dove Marco finalmente torna, ed è lì per vincere, per mantenere la promessa al nonno Sotero e sotto la guida del nonno Luciano.

Ma la sfortuna parla mille lingue, e ha mille forme.

Può essere il cofano di una jeep giapponese, ma pure un gatto grigio in Campania che attraversa una stradina.

Il risultato non è tanto diverso. Chiudi gli occhi, trattieni il respiro, e cadi ancora.

Però lo diceva il Generale Custer: non importa quante volte cadi, ma quante ti rialzi. E se il 1997 è andato, adesso è il 1998, io sto qui a bollire nell'angolo magico del piazzale, e il sudore dalle mani bagna la radiolina che mi racconta di Marco, che è al Giro e ci prova ancora. Stiamo di nuovo in Campania, e finalmente una nuova montagna davanti a lui, in cima c'è il traguardo, e il Pirata attacca.

Parte sui pedali come sa fare lui, in quel modo morbido che è una danza. La danza dei tarantolati, che nel furore raggiungono altri mondi. E nessuno riesce a ballarla con lui, mentre sale verso il Lago Laceno sui monti dell'Irpinia.

Ma è come se fosse qui, come se il piazzale deserto del convento fosse di colpo in pendenza, e Marco fosse davanti a me, davanti a Don Basagni, davanti a tutti noi che da anni aspettiamo di vederlo così. Supremo, fortissimo, irraggiungibile, fatto per volare fino in cima tutto solo, ma portando sulle spalle il peso glorioso dei nostri mille sogni.

Poi però, di colpo, è ora di svegliarsi. Ci stropicciamo gli occhi, la sua danza è sempre meno favolosa. E ci svegliamo proprio, quando da dietro riescono a tornare su di lui.

Sono in tre. Due sono Bartoli e Le Blanc, il terzo è proprio Zülle. Il favorito, imbattibile su ogni altro terreno, ma in teoria più debole sulle salite come questa. In teoria, o nel nostro splendido sogno.

Nella realtà, invece, Zülle lo riprende, poi comincia a spingere regolare e possente, e anche se sembra impossibile è lui che adesso stacca Pantani.

Senza un sorriso, senza un cenno di entusiasmo va a vincere la tappa e si lascia Marco dietro, insieme agli altri due, insieme a tutti noi.

Spersi e confusi come certe mattine che ti svegli e ti sembra di aver fatto un sogno bellissimo. Però era solo un sogno, e già non te lo ricordi più.

10
Nel Duemila

Nel Duemila noi non mangeremo più
né bistecche né spaghetti col ragù,
prenderemo quattro pillole e con gran semplicità
la fame sparirà.
Razzi di qua, razzi di là,
andremo sulla Luna con il razzo delle tre
vola di qua, vola di là
andremo poi su Venere per prendere il caffè...

La mamma me la cantava sempre. E faceva volare nell'aria il cucchiaio come se fosse quel razzo lì in partenza per lo spazio, così io alzavo gli occhi e aprivo la bocca per lo stupore, e lei ce lo infilava col suo carico di minestrone.

Ingollavo la poltiglia brodosa e rabbrividivo, ma dopo un attimo tornavo a emozionarmi per questa navicella che viaggiava verso un futuro clamoroso, il Duemila appunto, dove a cena bastava prendere quattro pillole e addio minestrone. E poi odissee nello spazio, guerre stellari, robot che lavoravano per noi, e io che nel Duemila avevo ventisei anni e magari facevo l'astronauta, e prima di partire abbracciavo la mia moglie bellissima e i miei figli stupendi, che erano fieri di me come il resto del mondo, mentre andavo a esplorare nuovi pianeti.

Anzi, no, nel Duemila l'astronauta non era più un'avventura: si andava su Venere a bere il caffè, viaggiare nello spazio era come fare il camionista. Allora magari diventavo un gladiatore, un trapezista, uno studioso degli abissi o insomma una cosa così. Di preciso non lo sapevo, perché il Duemila luccicava fortissimo là davanti, ma era ancora tanto lontano e non lo vedevo bene.

Oggi però era martedì 26 maggio 1998, al Duemila mancava ormai un anno e mezzo, e magari mi aspettava un finale di secolo portentoso, ma intanto stavo con una cazzuola e un secchio in mano, a raccogliere merda di gallina dall'asfalto.

La più difficile era quella sotto il pulmino, per arrivarci dovevo inginocchiarmi e allungare il braccio, ma a Don Mauro dava fastidio più delle altre. Diceva che se gli sporcavano lo scuolabus tirava il collo a tutto il pollaio, e secondo me non lo avrebbe fatto mai, e nemmeno per la Flora.

«Però non si sa, con quel problema che ha.»

«Quale problema?»

«Nulla, te pulisci bene lì sotto, e problemi non ce ne sono.»

«Va bene, ma nel pollaio? Lì ci devo pulire prima o dopo?»

«No! Lì non ci pulisci proprio. Non ci entri nemmeno, capito?»

L'ho guardata, e lei: «Il pollaio è chiuso e lo lasci così, capito?».

Ho fatto di sì, ma lei voleva sentirlo proprio. Allora le ho detto «sì», e lei ha detto «bene», ed è sparita mentre mi inginocchiavo sotto il pulmino.

Ma non andava troppo male, perché Don Mauro era chissà dove per una visita agli occhi, quindi non poteva rimbambirmi di discorsi sul suo mezzo perfetto e pronto all'uso. Adesso pulivo veloce e poi di corsa nel mio stanzino, a guardare la tappa di oggi.

Esatto, a guardarla, perché finalmente avevo la tv.

Dopo aver visto quella di Don Basagni, venerdì in camera sua, la volevo ancora di più, e per fortuna il sabato dopo il servizio potevo tornare a casa per la domenica libera. Due ore di viaggio giù tra curve e boschi, poi un'altra ora fermo al mio cancello, stretto nell'abbraccio della mamma e della zia.

Lei mi ha chiesto a che punto stavo con la tesi, se c'era qualche capitolo pronto, se poteva leggerla. La mamma le ha detto di smetterla con questi discorsi, e il babbo ha detto a tutte e due di smetterla col loro abbraccio, perché adesso toccava a lui.

Poi ero andato in camera mia, e mi stupivo che tutto fosse ancora al suo posto, che su dischi e riviste non ci fosse la muffa, che il legno dei mobili non fosse marcito, che da fuori le piante non fossero cresciute a sfondare le finestre e riempire tutto di fronde e rovi e tane di animali selvatici. Perché mi sembrava un secolo che stavo lassù al convento, e invece, anche se mi ero giurato di non contare il tempo, erano passati cinque giorni soli. E dovevo restarci quasi un anno ancora.

Un pensiero che mi succhiava il respiro dai polmoni e mi fermava il cuore, provavo a scacciarlo ma era impossibile, i brutti pensieri sono troppo abituati a essere scacciati, non ci fanno neanche caso. Forse il modo migliore per mandarli via sarebbe pensarli tantissimo, ancora e ancora, per vedere se così li prendi di sorpresa e non sanno più che fare.

E invece questo lo sapeva benissimo cosa fare, mi entrava nel cervello e mi riempiva l'orizzonte, come una larva che cresce e sviluppa mille terribili code, code di pensieri tipo il fatto che dopo quest'anno lassù mi sarei ritrovato davanti la mia vita normale, e quella non mi piaceva mica tanto di più. Allora scuotevo la testa ancora e ancora per pensare ad altro, ma la larva era sempre più grossa e vedevo solo lei.

Quella sera a tavola, però, quando mi hanno chiesto come andava al convento, gli ho spiegato che era un posto stupendo, i preti simpatici, i ragazzi della scuola già mi amavano e facevamo tante cose belle insieme, ma trovavo anche il tempo per lavorare alla tesi. E alla fine di tutte queste bugie, una sola grande verità: mi serviva una tv.

E così domenica sera, prima di ripartire, il babbo mi ha dato quella piccola della cucina. Mentre la zia mi ricordava di mandarle la tesi, e la mamma invece mi faceva le sue solite raccomandazioni sullo studio, cioè di non studiare troppo. Me lo diceva fin dalle elementari, che troppo studio fa male: la vita ti ama e sta sempre lì ad aspettarti, ma se studi troppo e non esci mai, alla fine lei giustamente ci rimane male e se ne va. Infatti le persone che studiano tanto sono sempre sole e abbastanza tristi e molto antipatiche, perché pensano di avere capito tutto della vita, e invece non ci sono nemmeno uscite insieme.

Io ho fatto di sì, a lei e pure alla zia, le ho abbracciate forte mentre mi ripetevano almeno sessanta volte quanto mi volevano bene. Poi ho stretto il babbo, che a parole non riusciva a dirlo, ma per me stava rinunciando alla tv in cucina: un gesto d'amore più grande non era possibile.

E adesso grazie a lui potevo seguire il Giro con gli occhi, non solo le orecchie. E vedere l'Italia e i suoi posti così belli che i corridori sudavano l'anima tentando di arrivarci prima degli altri. Anche se gli orizzonti erano tutti piattissimi, tappe da velocisti con la volata finale, come quella di oggi fino a Macerata, che cominciava fra un po'.

E nel frattempo raccattavo la merda di questi polli, che non capivo come mai dovevo toglierla ovunque tranne nel pollaio dove ce n'era il triplo.

"Lì non puoi entrare": che spiegazione è? Non è per niente una spiegazione, è invece un invito irresistibile a entrarci di nascosto e scoprire come mai, cosa c'è, da dove viene quel verso strano, a metà tra una gallina e un bimbo che muore strozzato, ma morendo canta.

Anche adesso, ogni tanto lo sentivo salire dal casottino là in mezzo, misto alla voce chiocciata di qualche gallina in giro.

E allora cosa dovevo fare? Don Mauro era via, la Flora stava dietro alle pulizie in refettorio, io avevo ventiquattro anni e il mondo doveva essere mio. Anzi, non solo il mondo, era quasi il Duemila e quindi dovevano essere miei anche Venere e gli altri pianeti. Invece eccomi qui, rinchiuso in un convento che in realtà era un ospizio per preti quasi morti, e non potevo uscire, non potevo andare a Siviglia dove i miei amici facevano l'amore, nemmeno al bar del mio paese a guardare il Giro con gli amici del mio babbo. E allora, ecco, almeno dentro a questo pollaio io adesso ci andavo, porca puttana! Perché c'è un limite a tutto, anche alla tristezza. E io ero messo male, così male che infilarmi nel casottino puzzolente di un pollaio era un gesto di avventura e libertà. E non potevo, non dovevo resistere.

Mi sono avvicinato al cancelletto, portandomi la cazzuola e il secchio così se mi sorprendevano lì dentro facevo finta di pulire. Il pezzetto di terra vicino alla rete non aveva più l'erba, solo una ciotola per l'acqua e contenitori di plastica col mangime, le bucce della frutta e della verdura, un pezzo di pane ammollato. E subito dopo, il casottino di lamiera e di eternit.

Il sole arrivava da dietro gli alberi del bosco, disegnando ombre lunghe di rami di foglie di uccelli che passavano, e non mi lasciavano tranquillo. Ma ora dal casotto non usciva nessun verso strano. Anzi, proprio silenzio.

Ho allungato la mano, c'era un filo di ferro piegato a mezza luna tipo maniglia, ho aperto un pezzetto della lamiera e ho avvicinato un occhio al buio, al caldo, al puzzo. Ma più aprivo e più entrava la luce, i miei occhi si abituavano, e cominciavo a vedere delle stecche di legno che andavano da una parete all'altra, sporche di merda e con tanta altra accumulata sotto. Un bricco di plastica tagliato a metà con dentro forse acqua. E in un angolo là in fondo un mucchio scuro, di piume arruffate, o peli, o stracci. Non c'era nulla insomma lì dentro, chissà perché non volevano farmici entrare, non c'era niente di strano. Erano strani i preti, era strana la Flora.

Stavo per andarmene, un po' sollevato, un po' deluso. Ma ho sentito un verso. Quel verso. Dal nulla, così vicino che mi sembrava di averlo dentro. Veniva da dietro quel mucchio scuro di piume o peli laggiù.

Ho piegato la schiena, sono entrato di un passo, per terra c'era la paglia e non ho fatto rumore. Eppure il mucchio mi ha sentito, perché si è mosso.

E ho capito che quel verso non veniva da là dietro, veniva proprio da lui.

Perché il mucchio era vivo, il mucchio aveva una schiena, rivolta verso di me, e se ne stava accucciato addosso all'angolo. E io non sapevo più che fare, se il prossimo passo era meglio farlo verso di lui o per scappare. Ma c'era poco da scegliere, al momento ero paralizzato e non riuscivo a fare nulla. Allora ho provato a parlare. A dire *Ciao*. Una parola sola, e corta. Eppure non sono riuscito a finirla, perché appena ha sentito la mia "c", il mucchio è saltato in aria e ha urlato fortissimo.

Un grido di animale, di persona, comunque di qualcosa che soffriva. Come i due occhi a palla che mi fissavano, ora che si era voltato di scatto, bianchissimi nel buio.

Si è alzato sulle zampe, o forse erano gambe, sotto le piume era difficile dirlo. Ha allargato le ali e ha urlato ancora più forte, poi è volato addosso a me.

Che però non c'ero più. Ero già scappato, travolgendo un paio di galline e un bricco di mangime, addio alla cazzuola e al secchio con tutta la merda che aveva riempito la mia giornata. E già un giorno passato a spalare merda di pollo è speso male, ma è ancora peggio se poi scopri che era l'ultimo giorno della tua vita.

Che finiva oggi, il 26 maggio 1998, senza arrivare al famoso Duemila dove tutto sarebbe stato nuovo e fantastico, senza nemmeno sapere chi vinceva il Giro di quest'anno.

Ma intanto correvo, fuori da lì e accanto al pulmino, su per le scale e fino al piazzale. E lassù in cima, dritta con una falce in mano, c'era la Flora a fissarmi con due occhi identici a quelli che mi avevano appena terrorizzato nel pollaio, l'ultima volta che avevo respirato.

> *Nel Duemila, ogni cosa cambierà*
> *ma l'amore senza pillole sarà,*
> *ed i baci nel Duemila si daran come oggidì*
> *speriam che sia così*
> *speriam che sia così*
> *speriam che sia così.*

11
Il mostro del pollaio

Avevo scoperto il terribile segreto del convento, avevo visto il mostro del pollaio, e adesso dovevo morire.

Ma non volevo, allora sono corso verso la guardiola, poi sotto l'arco che portava fuori dal piazzale e giù al cancello là in fondo, dove c'era la mia macchina.

Mentre la Flora mi seguiva senza fretta, con quella specie di falce in mano. Come in un film dell'orrore, e infatti lo sapevo che adesso saltavo in macchina e giravo la chiave, ma non partiva. Provavo e riprovavo ma nulla, e intanto dal parabrezza vedevo lei che arrivava, lenta ma sempre più vicina, sempre di più. Eppure io, anche se non funzionava, insistevo a girare la chiave, per l'unico motivo che nella vita ti fa continuare a provarci e provarci: perché non c'è altro da fare.

Sì, correvo verso il cancello e già ero sicuro che sarebbe andata così. E invece alla macchina non ci sono nemmeno arrivato. Ho superato l'arco e giù per lo sterrato, e dal nulla la Flora davanti a me, in mezzo al sentiero.

Ho urlato fortissimo, ho alzato le braccia per difendermi e ho gridato che non era colpa mia, ero entrato a pulire il pollaio, cercavo solo di fare bene il mio lavoro. Anche se il mio lavoro vero non era quello: io ero un educatore, non c'entravo nulla col pollaio, l'avevo scoperto per sbaglio, che là dentro c'era un mostro!

E la Flora, con gli occhi spalancati: «Mostro?».

«Sì! No! Infatti, era buio, poteva essere qualsiasi cosa, sono io che ho visto male!»

Sempre più vicina, mi fissava con gli occhi sgranati, ormai potevo vedere i capillari intorno alla pupilla, le rughe intorno agli occhi che continuavano sulla pelle quelle righe strette e scure. Ho pensato che era davvero uno spettacolo triste, come ultima visione prima di morire.

Ma la Flora mi è arrivata a un passo, si è fermata, e senza tono ha detto: «È mia figlia».

E dopo silenzio. Tantissimo silenzio.

Avrei voluto parlare, ma avevo la gola chiusa dallo spavento e dalla sorpresa. E poi, insomma, non è facile dire qualcosa a una mamma per recuperare, dopo che hai chiamato sua figlia *mostro*.

«Si chiama Gina.» Ha parlato lei, per fortuna. «Ha dodici anni. Mi accompagna qui al lavoro. All'inizio mi seguiva in cucina e nelle stanze, ma poi ha visto il pollaio e vuole stare solo lì.»

Si è voltata verso il bosco, ha battuto le mani due volte, rumore di frasche che si spostavano, colpi leggeri per terra e la Gina è spuntata là in mezzo, senza avvicinarsi.

In effetti era una ragazzina, addosso aveva un giacchetto di lana pieno di piume, come i capelli lunghi e spettinati. Piume che si era attaccata apposta oppure finite lì a forza di stare nel pollaio, non lo so.

«Ma... scusa Flora, ma sta bene?»

«Sì, sta bene così.»

«No, ma infatti, non volevo dire che... cioè, però se devo dire una cosa...»

«Non devi.»

«No, non devo, lo so. Volevo solo dire, se posso, che non le fa mica bene, stare tutto il giorno in quel pollaio.»

«Sempre meglio che fuori» ha risposto la Flora. «Fuori ha paura di tutto e tutti. Va d'accordo solo con le galline. Da quando era piccola. Nemmeno dal dottore posso portarla: quando il medico sale per visitare i preti, va anche da lei nel pollaio e fa finta di essere il veterinario.»

«E a scuola?» ho chiesto. Ma a quella parola la Gina là in fondo ha smesso di guardare in giro, e mi ha fissato con gli occhi spalancati. Ha cominciato ad andare di qua e di là, con la testa che ondeggiava avanti e indietro insieme ai passi, come le galline vere. Per la prima volta mi ha dato l'impressione che capisse cosa dicevamo. E non le piaceva per niente.

«Lei a scuola non ci va.»

«Ma la scuola sarebbe importante. Ci sono persone che possono aiutarla, la possono seguire nei modi giusti.»

«Questa roba me l'ha già raccontata la tua amica» ha detto la Flora. E mi ha spiegato che la mia amica era un'assistente sociale. Le ho risposto che non era amica mia, che non la conoscevo. E lei: «Vabbè, però dite le stesse scemenze».

«Ma non sono scemenze. La scuola è anche un modo per stare con gli altri ragazzini della sua età. Le farebbe bene, sai.»

Ho detto così, e la Gina si è agitata ancora di più. Zampettava e faceva dei versi strani, corti e di gola, sempre più acuti.

La Flora invece ha stretto la falce più forte, e in un sibilo: «Bene? Le farebbe *bene*? Senti, bimbo, ma tu i ragazzini della sua età li hai mai visti? Sono cattivi i ragazzi, sono cattivissimi. Hai visto com'è scappata quando sei entrato nel pollaio? Ecco, se avevi qualche anno in meno, dal terrore sveniva».

«Ma per forza, non è abituata, non li frequenta. Se invece che nel pollaio andasse a scuola, o in qualche centro, magari...»

«Bimbo, senti... anzi, non sentire, basta discorsi, vieni e guarda, su!» ha detto la Flora. Ha buttato per terra la falce e mi ha preso per un polso, tirandomi fino alla Gina che ha provato a scappare ma lei l'ha agguantata con l'altra mano mentre sua figlia gridava, con dei versi che potevano essere umani solo perché li sentivo uscire dalla sua gola.

Non sapevo che fare, ma intanto guardavo dove mi diceva la Flora. Le spalle, le braccia, segni scuri, qualcuno più fresco, qualcuno rimasto nel tempo come cicatrice.

«Eccoli, i tuoi ragazzi! I tuoi amici che starci insieme le farebbe bene. Ogni tanto capita che stanno insieme, e guarda che bello, guarda come sta bene! E aspetta, guarda anche qua!» ha detto la Flora. Le ha preso i capelli, li ha scostati dalle spalle, e là sotto la pelle era nera per lo sporco ma c'era un segno ancor più nero, profondo, che girava tutto intorno al collo. Come di qualcosa che l'aveva stretto forte, così forte da soffocare pure me, adesso, che la guardavo.

«Lo sai che le hanno fatto, qui? Lo sai che le hanno fatto i tuoi cari ragazzi?»

Io ho smesso di fissare il collo della Gina per fissare la Flora, ho scosso la testa, e le parole le sono salite fino in bocca, ma deve averle sentite un attimo prima nel cervello, allora le ha ingollate di nuovo.

Ha lasciato la Gina, che urlava ancora, ma adesso meno disperata mentre volava giù per lo sterrato. Là c'erano due galline vere che guardavano su, come se la aspettassero, e in una nuvola di piume e gridolini sono sparite insieme.

E una parte piccola, minuscola, quasi un nulla terribile in fondo a me si è voltato di nuovo verso la Flora, per sapere cosa le avevano fatto al collo.

Ma la Flora se n'era già andata, e per qualche giorno non mi ha parlato.

Fino a venerdì mattina, che stavo nell'angolo dove prendeva il telefono, leggevo i messaggi dei miei amici da Siviglia, e ridevo e piangevo. Ridevo per loro, piangevo per me. Non mi sono nemmeno accorto che arrivava, ha posato il secchio con la spugna davanti a me, e mi ha detto che era venerdì e il direttore mi aspettava.

L'ho ringraziata, le ho chiesto scusa, lei ha fatto di sì e se n'è andata.
Come me, col secchio in mano verso il secondo piano.

«Lo svizzero è forte eh» ho detto nel buio della stanza.
Perché quel giorno Don Basagni non aveva messo i Doors, sentivo solo il rumore del sacchetto quando pescava le noccioline, poi quello della bocca mentre le masticava, il sacchetto, la bocca, il sacchetto, la bocca...
E io, per coprirlo: «Lo svizzero è forte, e domenica con la cronometro ho paura che chiuda il Giro».
Rumore di sacchetto, rumore di bocca, rumore di sacchetto, rumore di bocca. Poi: «Niente chiacchiere, lava e sbrigati».
Allora ho solo lavato, e mi sono sbrigato davvero. Perché volevo starci il meno possibile, con le mani che impastavano il bianco della sua carne. Volevo buttare l'acqua sporca e via verso il mondo fuori, dove c'era il sole e l'aria non odorava di noccioline, e cominciava la tappa.
Che oggi qualche salita dentro ce l'aveva. Niente di serio, ma se Pantani attaccava poteva guadagnare qualcosa. Anzi, attaccava di sicuro. In questi giorni l'aveva fatto a ogni salitella. Mercoledì si arrivava a San Marino, vicino casa sua, e si è sfiancato per staccare Zülle, ma alla fine ha guadagnato solo un paio di secondi buttando tante energie che gli sarebbero servite oggi, domani e soprattutto domenica. Quando appunto c'era la cronometro a Trieste.
E le tappe a cronometro sono diverse dalla salita, anzi sono proprio l'opposto. Qua le doti importanti, oltre alla potenza, sono la continuità, la regolarità, la gestione prudente e attenta delle energie. Quindi domenica Pantani era spacciato.
Mentre il suo rivale Zülle, che veniva dalla terra dove i cronometri li fabbricano, in questa disciplina è stato campione del mondo. E il mondo è grande, ci vivono sopra miliardi di persone. Di tutte le razze e le fattezze e le religio-

ni, eppure c'è una cosa che li accomuna: a cronometro sono tutti più lenti di Zülle.

Insomma, domenica era davvero dura. Ecco perché Pantani faceva male a buttare energie, ecco perché non doveva attaccare così tanto. Glielo dicevano tecnici, esperti, ex corridori, giornalisti.

È così facile sapere cosa fare, quando non devi farlo tu.

«Ascoltami bene, ora ti dico cosa devi fare» mi aveva detto appunto l'avvocato Ferroni, proprio quella mattina. Chiamava dall'estero, non so da dove e cosa ci facesse, ma di sicuro roba importante. «Tu hai chiesto il rinvio militare, non potevano arruolarti. Quindi ora prendi la ricevuta del rinvio e me la mandi via fax. Ma subito, capito?»

Perché quando studi, puoi chiedere il rinvio del servizio militare. Basta aver fatto due esami in un anno, segnarli su un modulo e spedirlo al distretto.

Ho detto all'avvocato che non ero sicuro di dove l'avevo messa, la ricevuta, e lui ha risposto che bastava cercarla. Gli ho detto allora che non ero sicuro di aver compilato bene il modulo, ma lui mi ha risposto che l'avevo compilato perfettamente, erano quelli del distretto che mi avevano fatto partire per sbaglio.

L'avvocato era così, andava avanti sempre dritto e preciso e sicuro di tutto. Tanto che stavo per chiedergli se magari tifava per Zülle. Poi però no, aveva cose importanti da fare, stava chiamando dall'estero e spendeva tanto. E poi è chiaro che il ciclismo non lo seguiva, lui era uomo da automobilismo, da Formula Uno: hanno inventato i motori, che vanno forte e ti portano ovunque in un attimo, che senso ha fare tutta quella fatica su una bici? È roba da scemi, da scemi e da bambini. Probabile che fosse questo il pensiero dell'avvocato, e magari aveva pure ragione.

«A lei piace l'automobilismo, Padre?» ho chiesto a Don Basagni. Così, perché sul Giro non aveva aperto bocca, e io avevo bisogno di riempire il silenzio e pensare ad altro, mentre passavo dalle gambe alla pancia, la parte più terribile da lavare. Era ancora più molle, come fare un massaggio cardiaco a una medusa morta. Per lavarla bene dovevo tenerla ferma con una mano e strusciare con l'altra. E quando pensavo che fosse il posto peggiore, dovevo aiutarlo a girarsi pancia in giù e lavargli il dietro, ed ecco che non ne ero più così sicuro.

Ma d'altronde, perché ci siano persone come l'Avvocato, sempre sicure di tutto, ci devono essere anche quelli come me, che non lo sono di nulla. Mi sa che è una cosa di nascita. Dipende da qualcosa che sta chissà dove nell'universo e lo sceglie per ognuno di noi, o che ci succede dentro quando siamo piccoli, e decide per sempre come saremo. Perché invece la realtà su cui una persona è sicurissima e un'altra non sa nulla di nulla, in fondo è la stessa. E secondo me è sfuggente e sempre in movimento, cambia e traballa come quella medusa gigante e bianchiccia, che stavo finendo di sciacquare.

E comunque, alla fine ho girato di nuovo il direttore a pancia in su, lui ha ripreso il sacchetto delle noccioline e ha sbuffato, come se mi stesse facendo un piacere. Lui a me.

Sono andato in bagno a svuotare il secchio. Veloce, perché dovevo lavarmi subito le mani, e poi fra poco iniziava la tappa. Anche Don Basagni si stava tirando su col busto, e sospendeva il flusso delle noccioline per prendere il telecomando.

L'ha puntato alla tv, ma aspettava, mi guardava, avrebbe acceso solo dopo che me n'ero andato.

Mi sono asciugato le mani, le ho annusate, le ho lavate ancora. Ho messo lo straccio e la spugna nel secchio, ho girato intorno al letto e stavo per uscire.

Prima gli ho chiesto se voleva alzare un po' la tapparella. Non ha risposto, l'ho lasciata com'era, sono andato alla porta e stavo per chiudermela dietro.

Ma lui: «L'automobilismo è una stronzata. Se voglio vedere delle macchine che passano, vado per la strada. E lo svizzero, lui non è un problema. Il pericolo vero è quello che non sta sul mappamondo».

Sono rimasto così, dietro la porta mezza chiusa, con la bocca tutta aperta. Stavo per chiedergli qualcosa, non so bene cosa. Ma Don Basagni ha acceso la tv e alzato la mano, e con un gesto mi ha cacciato via.

12
Quel che deve succedere succede

Sapere che qualcosa succederà, esserne sicuro proprio al massimo, non c'entra niente col vederlo succedere davvero.

È così per le cose più stupende, è così per le più devastanti.

Sapere che lei ti ama è una meraviglia, ma quanto ti squaglia sentirlo dire dalla sua voce che trema, mentre ti guarda nel modo speciale in cui guarda solo te?

E alla stessa maniera, fa male sapere che non ti ama più, ma quel che ti stronca è vederla passare per caso, che cammina e sorride e con quegli occhi innamorati adesso guarda il mondo intero.

Perché la vita vera non sta nella tua testa, ma ci entra dagli occhi, dalle orecchie, dai milioni di pori della pelle che la succhiano dall'aria per fartela colare in fondo al sangue.

E questo succede adesso, sulle strade ventose di Trieste.

Dove Marco lo sapeva già alla partenza, lo sapeva stamani quando si è svegliato e pure ieri sera, sul lettino dei massaggi dopo una tappa dove si è sfinito per guadagnare una manciata di secondi. Anzi, lo sapeva da mesi, dalla serata di presentazione del percorso del Giro d'Italia. Ha visto questa cronometro di quaranta chilometri, piatta e spietata, e ha cominciato a tormentarsi i bottoni della giacca che gli era toccato mettere per l'occasione.

Perché già in quel momento Marco sapeva che sarebbe successo quel che sta succedendo in questo istante.

Lungo il mare, l'Adriatico, il suo mare.

In questo tipo speciale di tappa, dove ognuno parte da solo e la chiave è la regolarità, dosare la potenza restando vicini al limite ma senza superarlo mai. Costanza, gestione dello sforzo, posizione composta sulla bici, nessuno in strada da raggiungere o lasciarti alle spalle, solo i meccanismi rigidi e precisi dell'orologio che ti misura.

E Marco le cronometro le soffre tantissimo, mentre Zülle le domina. Ma non importa saperlo, basta un'occhiata: lo svizzero e il suo sguardo matematico dietro gli occhiali da vista e sotto un casco a forma di goccia, che gli dà il massimo dell'aerodinamicità e lo fa somigliare a un astronauta, in decollo per scoprire nuovi limiti della potenza umana.

Pantani invece, due minuti prima di lui, è partito con la testa nuda e arrossata e un paio di occhialoni da sole gialli. Lui non è un astronauta, è un turista appena piovuto in spiaggia a metà agosto, che prima di capire dove stendersi gli hanno già rubato portafogli e asciugamano.

E due minuti sono tanti nel ciclismo moderno, in questi giorni Marco si è sfondato l'anima per provare a guadagnare qualche secondo, due minuti sono un'eternità. Eppure sapeva che Zülle lungo il percorso lo avrebbe ripreso.

Non è che lo temeva e basta, Marco lo sapeva benissimo.

Ma appunto, sapere che una cosa succederà non c'entra nulla con adesso, che quella cosa sta succedendo davvero.

A dieci chilometri dalla fine di questa agonia, con Marco che spinge sui pedali, la lingua di fuori e il mare sulla destra, immenso come il tempo, che è infinito in sé ma così corto, così stretto per ognuno di noi. È qui che Marco sente un rumore alle spalle.

Zülle che si avvicina, scortato da sei auto e una decina di moto, ma non sono loro a fare questo rumore. È la sua potenza, costante e inesorabile, è un treno lanciato dritto verso la sua destinazione, partito due minuti dopo eppure già addosso a lui.

È la realtà, puntuale e sadica, che per un po' ti lascia giocare coi tuoi sogni, ti guarda di nascosto e sorride mentre ti appassioni, mentre ci credi sempre più. Poi controlla il suo orologio, che non perde un istante, e decide che basta così, che è l'ora di svegliarti. Allora cala su di te tutta insieme e ti avvolge, ti stringe nei suoi orizzonti chiusi e spigolosi, strozza i tuoi sogni e li sotterra sotto la luce pesante dei dati di fatto, di regole e abitudini, di necessità e prudenze e conformità.

Tutto questo vede Marco, se si volta indietro. Ma non deve, deve invece continuare a spingere, a tenerlo alle spalle più che può, a...

A nulla, Zülle è già qui. Lo passa sulla sinistra senza guardarlo, gli occhi puntati all'orizzonte dove subito sparisce.

Davanti a Marco restano le auto del seguito, poi l'elicottero delle riprese che inquadra Zülle dal cielo, poi più nulla.

E allora abbassa la testa, alla sua bici, alle sue gambe stanche che spingono e girano. E si sente goffo, sgraziato, stupido. Non lo staccavano i ragazzi con le bici da corsa, quando li seguiva con quella scassata della mamma. Non lo staccavano i professionisti della sua zona, quando li trovava sui colli di allenamento. Loro restavano stupiti di averlo a ruota fino in cima, e non lo sapevano che lui avrebbe potuto accelerare e lasciarli lì, ma si frenava per rispetto.

Adesso invece Zülle l'ha ripreso e l'ha passato come un ostacolo, un paletto piantato in mezzo alla strada, e Marco non si sente battuto, si sente proprio ridicolo.

Con i mille scatti che ha tentato finora al Giro, gli allenamenti sfiancanti per arrivarci in forma. Quelli in piscina per tornare dopo la gamba spezzata, dopo i cofani delle auto, i gatti che attraversano, l'asfalto che mangia la carne, i sassi che la aprono. I sabati sera da ragazzino, che gli amici andavano a bere e ballare e fare gli scemi e lui a letto presto.

I compagni di scuola che facevano i compiti per poi andare al liceo e all'università e diventare qualcuno, e lui gli unici quaderni che teneva, già a dodici anni, erano quelli degli allenamenti, con le uscite, i tempi i chilometri le prestazioni.

Tutto questo, se lo metti insieme e lo mescoli e lo rovesci sulla strada, è la vita di Marco. E oggi è stupida, inutile, patetica, il vialone largo e assolato lungo il mare di Trieste glielo mostra senza la minima ombra di pietà.

Mentre Zülle vince la tappa, a una velocità media di 53,71 chilometri all'ora che batte ogni record in quasi cento anni di Giro d'Italia.

E insieme a questo, il cronometro con la sua voce asciutta di numeri e ingranaggi dichiara una cosa ancor più spietata: stamani Marco era secondo in classifica a ventidue secondi da Zülle, adesso non sta più nemmeno sul podio, con un distacco di quasi quattro minuti.

Un ritardo smisurato come la sua vergogna, come il mare zitto lì davanti, che lui continua a fissare mentre arriva al traguardo, e lo prendono al volo, lo sorreggono, lo portano via insieme alla bici.

Per un attimo inquadrano i suoi occhi, fissi dietro il vetro scuro, e io spengo la tv perché mi fanno troppo male. Eppure continuo a vederli. Nei miei, riflessi dallo schermo nero.

13
Quaderno rosso

"Allora, direttore, come aveva detto? 'Lo svizzero non è un problema', giusto? 'Lo svizzero non va da nessuna parte', aveva detto così, no? Con quel tono superiore, tre parole buttate lì come un regalo di verità dal cielo. È facile essere sicuri di tutto, eh? Basta prendere fiato e sparare cazzate, senza farci caso poi se la realtà va da tutta un'altra parte, solo sparare altre cazzate e via. Vero direttore?"

Questo avrei voluto dire a Don Basagni, subito dopo la tappa a cronometro. Su Zülle che secondo lui non avrebbe combinato nulla, e invece aveva praticamente conquistato il Giro. E su quel "pericolo vero", che secondo il direttore "non sta sul mappamondo". Non sapevo cosa voleva dire, ma probabilmente nemmeno lui, solo uno schizzo di arteriosclerosi aggravata da tutte le noccioline che ingollava.

Ma era domenica, e allora non dovevo salire nella sua stanza. Anzi, non avrei proprio dovuto essere qui al convento. Solo che la sera prima avevo finito il servizio, ero sceso al cancello e salito in macchina per tornare a casa, ma non partiva. Un rumore minimo, qualcosa che friggeva piano, come per dirmi che se n'era accorta che giravo la chiave, ma non serviva a nulla.

Sono sceso, così disperato che volevo aprire il cofano e provare a farci qualcosa. Ma non sapevo nemmeno come si apriva, il cofano. Allora sono rimasto lì a guardarla, la mia Ford Fiesta verde. E a pensare che Fiesta era un nome poco adatto a un'auto così triste. La Fiesta vera la stavano facendo i miei amici, tutti i giorni e tutte le notti a Siviglia, da dove mi mandavano i loro messaggi con tante parole scritte sbagliate perché di sicuro li scrivevano ubriachi e di fretta, tra una fiesta e l'altra, mentre bevevano, ridevano, facevano l'amore.

Io invece stavo quassù al convento, e oggi ci passavo pure l'unico giorno libero, appiedato e recluso. E così, dopo questa tappa rovinosa, sono uscito dalla guardiola con la delusione per il naufragio di Pantani che si mescolava alla rabbia per l'auto e all'amarezza per le fieste che mi stavo perdendo.

E allora mi avrebbe fatto davvero bene salire da Don Basagni, e sfogare su di lui un po' di questa miscela velenosa.

Invece, lì sul piazzale, sono finito in bocca a Don Mauro.

«Uelà, giovane!» alzando il braccio libero. «Cercavo giusto te!»

Sotto l'altro teneva un copertone gigante, il peso lo piegava e lo rallentava, ma come il destino spietato in qualche modo stava arrivando da me.

E almeno speravo che avesse risolto il problema alla Fiesta, perché era dura trovare un meccanico che venisse quassù, lui invece si era esaltato ad avere qualcosa da aggiustare.

«Sicuro che lo può fare, Padre? Magari servono dei pezzi di ricambio.»

«Macché, macché!» faceva lui, la testa infilata nel cofano aperto. «I ricambi originali sono una diavoleria inventata dalle industrie per rubarti soldi. I ricambi non si comprano, si costruiscono! Legno, chiodi, un po' di gomma, non serve altro. Io facevo viaggiare i camion nella Terra del Fuoco, e lì stai sicuro che di ricambi non ce n'erano. Vedrai Don Mauro come te la sistema, questa bellezza!»

E un angolo della mia anima, un angolo stretto e disperato là in fondo, ci aveva voluto credere. Come adesso provavo a credere che quel copertone sotto il suo braccio servisse in qualche modo a sistemare la mia Fiesta.

«Guarda che meraviglia, sapevo che ce l'avevo da qualche parte! L'avevo messa via, ma non mi ricordavo dove. Stava nell'oliveto, vicino al pozzo! Ora la metto subito al pulmino. L'ho cercata da tutte le parti. L'ho cercata nel garage, l'ho cercata nel piazzale, l'ho cercata giù dietro l'orto, l'ho cercata su nel ripostiglio. L'ho cercata dietro il pollaio. L'ho cercata...»

Don Mauro si era incantato in una delle sue liste micidiali, e sarebbe andato avanti così per una mezz'ora minimo. Allora io non è che l'ho deciso, non ci ho pensato proprio: è stato uno di quegli sprazzi autonomi dell'istinto, legati alla sopravvivenza. È grazie a loro che nonostante millenni di terremoti e vulcani e mammuth e tigri con le zanne e lupi e orsi famelici siamo ancora vivi. E allora mi sono ritrovato col cellulare all'orecchio, qualche passo in là verso il fondo del piazzale, mentre fingevo di stare al telefono e facevo segno a Don Mauro che non potevo ascoltarlo.

Lui ha sbuffato, ha posato la gomma, ha incrociato le braccia e si è piazzato lì ad aspettare. Mentre io sono arrivato all'angolo magico del piazzale dove il telefono prendeva davvero, e lì mi sono arrivati un sacco di messaggi. Uno era dei miei amici da Siviglia, che in quei giorni avevo deciso di non leggerli più perché mi facevano troppo male. Gli altri invece mi avvisavano che da casa mia avevano provato a chiamarmi tante volte.

E allora, invece di fare finta, mi sono ritrovato a telefonare veramente. Ho sentito il suono libero, immaginavo il telefono di casa mia che squillava nel corridoio, arrivando nelle stanze dove avrei voluto essere io. A fare qualcosa, qualsiasi cosa. L'avrei interrotta e sarei andato a rispondermi, e mi sarei detto: *Pronto Fabio, ciao, va tutto bene, va tutto benissimo*.

Invece alla fine mi ha risposto la mamma. O la zia, lì per lì non capivo: anche se non erano sorelle, la loro voce diventava quasi identica, acuta e lamentosa, quando si agitavano. E adesso era uno strillo di aquile impazzite.

«Non c'è! Non lo troviamo! Dove sta! Dove sta!»

«Ma cosa!»

«Il rinvio, non c'è, non c'è!»

Perché l'avvocato si era raccomandato che le chiamassi subito, per dirgli di cercare la ricevuta del rinvio militare. Ma dalle loro grida capivo che le aveva chiamate lui. Non si era fidato di me, e aveva fatto bene.

Però adesso la mia camera doveva essere uno scenario da dopo-bomba: mobili ribaltati, armadi svuotati, cassetti capovolti. Le urla della mamma e della zia rimbombavano in una stanza rasa al suolo.

«Non è possibile che non sai dove l'hai messa, una cosa così importante! Pensaci, Fabio, pensaci bene! Oddìo Signore se non si trova, oddìo!»

Avevano pure sfatto il letto, rigirato la rete, avevano abbattuto le pile di riviste di musica e cinema che salivano fino al soffitto per sfogliarle una a una, sperando che ne venisse fuori quel pezzetto di carta importantissimo. E invece nulla.

«E il babbo dov'è?»

«Lascia stare! Lui se ne frega, dopo pranzo è andato al bar a guardare la tappa, ti rendi conto? Dev'essere la malattia, le medicine che prende. Qua però è un casino, Fabio, qua se non si trova la ricevuta sai cosa bisogna fare? Bisogna chiamare l'avvocato e dirgli che non la troviamo!»

Perché era questo a terrorizzarle. Anche non potermi liberare subito dall'ospizio in cima ai monti, certo, ma l'angoscia più tremenda era dover confessare all'avvocato questa verità vergognosa, e deluderlo, e fare con lui la figura dei cialtroni che non meritano la sua attenzione.

E allora, piuttosto che chiamarlo, fra poco cominciavano a scrostare la carta da parati, sperando che la ricevuta fosse finita lì dietro in qualche magico sistema.

«Perché se non è lì, non c'è! Camera tua l'abbiamo rivoltata!»

Camera mia, rivoltata, a queste parole di colpo mi si è fermato il cuore. Perché in mezzo a tutte le mie cose ammassate lì ce n'era una che la mamma e la zia non avrebbero dovuto trovare mai!

Come i film porno sopra l'armadio, come i giornali e i fumetti porno sotto il materasso, ma peggio, molto peggio: in fondo all'ultimo dei cassetti del comodino, c'era il mio quaderno rosso.

L'avevano visto per forza, un quaderno è un posto perfetto per conservarci fogli importanti, li metti lì in mezzo alle pagine e così non si sciupano. Allora è sicuro che l'avevano preso e scosso, l'avranno sfogliato per bene. E forse, purtroppo, avranno pure letto quel che c'era scritto.

Cose tipo:

Fabio, ti ho visto ieri alla stazione, portavi la tua giacca militare, eri solo e aspettavi il treno per La Spezia. Volevo venire lì, andare insieme nel bagno della stazione e farmi prendere da te. Forte, fortissimo, ma anche piano, poi di nuovo forte. E intanto guardarti negli occhi, e dirti quanto ti voglio, poi di nuovo io al muro e tu da dietro, e poi...

E poi andava avanti per un bel pezzo, a descrivere quel che facevamo nel bagno della stazione. Questo potevano leggere la mamma e la zia, se aprivano a quella pagina. Ma se aprivano a un'altra non cambiava molto, solo la situazione e chi me la descriveva, ma il quaderno rosso era pieno di lettere così.

Ragazze che conoscevo, fidanzate di amici, ex compagne di liceo, una che stava in fondo alla mia via, la signora del forno, la mia professoressa di inglese delle superiori. Tutte mi scrivevano quanto mi desideravano, come volevano che le prendessi, cosa volevano farmi, cosa volevano che gli facessi, pagine e pagine piene di dettagli e di carne, di caldo, di succhi bollenti che ci colavano addosso. Ognuna con una fantasia diversa e una diversa calligrafia.

Io tante sere le leggevo, e anche se ormai le sapevo a memoria mi facevano effetto, mi eccitavano, vedevo le scene nella testa e mi sembrava di essere lì davvero. Dimenticavo che non stavo con loro nel bagno della stazione, nella sala d'aspetto del dentista o nella sala dei professori. Dimenticavo che ero da solo nel mio letto stretto, in camera mia con un quaderno in mano, a leggermi queste lettere erotiche. E per un attimo, un attimo breve ma sublime, riuscivo pure a dimenticare che queste lettere me le ero scritte da me.

Avevo cominciato al liceo, e non avevo mai smesso. Ero bravo a inventare situazioni, a far parlare ognuna a modo suo, con un tono diverso, una diversa personalità. Mi riusciva davvero bene.

Ma non è uno di quei talenti che ci tieni a mostrarlo a tua mamma.

Eppure adesso lei era lì con la zia, e il quaderno rosso lo avevano trovato per forza, ci pensavo e mi sentivo morire. Ho smesso di parlare e le ascoltavo solamente, cercando di capire dal tono della voce se l'avevano letto, se sapevano.

Ma loro mi chiedevano solo di quella maledetta ricevuta:

«Com'è fatta? Che forma ha?»

«È... è normale.»

«Ma normale come!»

«È quadrata, bianca, di carta.»

«Ma è grande o piccola?»

«Normale. Boh, mezzo foglio, più o meno.»

«Ma qui c'è pieno di fogli, pieno!»

E io pensavo ancora al quaderno rosso. A quel che mi proponeva nella sua lettera la signora della farmacia, che tra l'altro era un'amica della mamma. Ho ingoiato a secco.

«E sopra cosa c'è scritto?»

«Sopra cosa, mamma.»

«Ma come sopra cosa, sopra la ricevuta!»

«Be', c'è il timbro delle poste, poi di preciso non me lo ricordo.»

«Ma come no, come...»

«Di preciso no.»

«Ma come no!» ha fatto la zia dietro di lei, disperata: «Come facciamo a trovarla se non sappiamo cosa c'è scritto, cosa...».

«Ma ci sarà scritto ricevuta, no? Ci sarà scritto raccomandata, cosa cazzo volete che ci sia scritto!»

Così ho detto. Anzi, l'ho urlato. Non volevo, ma non era per loro. Era per coprire il pensiero appena spuntatomi in testa, parlando del timbro delle poste. Perché una delle lettere sul quaderno, lunga e torrida, me l'aveva scritta quella che lavorava lì. Mi diceva di andare da lei all'ora di pranzo, che non c'era mai nessuno, e dirle *ho un pacco grande da spedire*. E lei mi rispondeva che lo sportellino davanti era bloccato, *vieni, vieni, proviamo a farlo passare da quello dietro...*

Quel messaggio mi era venuto così bene, funzionava tanto che un giorno – giuro – stavo per darle retta. Stavo studiando cosa mettere dentro il pacco, poi lo portavo di corsa da lei. Perché la sua idea era favolosa, mi piaceva proprio tanto. Adesso però, se l'avevano letta la mamma e la zia, mi piaceva molto molto meno.

E allora è per questo che avevo urlato, fortissimo al telefono: per non sentire la voce spietata della verità.

Tutto questo davanti agli occhi spalancati di Don Mauro, che stava ancora lì ad aspettarmi col copertone accanto, sbuffando per questi telefonini che rubavano tempo alle cose davvero importanti, come quella che dovevo fare adesso con lui.

Mentre la zia mi ripeteva di pensarci, di ricordarmi dove stava il rinvio. Perché l'avvocato diceva che si occupava lui di tutto, che non c'erano problemi, però bisognava fare subito, non potevamo perdere tempo.

Non potevamo perdere tempo.

Lo stesso tempo che aveva perso Marco quel giorno, sul lungomare di Trieste. In fondo a tutta la fatica, il sudore, i denti stretti e i battiti del cuore in gola. Cose che ti consumano, che ti accorciano la vita. Poi arrivi, e scopri che è troppo tardi. Te lo dicono le lancette del cronometro. Te lo dice il cartellone sul traguardo.

Te lo dicono le mamme, le zie, gli avvocati.

Me lo diceva Don Mauro, che sbuffava con quella gomma di nuovo in spalla.

Non puoi perdere tempo, Fabio, non puoi perdere tempo.

E allora cosa devi fare? Stacchi il telefono, segui Don Mauro e ti sbrighi a cambiare la ruota a uno scuolabus degli anni Settanta, per portare i bambini a una scuola che non esiste più.

14
Posate di plastica contro lo stinco

Eccoci, questo è il momento. Non è che lo vediamo all'orizzonte, non sta per arrivare, il momento è adesso. Così adesso, che fra un attimo sarà tardi.

Lo so io, lo sanno tutti. Ma Pantani forse no.

Stamani si è alzato, è sceso a fare colazione ma si è perso due volte, alla fine ce l'hanno dovuto accompagnare.

Siamo alla terza settimana del Giro, che è l'ultima, e da oggi tre tappe infernali. Tutte le montagne che sono mancate finora nel piattume devastante, eccole stipate in questi tre giorni di via crucis su e giù per le Alpi. Poi, a chiudere il Giro, ci sarà un'altra maledetta tappa a cronometro come quella di Trieste, dove Zülle potrà umiliarlo ancora. E quindi non si sa quale follia può inventarsi Pantani per rovesciare la situazione, ma deve trovarla oggi.

Invece stamani non trovava nemmeno la sala della colazione.

Ce l'ha scortato un cameriere, Marco aveva gli occhi fissi davanti, lo salutavano e non salutava, gli facevano domande e non rispondeva, oppure sì ma a caso.

«Ciao Marco, hai dormito bene?»

E lui: «Speriamo».

Oppure: «Mi passi il latte?».

E lui: «Verso le undici, undici e un quarto».

Incomprensibile, inavvicinabile, altrove. Infatti il direttore sportivo Martinelli, i compagni e tutta la squadra si sono guardati, e hanno sorriso.

Perché Marco è così, prima delle sue imprese. Non le decide, non le pianifica, solo sente che succederanno. Ci sono voci che gliele raccontano nella testa, e lui sta già lì in mezzo alla loro storia. Molte persone si svegliano e gli ci vuole un po' per carburare, per uscire dal sonno ed essere presenti. Lui stamani non c'era perché stava già da un'altra parte.

In quella dimensione solitaria che è la sua corsa, senza sapere dove va, che giorno è, cosa succede intorno. Solo la strada che sale, la fatica che aumenta, e dietro un tornante il momento che gli fa spiegare le ali per volare via.

È un momento unico e preciso. E quel momento è adesso.

Sulla terza delle cime letali che avvelenano la tappa, verso i duemila metri del Passo Fedaia, arrampicandosi sui fianchi della Marmolada. E se c'è un punto per attaccare, è questo.

Lo sanno i tifosi lì addosso, lo sanno i cronisti, lo sa il bar La Gazzella e lo sa Don Basagni nel buio della sua stanza. Lo sanno pure le noccioline che gli spariscono in gola, gli alberi lungo la strada cattiva, le foglie che più si sale e meno ossigeno trovano da succhiare nell'aria.

E però nulla.

Il gruppetto dei migliori sale tranquillo, Zülle si tira su la zip della maglietta perché non è nemmeno accaldato, Pantani col viso coperto dal cappellino giallo pedala ultimo laggiù.

E invece di attaccare, fa un segno al suo compagno Conti, che lo affianca.

Gli serve una borraccia? Qualcosa da mangiare? Deve forse dirgli che oggi non è giornata, non sente la gamba, è stato bello sperarci, correre finalmente un Giro tutto intero e provare a vincerlo, ma ora basta?

Non lo sappiamo, e non possiamo saperlo. Perché noi non c'eravamo ieri sera in albergo, quando Marco ha lasciato tutti senza parole.

Avevano cenato e stavano per salire in camera, e Pantani ha detto che sperava che questa famosa Marmolada fosse una salita adatta a lui.

Direttore sportivo, compagni, massaggiatori, pure i camerieri che sparecchiavano sono rimasti di sasso: «Scusa Marco, ma tu... tu la Marmolada non l'hai mai fatta?».

Non è possibile, è una salita classica, il Giro ci arriva così spesso.

Solo che Marco, dopo il primo anno in cui è sbocciato, una volta il Giro l'ha saltato per un'auto, poi per una jeep, poi un gatto: dove l'avrebbe potuta incontrare la Marmolada, secondo loro, all'ospedale?

Gli altri annuiscono, provano a sorridere, nessuno ci riesce.

Il suo compagno Conti lo prende da parte, e se la Marmolada non l'ha mai vista, adesso gliela racconta lui: «È tanto lunga, Marco, e tanto dura. Ma solo fino alle gallerie. Poi, finite quelle, diventa durissima. Quello lì è il tratto peggiore, quindi il migliore per il tuo attacco».

E proprio in quel tratto ci troviamo adesso, il drittone assassino che aggredisce la montagna fino ai tornanti lassù. Eppure, mentre Tonkov e altri provano a scattare, Pantani resta in fondo al gruppetto. E appunto, invece di partire chiama Conti.

Che gli si accosta con tanta ansia nel poco respiro rimasto, e gli chiede come mai se ne sta lì a testa bassa.

«Eh, aspetto il pezzo duro che mi dicevi, dopo le gallerie. Ma quando cavolo arrivano?»

Conti lo guarda. Lo guarda bene. Perché non sarebbe il momento, ma forse Pantani sta scherzando.

«Marco, ma come... hanno cambiato un pezzo del percorso, ce l'han detto stamani, abbiamo fatto un'altra strada per arrivare qui.»

«Ah, va bene, ma le gallerie dove sono?»

«Le gallerie non ci sono, Marco! Siamo passati da un'altra strada, le gallerie sono sotto, il pezzo duro è questo qui!»

«Ah, davvero? Ma Dio bòno!» fa Pantani.

E Conti deve guardarlo di nuovo in faccia, perché non ha ancora capito se è serio o no. Si gira verso di lui, ma non lo trova più. Torna con gli occhi davanti, e vede quel che vediamo noi alla tv, mentre saltiamo per aria: la schiena di Marco, in piedi sui pedali, che vola via.

È un attimo, e tutto esplode. In poche pedalate riprende Tonkov, poi il campione russo resta come noi a guardarlo che se ne va, saltando al collo di questa salita micidiale che non scende sotto il 16 percento di pendenza.

Zülle invece nemmeno lo vede, perché l'imperatore del Giro, il signore degli orologi che l'altro giorno a Trieste dominava e che un minuto fa si tirava su la zip tranquillo, all'attacco di Pantani si pianta, così tragico e improvviso che abbassa la testa e gli occhi alle sue gambe di legno, come se fosse il primo a non poterci credere.

E quel che non è successo in più di due settimane di corsa e duemila chilometri di strada succede dal nulla e tutto insieme su questa salita terribile, così ripida che non sta sotto di te ma dritta davanti al tuo viso, come uno specchio d'asfalto che senza pietà ti mostra chi sei.

E se Zülle riuscisse per un attimo ad alzare gli occhi, vedrebbe il suo avversario che pedala lassù fino a sparire. Lo stesso spettacolo della crono di Trieste, però alla rovescia. E infatti cento metri dopo i tifosi scatenati agitano uno striscione bianco, che dice: "Vai Pantani, questa è la tua cronometro".

Sono tantissimi, gli striscioni e i cartelli e le scritte sull'asfalto, coprono ogni metro della salita fino in cima. Negli ultimi anni erano quasi spariti, si diceva che erano passati di moda, che i tifosi non avevano più voglia di scriverli. Forse era solo che nella piattezza delle corse non c'era più nulla da scrivere.

Adesso invece tutto cambia, tutto torna. Pure le bandiere, che sventolano fitte su per la salita. Il tricolore, ma soprattutto mille drappi neri col teschio in mezzo. Li scuotono mani impazzite, ora che il Pirata gli passa accanto, spostando l'aria e portandoli con sé nel suo arrembaggio furibondo.

Non li guarda, non guarda nemmeno la strada, solo stringe i denti e va. Senza calcoli, senza mete. È uno di quegli animali selvatici che qualcosa li ha feriti, e i medici li prendono e li curano, e quando finalmente è il momento di liberarli, li portano dentro gabbie in mezzo al bosco e gli aprono le sbarre, ma loro restano ancora un attimo fermi lì dentro. Poi riconoscono la loro aria, sentono il richiamo selvaggio intorno. E allora il lupo corre via, scappa il cervo e vola l'aquila. Di nuovo liberi, di nuovo forti, di nuovo vivi nella febbre che li scalda.

E Pantani adesso è questo. Sulle salite che finalmente sono arrivate, eccolo che esce dalla gabbia e scappa, corre, vola. È una fuga la sua, ma insieme è un furioso, possente ritorno.

Al traguardo mancano ancora quarantacinque chilometri, ma in cima alla Marmolada ha già quasi due minuti di vantaggio su Zülle. Raggiunge un drappello di fuggitivi e si tuffa giù per la lunga discesa fino a Canazei, dove si svolta a destra e lì, anche se la curva è pericolosa, bisogna togliere una mano dal manubrio, perché comincia la salita del Passo Sella, e allora c'è da farsi il segno della croce. Per affrontare gli undici chilometri che portano fino ai 2214 metri della cima più alta del Giro. E quando corri sopra i duemila, tutto cambia. Una corsa in bici diventa come la spesa al supermercato, quando però una voce annuncia: "Per un'emergenza nazionale, le scorte alimentari saranno interrotte fino a data da destinarsi, il cibo sugli scaffali è tutto quel che resta, arrangiatevi". E di colpo la civiltà dei consumatori, quella patina cortese che copre la società si sgretola, e salta fuori la rabbia di ognuno, l'istinto predatore a prendere subito, prendere meglio, prendere tutto. Addio calcoli, addio misure, spuntano i bastoni, spuntano i coltelli. Perché ognuno ha bisogno di cibo, e il cibo sta finendo.

È uguale quassù, correndo sopra i duemila metri, dove sta finendo l'ossigeno.

I muscoli esausti lo vogliono, lo vuole il sangue spinto dal cuore impazzito. Ogni pedalata è un passo in là nell'esplorazione di questo mondo ignoto e spietato, e potrebbe essere una scoperta, o potrebbe essere l'ultima.

Ma Pantani non ci pensa, lui spinge sui pedali e sale, e contro la pendenza assassina, contro l'ossigeno che manca, contro la fatica e il dolore e la sfortuna, Marco si toglie il berretto dalla testa, lo guarda un attimo e lo butta via.

Tutto qua, solo pochi grammi di stoffa gialla che volano per un paio di secondi e poi cadono sull'asfalto a bordo strada, ma bastano a far saltare in aria una montagna piena di tifosi e una nazione intera.

Solo Guerini regge il suo ritmo folle, nemmeno le macchine: dopo una curva, i due scansano una nuvola nera di fumo, da un'auto della corsa che ha fuso il motore.

E ogni tanto, mentre Marco corre verso la cima con gli occhi al cielo, la tv mostra lo spettacolo opposto e penoso di Zülle, là in fondo, lo sguardo perso dietro le lenti da vista. Sembra che non stia guardando più nulla, invece fissa se stesso. E nemmeno lui si riconosce: il suo viso, sempre serio e rasato, adesso è un urlo silenzioso di fatica, nel dolore che lo rende orribile, lo rende mostruoso, e quindi finalmente umano.

Spinge, soffia, sputa. E se alla partenza di questa tappa il campione svizzero aveva un vantaggio di quasi quattro minuti su Pantani, oggi a stento raggiunge il traguardo, con un ritardo di quasi cinque.

Ma questi sono solo numeri, e i numeri quassù non hanno più senso. Davanti all'emozione vera l'orologio è come la forchetta e il coltello di plastica alle sagre, contro lo stinco di maiale grosso come un tronco di pino: un tentativo fragile e patetico di affrontare la potenza devastante della vita quando è vita veramente.

Arriva e spezza tutto, forchette e lancette, spezza il respiro e le gambe, spezza le speranze di qualcuno e le catene che costringevano qualcun altro.

Come Marco, che alza appena le mani sul traguardo e le alza poi sul podio, con gli occhi chiusi e un sorriso leggero. Per far scendere meglio il tessuto sul petto, per sentirla bene addosso che lo carezza, come aveva sognato tante volte da ragazzino in camera dei suoi, dove lo specchio era più grande. Una volta la mamma era entrata e l'aveva trovato così, le mani alzate e un pubblico di ninnoli e bamboline a esultare, e lui si era vergognato tanto.

Ma anche adesso, in cima a Selva di Val Gardena, Marco sorride a metà. Come se dopo tanta fatica, tanti incidenti e sangue e ossa rotte e almeno un paio di resurrezioni, quella maglia ancora si vergognasse a indossarla.

Oggi che, per la prima volta nella sua vita, Pantani ha la Maglia Rosa.

15
La voce del bosco

Tutto era zitto e fermo come noi, seduti su una roccia in fondo al bosco.

Guardavo il babbo, aprivo la bocca per dire qualcosa, ma lui scuoteva appena la testa perché no, dovevamo stare muti, come la roccia sotto di noi e gli alberi intorno, nel fruscio del torrente lì accanto che scorreva così trasparente da vederlo subito, che dentro non c'era un pesce.

E allora la canna che avevo in mano era inutile, la tenevo in grembo e la carezzavo, ma tutta la voglia di pescare che avevo prima era diventata delusione. Perché uno si immagina di arrivare nel bosco e trovarsi fra mille creature diverse, che ti salutano e saltellano e parlano con te come nei cartoni animati, ma non è così. Cioè, forse all'inizio, nel Paradiso Terrestre, quando nemmeno Dio aveva capito che non bisognava fidarsi degli uomini, figuriamoci se l'avevano capito gli animali.

Ma dopo poco è stato chiaro per tutti, infatti quando un essere umano arriva in un bosco, sulla riva di un fiume o di un lago o dovunque sia la soglia tra il suo mondo e quello delle altre creature, quelle scappano a nascondersi.

E tu stai lì e credi di vedere la Natura, di sentirla, invece sei come un bimbo al luna park nel giorno di chiusura, le giostre ci sono ma spente, niente luci niente musica niente corse. Gli uccelli, i pesci e tutti quanti ti hanno sentito arrivare da un pezzo, e si sono nascosti dietro i rami sotto i sassi o dove capita, zitti e fermi ad aspettare una cosa sola: che tu te ne vada.

E l'unica cosa che puoi fare tu, se vuoi vederli, è la stessa: aspettare.

«Lo vuoi vedere, Fabio, il bosco?» mi aveva chiesto il babbo appena arrivati. Perché io ero deluso, guardavo il nulla intorno e nel torrente, e allora lui mi ha chiesto così. Sottovoce, e io pensavo di aver capito male: «Ma nel bosco non ci siamo già?».

Il babbo ha scosso la testa, io l'ho fissato, ho risposto di sì. Allora si è messo il dito davanti alla bocca per dirmi di stare zitto, ci siamo seduti sulla roccia, e nient'altro.

Per minuti e minuti. Nel silenzio che piano piano si riempiva del fruscio delle foglie lassù, dell'acqua che gli rispondeva lungo le sponde, e diventavano sempre più forti. Come la mia noia, che ogni tanto mi faceva voltare verso il babbo, ma lui sorrideva e alzava gli occhi al cielo.

Vuoto e fermo come noi, per una mezz'ora almeno. Poi, nell'aria azzurra, il fischio di un uccello. Gli ha risposto un altro. E da lì un intreccio di richiami sempre più fitto, che da fischio è diventato musica, anzi proprio canzoni. Ed eccoli lì, sui rami, gli uccelli che le cantavano, poi via tra mille capriole in volo, a caccia di bacche e insetti e altri rami da dove cantare. Mentre insetti diversi volavano bassi sul torrente, a sfiorare l'acqua. Li guardavo io, ma li guardavano pure le trote, che erano uscite dagli incastri dei sassi sul fondale e adesso luccicavano nella corrente, saltavano a mangiarli e tornavano a far ballare nell'acqua i loro fianchi d'argento.

E insomma, io e il babbo siamo rimasti lì non so quanto, a guardare il bosco per la prima volta. Anzi, a spiarlo, perché adesso tutta questa meraviglia spuntava solo perché si era scordata di noi. Come noi ci eravamo scordati delle canne da pesca, infatti non le abbiamo usate, siamo rimasti a indicarci con gli occhi quel che succedeva lassù o laggiù e tutto intorno, e io cercavo di guardare tanto bene da piantarmi questa meraviglia negli occhi, e averla ancora davanti la sera quando la raccontavo alla mamma e il mattino dopo a mia cugina Alessandra, che mi avrebbe fatto mille domande sui colori e i versi e le specie.

«Visto, Fabio? È così che viene fuori il mondo vero» mi ha detto il babbo alla fine di quel giorno stupendo, mentre tornavamo a casa e teneva il volante con le mani che non gli tremavano ancora, anzi era così forte e grandioso che i miei occhi non riuscivano a guardarlo tutto insieme. «Per migliaia e migliaia di anni gli abbiamo fatto troppe schifezze al mondo, adesso ci vuole zitti e fermi.»

E come quel giorno gli avevo fatto di sì dal mio sedile, glielo facevo adesso dopo tanti anni, mentre posavo la spugna sul corpo di Don Basagni.

E vabbè che io a lui non avevo fatto nessuna schifezza, però quel pomeriggio avevo deciso di provare così, restavo fermo e zitto, e aspettavo.

E Don Basagni restava muto pure lui, anche se oggi avrebbe potuto dirmi la frase preferita del genere umano, quella che mentre ti esce di bocca ti dà la soddisfazione più grande. E non è *ti amo*, non è *che magnifica giornata è stata oggi*, e nemmeno il verso più emozionante della tua poesia preferita. No, è invece guardare qualcuno dritto negli occhi, e dirgli *hai visto, eh, che avevo ragione io?*

E il direttore poteva dirlo eccome. Lui l'aveva dichiarato subito, quando per il resto del mondo Zülle aveva già vinto il Giro, che lo svizzero non era un problema.

Sulle prime salite aveva contenuto Pantani, a cronometro lo aveva seppellito, eppure Don Basagni si era fatto una risata delle sue, cioè una specie di colpo di tosse uscito storto, e aveva insistito che Zülle non andava da nessuna parte.

E ieri, dopo una sola tappa di montagna, la strada gli

aveva dato ragione. Pantani era in maglia rosa, lo svizzero nemmeno più sul podio. Chi poteva immaginarselo, chi l'avrebbe mai detto? Nessuno. Cioè, solo Don Basagni, lui l'aveva detto eccome.

Eppure adesso non diceva nulla. E figuriamoci se glielo dicevo io. Che avevo deciso di fare come mi aveva insegnato il babbo, fermo e zitto qui nel bosco. Restavo muto ad ascoltare i Doors che suonavano, e Jim Morrison che cantava di capelli che bruciano e colline piene di fuoco, e anche se al posto del fruscio del torrente c'era Don Basagni che masticava noccioline, e invece degli alberi alti e possenti avevo davanti le sue gambe secche, la pancia molle e le braccia frolle, lo stesso qua dentro vivevano creature selvatiche e misteriose, e io volevo che venissero fuori.

Ma stavo ormai passando alla schiena, che mi tenevo come finale perché dopo quella proprio dovevo smettere, e ancora nulla.

Che poi oggi non era nemmeno il giorno giusto, era mercoledì, due giorni in anticipo. Ma la Flora mi aveva detto di salire, era una richiesta del direttore. Forse per il caldo, che lo faceva sudare e allora bisognava lavarlo di più. Poi se n'era andata, con la Gina che la seguiva saltellando, tenendosi lontana da me.

Ma io ero venuto su sperando che non fosse per il caldo e il sudore, che Don Basagni avesse voglia di vedermi, di parlare del Giro e degli ultimi risvolti clamorosi.

Invece nulla, io stavo in silenzio e lui uguale, mentre gli passavo la spugna sul collo e la schiena, giù fino a dove dovevo arrivare. Poi la spugna sarebbe finita nel secchio, l'acqua sporca nel water, e io di nuovo giù in guardiola con gli occhi fissi al vetro.

Ma proprio quando ero a metà schiena, le mille pieghe della sua carne hanno cominciato a vibrare, e finalmente la trota è spuntata dalla sua tana sotto i sassi:

«*Der Schweizer wusste es*» ha detto Don Basagni.

Mi sono bloccato un attimo, ma sono ripartito subito a strusciare, come se mi importasse poco. E distrattamente ho chiesto: «Cosa?».

«*Der Schweizer wusste es*. È tedesco.»

«Mi sembrava tedesco, ma non lo capisco.»

«Vuol dire che lo Svizzero lo sapeva.»

«Zülle? E cosa sapeva.»

«Che non andava da nessuna parte. Magari ci sperava, dopo la cronometro quasi ci credeva. Ma in realtà lo sapeva. Gli altri no, ma lui lo sapeva, che non andava da nessuna parte.»

«Be', lo sapeva anche lei, Padre. Me l'ha detto subito.»

«Certo, era chiaro. Solo uno scemo poteva non capirlo. Solo te.»

«Veramente tutta l'Italia.»

«Ecco, appunto.»

E io continuavo a lavare, ma rimanendo sugli stessi posti, perché ero arrivato alla fine del sentiero, ma solo adesso il bosco aveva cominciato a vivere.

«Come mai parla tedesco?» ho tentato.

Silenzio per un po', poi: «Quarant'anni da missionario, è normale».

«Ha fatto il missionario in Germania?»

«Macché. Le missioni sono in Africa, sono in Sudamerica.»

«E allora non doveva imparare... boh, lo spagnolo, o le lingue africane?»

«Infatti parlo spagnolo, e francese, e capisco abbastanza lo swahili. E il tedesco l'ho imparato in Uganda.»

«E l'inglese lo sa?»

«Chiaro. Quello proprio lo insegnavo, quando questo posto era una scuola.»

Ho fatto di sì. Ho ripensato a lui che muoveva le labbra cantando le parole dei Doors, tutto tornava. Anche se non riuscivo a immaginarmelo, Don Basagni professore, in classe con tanti ragazzi. Ma in realtà non riuscivo nemmeno a immaginarlo in piedi, in mezzo al mondo reale. Mentre continuavo a lavare la schiena, la pelle molle, il disegno fitto dei nei e delle macchie chiare e scure che ballava e mi ipnotizzava come un caleidoscopio. Insieme al suono della sua voce, che frusciava appena cantando con Jim Morrison di non aver mai visto una donna così sola, così sola, così sola...

«Certo però che è strano, Padre.»

«Cosa.»

«Parlare così tante lingue, ma non parlare mai con nessuno.»

E lui, dopo un attimo, «e con chi dovrei parlare, con la Flora che non sale da me? Con quel rompipalle di Don Mauro?» e poi, in uno sputo di risata: «Con te?».

«Be', meglio di niente.»

«Molto meglio niente!» e ha chiuso la bocca, mentre con uno sforzo bestiale si girava di nuovo a pancia in su. «Oh, bimbo, ma oggi quanto mi tocchi? Va a finire che ti sei innamorato di me.»

Allora ho allontanato le mani da lui, di scatto, e mi sono pure scostato di un passo. Ho buttato la spugna nel secchio, l'ho portato in bagno. Lo stretto dello stanzino rimbombava della mia voce, mentre chiedevo: «Ma in quali posti è stato, di preciso?».

«Un sacco.»

«Vabbè, ma un sacco tipo dove.»

Non ha risposto. Almeno con la voce. Perché invece sono tornato da lui e reggeva in mano un Atlante. Non so dove lo teneva, prima sul comodino non c'era, credo. E adesso gli stava aperto sulla pancia, lui lo sfogliava e mi indicava nazioni sperse, alcune mai sentite. E io: «Che bello però».

«Bello cosa.»

«Visitare posti così lontani e diversi.»

«Posti di merda.»

«Ma no, sono posti esotici, Padre, posti belli.»

«Senti bimbo, nei posti belli ci sono i Club Méditerranée. Le missioni sono nei posti di merda, dove la gente sta di merda. E tu vai lì a spiegargli che tutta questa sofferenza ha un senso, perché ora muoiono di fame e di sete, ma poi quando muoiono davvero, andranno in Paradiso.»

«Sì, ma chissà che esperienze. E comunque le fa onore, aver aiutato queste persone.»

«L'hai mai sentito te, un club vacanze in Somalia? In Biafra? Un albergo extra-lusso nel Burkina Faso?»

«No, ma è colpa della gente, che è piatta e superficiale. Vogliono viaggiare per scoprire il mondo, ma poi finiscono a fare le stesse cose negli stessi posti, e...»

«La gente sarà piatta e superficiale, ma non è scema. Cioè, sì, però vuole andare dove si sta bene. Anche quelli nati in quei posti di merda. Se potessero se ne andrebbero tutti. Però non possono, perché hanno avuto la sfortuna di nascerci. Gli unici che ci finiscono per scelta sono i missionari.»

«E loro fanno un lavoro importante, sono lì per aiutare, e...»

«Certo Avvocato, bravo, gran bel discorso.»

«Non sono avvocato.»

«Sì che lo sei. E bravo anche.»

«No. Cioè, studio giurisprudenza, ma ancora non...»

«Lo so, lo so.»

«Ah. E come lo sa.»

«Don Mauro. Mi porta il pranzo e la cena. Ogni giorno per mangiare mi tocca ascoltare quel fesso. Lo mando subito via, ma in quei trenta secondi riesce lo stesso a riempirmi di discorsi.»

«Capito. Comunque non sono ancora avvocato.»

«No, ma lo diventerai. È quello il tuo traguardo, giusto?»

Non ho risposto. Non volevo, non potevo. Sapevo solo reggere il secchio e stare in piedi. E tanto per fare qualcosa di diverso, ho cominciato a sfogliare l'Atlante sulla sua pancia. Terre, mari, monti.

«Prendilo, portatelo giù in guardiola, io lo so a memoria. Ma non studiarlo troppo, tanto lì sopra il pericolo vero non ce lo trovi mica.»

«Eh?»

«Te l'ho già detto, il pericolo vero non era lo svizzero. Lo svizzero non andava da nessuna parte. Il pericolo vero viene da un posto che lì sopra non c'è.»

«Ma in che senso? Questo è l'Atlante mondiale, secondo lei il nemico vero non viene dalla Terra? Pantani deve difendersi da un marziano?»

«Eh, quasi, Avvocato caro, quasi.»

«Non mi chiami avvocato, per piacere.»

«E perché no? È quel che vuoi diventare. E ci sei anche portato. Che bell'arringa, per difendere i missionari. Fanno del bene, aiutano. Vacci te, in quei posti derelitti, a insegnargli che tutto è peccato. Che devono fare l'amore solo per fare figli, a gente che l'unico piacere che si può permettere nella vita è trombare» ha detto Don Basagni. Si è messo in bocca qualche nocciolina, poi: «E io ci ho provato eh. Facevo tutto quello che facevano gli altri, ogni giorno. Però poi la notte mi stendevo sulla branda e lo sentivo, che non era la mia cosa. Lo sentivo e lo sapevo. Eppure ci sono rimasto, Avvocato, per quarant'anni. Sai quanti sono? Quanti ne hai tu adesso?»

«Ventiquattro.»

«Ecco, vaffanculo, sei un bimbo! Beato te! Ripensaci fra un po', magari quando hai quarant'anni, e io sono sottoterra coi vermi che si lamentano perché ormai mi hanno mangiato tutto. Quel giorno ripensa a cosa vuol dire, stare su una brandina, di notte tra le zanzare, dopo quarant'anni a fare una cosa che magari è importante e tutto il resto, però te sai che non è la cosa tua. E io lo sapevo, mi sdraiavo e fissavo il soffitto, e lo sapevo bene. Come lo svizzero, lui lì per lì vinceva e comandava e tutto quanto, ma in realtà lo sapeva che non era la sua cosa. Io lo sapevo, lui lo sapeva. E te?»

16
Il pezzo mancante

L'acqua scura e pastosa là sotto, la spuma bianca che frizza per un attimo in cima e poi ci sparisce dentro, le onde che si spiaccicano contro i piloni di cemento: appena vedevo tutto questo, mi mettevo comodo e rassegnato a guardare cosa succedeva.

Anche se più comodo di così non potevo, ero steso a letto e dormivo, e quel che succedeva lo sapevo già benissimo, in questo che da anni era il mio sogno ricorrente.

E ogni scienziato ha la sua teoria sui sogni, quindi posso averne una anch'io: per me i sogni sono film che il cervello fa partire quando vuole staccare e riposarsi. Come in tv, che ogni giorno c'è una programmazione fitta e precisa, poi a un certo punto della notte i tecnici per farsi una dormita mandano i film di Maciste o le repliche di Derrick e Colombo.

Insomma, ci sono migliaia di libri che li interpretano, e persone che di mestiere li analizzano per dirti chi sei e cosa vuoi e cosa dovresti fare, ma secondo me i sogni sono questo, film trovati sugli scaffali della tua anima, che il cervello manda in onda per spegnersi un po'.

E siccome lui è spento, la trama spesso è confusa e va a caso, e la mattina quando ti svegli non te li ricordi nemmeno.

Questo qui però io lo ricordavo benissimo, l'avevo visto troppe volte negli ultimi anni, e mi sembrava un grande spreco perché ogni notte è il biglietto per un nuovo viaggio verso il mondo dei sogni, ma io finivo quasi sempre nello stesso posto. E invece che in cima ai monti della fantasia o nei mari sconfinati dell'immaginazione, mi riportava a una cosa successa davvero.

Ed era una cosa tremenda.

Infatti vedevo l'acqua scura, il mare furioso addosso al pontile, e dopo un attimo sentivo il grido della bimba che affogava, le onde che la mangiavano e masticavano, poi il babbo che si tuffava, l'onda che lo sbatteva contro il pilone e lo faceva sparire sotto gli occhi miei e di mia cugina Alessandra.

E qui, in questo punto preciso di quel pomeriggio maledetto, il sogno prendeva la realtà e la cambiava da com'era andata veramente: un attimo, poi il mare incazzato che friggeva di furia lo vedevo da dentro, da lì in mezzo ai vortici, perché prima che lo facesse Alessandra mi ero tuffato io.

Prendevo la bimba, la stringevo a me, la portavo fino al pontile. Poi il nero, il sale, ciuffi di alga negli occhi e nel respiro, stecchi marci, pezzi di plastica. Perché, come nella realtà, per salvare la bimba qualcuno moriva, solo che ero io.

Una vita salvata, una persa, secondo la matematica il conto non cambia. E infatti la matematica non capisce nulla: cambiava moltissimo, se la vita persa era quella di Alessandra oppure la mia.

Con l'avvocato che arrivava all'ospedale, e aveva le stesse lacrime negli occhi, in bocca la stessa clamorosa promessa, un posto garantito nel suo studio prestigiosissimo. Ma non era per me, era per Alessandra, che lo desiderava da una vita.

E così tutto era semplicemente perfetto. Tutto aveva un senso. Pure io, che a diciotto anni morivo, ma era giusto, perché ero nato per questo, per aprire la porta a mia cugina, per completare il disegno del destino che è come un puzzle, fatto di tanti pezzi diversi, e solo quando è quasi completo capisci cos'è, e tutta la fatica che c'è voluta prende il suo glorioso, splendido senso.

Infatti quel pomeriggio avrei dovuto davvero buttarmi io, un tuffo che bucava l'acqua nera e in quel buco si incastrava Alessandra, il vero pezzo mancante, così tutto sarebbe stato al suo posto. Invece sono rimasto lì a guardare, a pensare che dovevo correre a chiamare la Capitaneria, o forse la Polizia, o forse...

E intanto, visto che io non lo facevo, si è buttata lei. Che però aveva un progetto davanti, una destinazione. Voleva fare l'avvocato per difendere gli innocenti, o il magistrato per punire i cattivi, me lo diceva da quando eravamo alle elementari.

Mentre io non lo sapevo nemmeno alla fine del liceo, cosa volevo fare. Forse tutto, forse nulla. Ma era giusto così, io non dovevo fare nulla, solo scavalcare la balaustra quel giorno, e tuffarmi per lei. Invece no, e lei è finita nel mare, è sparita là in fondo, insieme al disegno favoloso del destino.

Lasciando una mamma impazzita, una famiglia sgangherata e me sperso nel mondo, il giorno a studiare cose che non capivo, la notte a sognare quel che avrebbe dovuto succedere davvero.

Pure la notte prima di quel pomeriggio, quando Don Basagni mi aveva raccontato finalmente qualcosa della sua vita. E infatti mentre scendevo dalla sua camera ripensavo un po' ai suoi discorsi sulle missioni, un po' al mare agitato dei miei sogni che ogni volta mi lasciava addosso l'odore del sale.

Col secchio in una mano e l'Atlante sottobraccio andavo a chiudermi nella guardiola per la tappa che fra poco cominciava, ma nel piazzale c'era la Gina con due galline. Mi hanno visto, e loro sono corse verso di me, lei invece è scappata dall'altra parte, rannicchiata nell'ombra del muro di fronte. Ho posato il secchio per far vedere alle galline che dentro c'era solo la spugna, loro hanno allungato il collo per guardare, ma anche la Gina da laggiù. Allora l'ho salutata con la mano, le ho detto: «Ciao. Io mi chiamo Fabio. E te?».

Mi ha fissato come le galline, con un occhio solo mentre teneva la testa puntata da un'altra parte.

«E te, io lo so come ti chiami, sai? Ti chiami Gina, vero?»

Lei ha aperto appena la bocca, l'ha piegata in una smorfia come un sorriso ma ingarbugliato con mille altre cose, poi è scappata giù per le scale e verso il pollaio, un grido strano, le braccia agitate nell'aria, le galline che la seguivano.

E allora sono tornato in guardiola.

Perché l'ora era giusta, cominciava la tappa, ho acceso la tv e l'ho piazzata in mezzo al tavolo, scostando il libro sul diritto d'impresa che volevo finire in settimana, ma stava ancora piantato alle prime pagine.

Nel vetro là davanti ho visto riflessa la mia smorfia nel prenderlo in mano, la stessa di Don Basagni prima quando gli ho chiesto delle missioni, dei posti dove la gente stava male e lui andava a dirgli che dovevano essere felici, siccome dei poveri è il Regno dei Cieli, e loro erano così poveri che nell'Aldilà diventavano come minimo i presidenti. E l'Aldilà dura per sempre, in confronto la vita su questa Terra è il tempo di uno starnuto. Quindi non aveva senso lamentarsi, se questo starnuto gli scappava in un posto così brutto.

La tv si è accesa, la diretta della tappa era appena iniziata, e dopo la Beatitudine Eterna, così smisurata che non finiva mai, ecco che di colpo un solo minuto contava tantissimo. Quello che adesso Pantani aveva di vantaggio su Zülle.

L'ha guadagnato ieri, con la prima vera tappa di montagna. Oggi ce n'è un'altra simile, e la terza domani. Poi per lui non ci sarà più nulla, solo strade piatte e la crono finale, sospesa come la lama di una ghigliottina, con Zülle che potrebbe tornare a umiliarlo e riprendersi il Giro.

Perché Don Basagni ripeteva che lo svizzero non era un problema, e in effetti ieri sulle prime montagne si è sciolto nel nulla, ma forse è stato solo un giorno storto, uno di quelli che ti svegli e proprio non va. Capita a tutti, ieri è capitato a lui, qual è il problema? Basta che oggi e domani non si faccia staccare, che resti lì con gli altri, poi sabato nella crono riprende la maglia rosa e vince il Giro.

Solo che oggi Zülle non resta con gli altri, non rimane sulla ruota di Pantani deciso a resistere. No, lo svizzero fa la cosa più incredibile, la più lontana da lui: sulla prima salita, come se fosse il Pirata, aumenta il ritmo e attacca!

E qui, in questo scatto inatteso, in questa esibizione innecessaria di freschezza e potenza, diventa finalmente chiaro che ha ragione Don Basagni: lo svizzero non va da nessuna parte.

Perché nella vita è sempre così: più ci tieni a far vedere che stai bene, più dentro di te traballi sul filo del suicidio. Come quella volta che il babbo del mio amico Sergio era alla cena dei quarant'anni dalla fine delle medie. Non voleva andarci, ma sua moglie l'aveva lasciato da un pezzo, e lui era rimasto a lavorare nel forno di famiglia, che il nonno l'aveva aperto e suo padre ingrandito, lui però non era portato per quel mestiere e infatti il forno glielo stava mangiando la banca. Allora era andato alla cena per distrarsi un po', e anzi si era presentato con due bottiglie giganti di spumante, una per mano, le agitava e faceva finta di spruzzarle sugli ex compagni, e raccontava barzellette e faceva battute a tutto spiano, e beveva e ballava e a un certo punto, prima del dolce, era salito sul tavolo a cantare *Meu amigu Charlie Brown*, e agli altri che lo guardavano da sotto urlava: "Ragazzi, oh, ma che è questo mortorio, allegria, allegria!".

Ma la testa gli girava sempre più, e a metà canzone è scivolato, è caduto, ha picchiato forte per terra ed è rimasto lì, con gli ex compagni che provavano ad aiutarlo e lui li scacciava a calci, e urlava che non aveva bisogno di loro, non aveva bisogno di nessuno lui, che stava bene, stava benissimo! Poi non ha più detto nulla, solo ha cominciato a piangere piano lì sul pavimento, mentre i camerieri lo scavalcavano per servire il dolce.

E insomma, questo è l'attacco di Zülle oggi, sulla prima salita del giorno. Se stesse davvero bene, rimarrebbe tranquillo alla ruota di Pantani, poi sabato nella tappa adatta a lui piazzerebbe la prestazione micidiale che chiude i discorsi. Invece ecco che entra in un terreno che non è il suo, sale sul tavolo del Giro per ballare e gridare che sta bene, che gli altri vanno troppo piano per lui e allora prende e se ne va.

Solo che lo svizzero non va da nessuna parte. Il gruppetto dei migliori non si fa staccare, anzi lo riprende in un attimo e se lo lascia dietro, fino in cima e giù verso la seconda salita al passo di Lavazè, poi la lunga discesa fino all'ultimo monte del giorno, la scalata all'Alpe di Pampeago, che è strana e pericolosa: da Molina si sale, poi spiana fino a Tesero, dove ricomincia a salire per un po'. Poi però, a quattro chilometri dall'arrivo, probabilmente i progettisti che tanto tempo fa hanno disegnato il suo percorso si sono fermati nel paesino di Stava. Hanno preso un caffè o annusato qualche fiore, poi hanno alzato gli occhi alla vetta e si sono accorti di averla presa troppo comoda, che la pendenza tenuta fino a quel punto non bastava mica per arrivare lassù. Allora, in preda al panico, hanno ripreso in mano il progetto, e da lì alla cima hanno tirato su una roba secca e dritta, una salita che somiglia a un muro.

Ed è qui, nel punto in cui i progettisti si sono accorti del loro errore, che chi ha forza deve attaccare. Sono questi i momenti in cui un campione può fare la differenza: scattando quando il buon senso ti direbbe di scendere dalla bicicletta.

Solo che Marco è rimasto in gabbia troppo a lungo, tra strade piatte e senza senso, e le sue gambe friggono di voglia. Non ce la fa ad aspettare, e due chilometri prima di quel punto famoso lancia il cappellino e va.

Zülle non gli resiste nemmeno un attimo, e l'unico che sale con lui è il piccolo colombiano Gonzalez.

Anzi, no, appena dietro c'è pure il russo Pavel Tonkov,

che in questo Giro si è visto poco ma nelle ultime tappe sta venendo fuori.

Il Pirata però è scatenato, attacca e attacca ancora, perché le sue imprese sono un fatto privato, intimo, una di quelle cose così tue che ti vengono bene soltanto se le fai da solo. Marco corre coi suoi pensieri, i ricordi, le voci nella testa e la sofferenza che lo spinge: non ha bisogno di altra compagnia. E infatti, anche se gli bruciano le gambe, insiste a scattare e finalmente sente Gonzalez che molla e lo lascia andare.

E Marco pedala e sorride, sorride libero, ma dura un attimo. Perché poi si accorge che non è mica solo. Appiccicato alla sua ruota c'è ancora Tonkov. Che corre all'opposto di lui, sempre seduto, composto, pompa sui pedali con una potenza costante. Ma il Pirata non ci sta. Attacca secco un'altra volta, ai famosi ultimi quattro chilometri dove la strada si fa ancora più ripida e in teoria lo favorisce.

Ma le teorie sono questo: storie che ci raccontiamo per tranquillizzarci in un mondo pieno di boschi scuri e paurosi, quando siamo troppo grandi per credere a Babbo Natale, al Principe Azzurro e alla Fatina dei Denti. Le teorie sono la base su cui costruiamo il mondo, e insieme sono favole complicate scritte per gli adulti, che non sanno più a cosa credere, non sanno dove andare.

E nemmeno Marco adesso lo sa. Lui avrebbe una sola direzione, lassù nella sua solitudine, fino al traguardo. Però oggi Tonkov non molla, non si piega, lo segue col suo viso di sasso e la pedalata regolare. E comincia a cambiare ritmo solo quando si avvicina l'arrivo, ma non per arrendersi: Tonkov sta aumentando la frequenza, graduale ma inesorabile, affianca Marco e gli passa davanti.

No, non è accettabile, non è possibile. E infatti Marco non ci sta. Di nuovo in piedi, di nuovo scatta con tutto quel che gli rimane dentro. In tv li vediamo dall'alto, dall'elicottero, ma comincia una galleria e per qualche infinito secondo non sappiamo cosa succede. Si spera di veder spuntare per prima la maglia rosa di Pantani, lanciata verso la vittoria, ma intanto ci sono solo i boschi delle Dolomiti e gli alberi dritti e immobili come tutti noi a guardare. E quando li vediamo di nuovo, Tonkov è in testa, Pantani dietro, le mani alte sul manubrio. Tutti le tengono così in salita, lui però mai. Il Pirata sta ammainando le vele.

E infatti, sul traguardo, Tonkov si alza sui pedali e non solo vince, ma riesce a staccarlo: Tonkov stacca Pantani in salita.

Di un paio di secondi appena, un paio di metri, ma è lo stesso un'enormità. Perché il vuoto non si misura in lunghezza né in larghezza, il vuoto si misura in profondità. E questo spazio minuscolo si apre su un baratro che scende smisurato, un pozzo buio che arriva fino alle budella della Terra, dove ribollono il destino, i rivolgimenti ancestrali, la lava del caso, per poi schizzare su e spandersi ovunque e radere al suolo ogni nostra intenzione.

E oggi ha appena deciso che Tonkov vince.

Zülle no, lui arriverà al traguardo ormai naufrago, ondeggiando fin quasi a cadere dalla bici. Ma Marco non è messo meglio. Resta con la testa bassa, tutti pensano che abbia lo sguardo perso nel vuoto, ma non è così: lo sguardo di Marco è vivo e dritto, verso quel vuoto. È il vuoto smisurato tra lui e il vincitore.

Quello che Tonkov si è lasciato alle spalle, aprendolo davanti a lui. È un vuoto preciso, perfetto perché ci si incastri il pezzo giusto, l'ultimo pezzo mancante di questo puzzle gigantesco che è il Giro d'Italia.

Impastato di polvere e sudore, di sangue e sputi, di salite e strapiombi, pioggia e fango, pugni e grida, ossa rotte e denti sciupati a forza di stringerli, di millimetri e migliaia di chilometri, di frazioni di secondo e vite intere. Manca solo un pezzo a completarlo, ma quel pezzo non è Pantani.

Anche se nessuno ci pensava, forse è proprio Tonkov. Che è un grande campione, e un Giro l'ha già vinto, è bravo a cronometro ma diversamente da Zülle va forte pure in montagna. È lui insomma il pezzo mancante, che adesso in cima all'Alpe di Pampeago non manca più.

È salito sul podio, ha alzato le braccia al cielo, e forse il taglio sottile sulla sua bocca era un sorriso. Mentre sullo schermo si leggeva che aveva vinto il Giro d'Italia del 1996, che aveva ventinove anni ed era nato in Russia, in un paese che si chiamava Izevsk.

Non sapevo bene dove fosse, anzi non lo sapevo per niente, e mi è venuto da cercarlo. Sull'Atlante che mi aveva appena prestato Don Basagni, ma era vecchio e la mappa era ancora quella dell'Unione Sovietica, con sopra mille nomi strani e intrecciati. Izevsk però non lo trovavo.

Come a casa mia non si trovava la ricevuta del rinvio militare. Ma lì c'erano la mamma e la zia che rovesciavano tutto, qua dovevo cavarmela da solo. E alla fine mi sono accorto di una scritta corta e leggera, a matita, in fondo alla pagina: "Vedi *Conoscere Ieri Oggi e Domani*".

E io lo sapevo, cosa voleva dire. Era un'enciclopedia. L'avevo vista nello stanzino dietro la mia guardiola, che una volta era la piccola biblioteca della scuola, e ce l'avevo uguale a casa mia. L'avevano comprata i miei quando ero piccolo. Costava tanto, ma il venditore gli aveva spiegato che senza questi volumi arancioni non potevo farmi strada nella vita. Dentro c'era il sapere di tutti i posti e i tempi, quel che mi serviva per diventare medico, scienziato, presidente della repubblica. O avvocato, appunto. E si dice sempre che amiamo i nostri figli, ma dirlo è facile, dimostrarlo è un'altra cosa. Per dimostrarlo, bisognava prendere il blocchetto degli assegni e comprarmi questa enciclopedia favolosa, *e insieme comprare un futuro a vostro figlio, se lo amate davvero*.

E così questi volumi arancioni e rigidi, splendidamente inutili, ce li avevo a casa, e in tanti anni non mi erano mai serviti. Ma adesso di colpo sì, e tanto.

Sono uscito dalla guardiola di corsa, facendo scappare ancora la Gina e le galline. Ho aggirato il muro e sono entrato nello stanzino-biblioteca, che odorava di muffa e carta vecchia, ho preso l'indice generale dell'enciclopedia e ho cercato, ma Izevsk non c'era nemmeno lì.

Però al suo posto, dopo Ivrea che chiudeva le voci con la "i", c'era un'altra scritta a matita. Magari lo scherzo di un ragazzino della scuola, che diceva "scemo chi legge" o una parolaccia scritta di nascosto col cuore in gola. Invece la grafia era la stessa di quella sull'Atlante, e diceva:

Izevsk: vedi Kalashnikov.

Sono andato avanti fino alla "k", ho trovato "Kalashnikov" e sono corso alla pagina giusta. E lì c'era la foto di un signore con la faccia quadrata e gli occhi a fessura, che sorrideva imbracciando un mitragliatore.

Era l'AK47, l'aveva inventato lui, infatti portava il suo nome: il Kalashnikov. Disegnato per armare la fanteria sovietica durante la guerra fredda, è il più usato in tutti i conflitti mondiali. Per la sua capacità di funzionare benissimo su ogni terreno di battaglia, sui ghiacci della Siberia e nell'afa sabbiosa dei deserti arabi, fino alle infinite pianure africane dove nessuna atrocità è abbastanza grande da arrivare alle orecchie del mondo. Proprio come Tonkov, che andava forte su ogni percorso: a cronometro, in pianura, in salita. Il Kalashnikov lo aveva inventato questo signore, e veniva prodotto nella cittadina dov'era nato, e questa cittadina si chiamava Izevsk.

La voce sull'enciclopedia finiva così. Ma appena sotto, sempre scritta a matita dalla solita mano che mi aveva fatto arrivare fino qui, una riga spiegava quello che ormai avevo già capito da solo:

Per motivi di sicurezza, l'URSS mantiene segrete le informazioni sulla città di Izevsk, che non appare sulle mappe.

Ecco perché non la trovavo sull'Atlante di Don Basagni. Ed ecco chi era il problema al Giro d'Italia, secondo lui: *Il pericolo vero è quello che non sta sul mappamondo.*

Vladimir Tonkov. Il pezzo mancante.

Che quel giorno si era aperto alle spalle un vuoto profondo, dov'era caduto Pantani.

Come me quel pomeriggio sul pontile, che non mi ero tuffato nel mare nero, e da allora ogni giorno della mia vita cadevo, cadevo giù in quel vuoto.

17
Il figlio della cava

«Ma come faceva a saperlo!» ho chiesto a Don Basagni. E mi sembrava strano parlargli così, seduto accanto al letto, senza averlo nudo sotto le mani.

Oggi non dovevo salire da lui, ma stavo guardando il Giro dalle dieci, che la tappa era troppo importante e c'era la diretta dal mattino, poi all'ora di pranzo hanno dato la linea al telegiornale e allora ho mangiato, sono uscito nel piazzale e lì c'era la Gina che camminava su e giù lungo il muro, le braccia aperte e la testa che si muoveva a scatti come fanno le galline. E siccome non era scappata subito, l'ho salutata. E mi è venuto da tenere la schiena ancor più dritta, per farle vedere come stanno le persone. Perché in fondo io ero qui come educatore, di alunni da educare non ce n'erano ma c'era una ragazzina che aveva tanto, tanto bisogno di qualcosa del genere. E ogni giorno quando mi vedeva restava un attimo di più prima di scappare.

Le facevo vedere come camminavo dritto, le facevo segno di provarci, e lei là al muro mi guardava, sempre con un occhio solo e il naso che puntava da un'altra parte.

«Così, Gina, guarda, così. Prova, senti come si sta bene con la schiena dritta.»

Lei era rimasta lì, ferma, però aveva stretto le braccia ai fianchi, e giuro che stava cominciando a tirarsi davvero su, ma:

«Oh!» un urlo corto, due lettere sole, era rimbalzato tra le mura e l'aveva fatta scappare starnazzando giù per le scale.

Io invece mi ero voltato al punto preciso da dove l'urlo era uscito, la finestra di Don Basagni. Non c'era nessuno affacciato, solo la sua voce, che ha ripetuto: «Oh!».

E insomma, l'avevo preso come un invito, e adesso ero qui.

A chiedergli: «Ma come faceva a saperlo». Di Tonkov, del campione che non stava sulle mappe. Di quanto era forte anche se finora sembrava di no.

«Era chiaro, era chiarissimo» ha infilato la mano nel sacchetto delle noccioline sul comodino, se le è buttate in gola tutte insieme.

«Non le faranno male, Padre, così tante?»

«Magari» ha detto con la bocca spalancata, per farmi vedere lo schifo dentro. «E comunque, non son bravo io che lo sapevo, sei scemo te che invece no. Ma vabbè, me lo dovevo aspettare, da uno che si dimentica di fare il rinvio militare.»

L'ha detto, e mi ha guardato con gli occhi stretti, scuri e piccoli e adesso frizzanti di quel lampo sinistro che accende lo sguardo dei bimbi, quando hanno appena ucciso una lucertola o una farfalla.

«No, ma io non lo so se me lo sono dimenticato, non... ma lei come lo sa?»

Perché quel dubbio l'avevo confessato solo alla mamma, e proprio quel mattino. Erano giorni che lei e la zia rivoltavano la casa in cerca del rinvio, senza fermarsi mai, forse senza nemmeno andare a letto la sera. O magari sì, ma a turno, come le guardie. E anche stamani erano a lavoro, con l'aiuto del babbo stavano smontando un mobile per vedere se magari il foglio era finito tra gli incastri, e andavano avanti così fino al pomeriggio, quando staccavano un po' per guardare la tappa.

«Anche voi due?» ho chiesto. E lei ha risposto: «Certo, oggi chi è che non la guarda?»

E in effetti aveva ragione. La tappa di oggi era imperdibile per tutti, una realtà che funzionava ovunque, non solo quassù in questo convento che era un pianeta a parte, dove i preti toccavano le donne delle pulizie, le bimbe vivevano nei pollai, lo scuolabus portava ragazzi che non esistevano e i giovani buttavano la loro gioventù come portinai a una porta vuota.

E comunque, a casa nostra adesso si smontavano pure i mobili, però la ricevuta non si trovava. Ne erano venute fuori un paio, e lì per lì la mamma e la zia avevano esultato col cuore che scoppiava, ma erano vecchie, degli anni prima.

«Com'è possibile, Fabio, che abbiamo trovato quelle vecchie, e quella nuova no?»

Non ho risposto, non lo sapevo. Anche se me l'aveva spiegato Jim Morrison, la notte prima, in un sogno. Dove c'era la Gina che agitava le braccia come ali, smuovendo l'aria e i capelli lunghi e favolosamente spettinati di lui, seduto sul letto sopra al mio nel dormitorio.

"Povera madre, povero padre, a marciare in questo deserto."

"Quale madre, Jim, quale padre?"

"No, la domanda giusta è: quale deserto?"

"Ah, scusa, quale deserto?"

"Non è importante, Avvocato, non è importante. Ma loro perdono gli occhi cercando nel sole una cosa, che non è lì. Quella cosa è con te, è dentro di te." Poi si è piegato a guardarmi meglio, coi suoi occhi troppo profondi. "Quella cosa sei tu."

"Io? Ma come io, ma..."

"Fuochi atomici dal cielo, lava nelle vene, dolci sorrisi di Cantabria, non vi vedrò mai più" ha detto Jim, e mi ha fissato facendo di sì, poi di no, la barba e i capelli che seguivano morbidi il movimento della testa.

Poi la Gina ha cominciato ad agitare le braccia ancora più forte, si è alzata nell'aria, e insieme lei e Jim sono volati fuori dalla finestra chiusa del dormitorio.

E allora ecco, alla mamma e alla zia stravolte con le ricevute vecchie in mano, quel mattino avevo detto che forse, *forse*, mi ero sbagliato. Forse quest'anno mi ero dimenticato di farlo, il rinvio. Mi ricordavo di aver compilato e spedito il modulo, però magari mi confondevo con l'anno prima.

Dall'altra parte, silenzio. Cioè, solo un verso di gola della zia. Lo faceva ogni volta che sbarrava gli occhi e stava per svenire, ma non sveniva mai.

E invece delle loro voci, quella fortissima di Don Mauro, che mi era comparso alle spalle con un secchio giallo di vernice.

E allora adesso non aveva senso chiedere a Don Basagni come faceva lui a sapere del rinvio.

«Ma come si fa, Avvocato, come si fa a scordarsi una cosa così.»

«Non lo so, Padre. Ma infatti forse l'ho fatto eh, però non si trova.»

«Di scemi ne conosco tanti, ogni giorno vedo Don Mauro, figurati. Ma te sei il re.»

«Va bene Padre, ho capito. Però se mi ha chiesto di salire per darmi dello scemo, io torno giù che ho tante cose da fare.»

«Ah sì? Per esempio?»

«Tante, tantissime. E poi c'è la tappa.»

«Quella non è ancora ricominciata» ha detto. «C'è ancora il telegiornale maledetto.»

E in effetti la sua televisione era accesa, lì sotto la finestra, con una che parlava di cose che non si capivano, ma non era il Giro e quindi chi se ne frega.

«E comunque io non ti ho chiesto di salire. Ti ho urlato solo perché davi fastidio alle galline.»

«Ma io non... vabbè, senta, io torno giù. Non sono come lei, che le piace star qui rinchiuso.» L'ho detto, poi però ho ripensato alla sedia a rotelle lì appoggiata all'armadio, e me ne sono pentito. Ma le parole sono sassi, una volta lanciate non c'è verso di riportarle indietro. Volano e picchiano addosso, e fanno male.

«Io ho girato il mondo, Avvocato. Ho girato più di te e dieci altre persone insieme. Ho vissuto nel deserto, sulle Ande e sul Rio delle Amazzoni. Per quarant'anni. Se adesso sto in camera mia, non rompermi il cazzo.»

«Sì, Padre, però... però è strano.»

«Cosa!»

«Nulla. Cioè, tutto. Anche che dica così.»

«Così come?»

«Che dica cazzo!»

«Ma cosa c'è di male, lo dicono tutti, cazzo, perché io non devo?»

«Perché lei è un prete!»

«Ah, e capirai» tirandosi su col busto. Ma nello sforzo ha sputato un'altra parola. Una sola, che non ho capito. Mi ha guardato, l'ha ripetuta: «Fame».

«Eh? Ma come fa ad avere fame, con tutte le noccioline che ingolla.»

«Ma non dico che ho fame adesso, scemo. Dico, la fame, lo sai cos'è?»

«Be', sì.»

«Col cazzo. Anzi, scusa, col cavolo. Te la fame l'hai sentita giusto alla televisione, Avvocato, l'hai letta nei libri, ma non l'hai avuta mai.»

«Non è vero, qualche volta invece l'ho avuta anch'io.»

«L'hai mai mangiato un topo? L'hai mai morsa una cintura di pelle? L'hai mai messa in bocca una manciata di terra, di terra quella che sta lì per terra, per avere qualcosa da masticare?»

Non ho risposto. Non sapevo che dire, dove guardare, cosa fare con le mie mani vuote. Quasi mi dispiaceva non avere la spugna per cominciare a lavarlo.

«Sono nato a Torano, in cima alle Alpi Apuane, appena sotto le cave di marmo. E lì, se eri un bimbo, il tuo babbo era un cavatore. Non c'era altra scelta. Cioè, sì, o era cavatore o era morto in cava. Lavoravano tutti lì, staccavano questi blocchi enormi dalla montagna, poi dovevano portarli giù fino al mare. Tonnellate e tonnellate di marmo bianco, quello che usava Michelangelo. E una cosa così pesante, non c'è verso, non si muove. La montagna non te la lascia volentieri. È roba sua, da milioni di anni, te arrivi e gliela vuoi portare via. E lei non cede, non ondeggia, non traballa. Poi però, quando a un certo punto lascia andare il blocco, lo fa di colpo, e quello parte giù per il monte e schiaccia terra e piante e tutto quel che c'è sotto. E in quei momenti, in paese suonava la sirena. E tutte le donne si mettevano a piangere, perché la sirena voleva dire incidente, e in cava incidente non è un braccio rotto o robe così, incidente è un morto. Oppure, se non è un morto, sono due o tre. E tutte le mogli e le mamme piangevano, quando sentivano la sirena. Un giorno però la mia mamma prima di piangere ha fatto un urlo, un urlo che non me lo dimenticherò mai. Come un lupo, con la testa al cielo. Perché quella notte aveva sognato che il babbo moriva. È uscita di casa e c'era una signora che piangeva uguale, perché anche lei aveva sognato che moriva suo figlio. Ma alla fine avevano ragione tutte e due, il blocco era passato sopra a uno e all'altro.»

Don Basagni guardava davanti a sé, alla finestra chiusa, alla tv senza volume col telegiornale che andava ancora. «A casa c'eravamo solo noi, la mamma e io e i miei sei fratelli, tutti più grandi. Quattro sono diventati cavatori come il babbo. Poi due femmine, poi io, che avevo preso la polmonite e allora non avevo la forza. Avevo però una fame che morivo, come tutti. Non ci dormivo la notte, dalla fame. E allora un giorno la mamma mi ha portato al convento. Mio fratello Egisto, che era il più grande, e era anarchico come tutti lì alle cave, ha detto che se diventavo prete il babbo si rivoltava nella tomba. La mamma ha risposto che il babbo nella tomba non c'era nemmeno, sotto il marmo non c'era rimasto nulla da metterci dentro. E io li ascoltavo. E mi domandavo come faceva a rivoltarsi un morto senza corpo.

Non lo sapevo, non lo sa nessuno. Però Egisto, con un po' di pazienza, l'ha scoperto. Perché di lì a un paio d'anni ha fatto la stessa fine, e allora dopo poteva rispondermi. Però no, perché appunto era morto e quindi non l'ho più rivisto. A parte una sera, una sera di dicembre del 1957. Quella sera Egisto è tornato da me.»

Il direttore ha detto così, e mi ha fissato. E io ho dimenticato come si respira.

Poi però dalla tv è partita una musica, il telegiornale era finito, Don Basagni ha ripreso a guardare lo schermo. Ma c'era la pubblicità, diceva che ti davano un grande finanziamento se compravi la Fiat Uno. Allora è tornato da me, che ero rimasto a quella sera di dicembre del 1957, quando il suo fratello morto era risorto dalla tomba.

«Insomma, Avvocato, cosa ti dicevo... ah, sì, il convento.»

«Veramente mi diceva di suo fratello, che l'ha rivisto dopo che era morto.»

«Ah, sì, vero. Che notte, che notte. Ma non importa. Importa il convento. Avevo nove anni, sono arrivato al portone, con la mamma. Ci ha aperto un prete con la barba, si chiamava Don Ercole, e mi ha dato subito due cose che non mi aveva mai dato nessuno. Un abbraccio, e una fetta di pane con l'olio. Dico un uomo, un uomo non mi aveva abbracciato mai. Mia madre sì, anche in quel momento, un abbraccio fortissimo, poi mi ha lasciato lì.

E Don Ercole mi chiamava figliolo, mi ha dato un'altra fetta di pane e mi ha presentato altri preti e due ragazzi poco più grandi di me, abbiamo cenato con un piatto pieno di minestra di fagioli. Intorno c'erano quadri di santi e beati che facevano cose eroiche o sopportavano torture incredibili e così andavano in Paradiso, io però li guardavo e mangiavo la pasta e fagioli, e in Paradiso mi sembrava di esserci già.»

Don Basagni raccontava, un po' a me un po' alla tv, dove le pubblicità andavano avanti colorate, con le voci entusiaste che diventavano un discorso unico mentre ci spiegavano quali nuove cose dovevamo volere.

Ma noi ora volevamo solo che la pubblicità finisse, per vedere cosa stava succedendo nella tappa decisiva del Giro d'Italia.

«La mattina presto pregavamo. Poi ci insegnavano a scrivere e leggere, poi pregavamo, poi lavoravamo fuori con Don Ercole, pregavamo il pomeriggio, poi si pregava prima di andare a letto. Pregavamo un sacco, ma negli intervalli si faceva colazione, si pranzava e si cenava, tutti i giorni. E quanto è bello dire a Dio *dacci oggi il nostro pane quotidiano*, e sapere che te lo darà veramente. È molto più facile, sai. Infatti ogni volta prima di mangiare mi facevo il segno della croce e lo ringraziavo. E ringraziavo Don Ercole, e la mamma a casa, che mi mancava, però dicevo vabbè, intanto mangio e mi metto in forze, poi dopo torno a casa. Perché per me era così. Una settimana lì, una decina di giorni, un mese. Poi basta. Ma intanto mangiavo, mangiavo e stavo bene. E la sera se non c'era pasta e fagioli c'era pasta e ceci, e insomma, te la faccio breve, è così che è andata. Sono diventato un prete. Ho fatto la scelta più spirituale del mondo per il motivo più terreno di tutti: avevo fame.»

Ha detto così, mi ha guardato, ha sorriso. Ma con quel sorriso che ti comanda il cervello, e la bocca obbedisce controvoglia, piegandosi in una smorfia storta sotto gli occhi sbarrati. Quel sorriso è la cosa più triste dell'universo.

Allora ho provato a coprirlo con le parole: «Ma no, Padre, sarà cominciata così, ma poi ha scoperto che poteva fare del bene. Magari la fame è stata... è stata il modo misterioso che ha scelto Dio per farla andare nella direzione che...».

«Per favore, Avvocato, falla finita. Non è che mi devi consolare, è andata così per me, ma va così per tutti. Io lo so bene, ho passato la vita a confessare i fedeli. Ho ascoltato gente che si è sposata con una persona perché gli dispiaceva lasciarla. O perché amavano un'altra, ma quella stava con un altro ancora. E coppie che non andavano d'accordo e allora hanno fatto un figlio, perché così pensavano che sarebbe andata meglio. Ti rendi conto? C'è gente che le pensa davvero queste cose, e allora in confronto io sono un genio. Però è andata così. Come a tutti. Dicevo: domani vado via, domani, domani. E intanto crescevo, e mi abituavo. Perché il problema è questo, Avvocato. Che piano piano ti abitui a tutto. Ogni sera vai a letto e decidi che domani farai qualcosa per cambiare la situazione. E ci credi davvero. Poi però ti svegli, e non è domani, è oggi. Il domani sta ancora lì davanti, un passo più in là. E allora lo aspetti ancora un giorno. E a forza di giorni, da bambino diventi vecchio, diventi questa cosa qui» ha detto Don Basagni, e anche se oggi non lo lavavo si è tolto il lenzuolo, si è indicato la pancia, le gambe, tutto quello che conoscevo troppo bene.

«Lo vedi questo, Avvocato, lo sai cos'è? Lo sai?»

Ho scosso la testa, perché non lo sapevo. Forse non lo volevo nemmeno sapere.

«Questo è il meglio che ti potrà succedere. Ben che ti vada, questo è quel che ti aspetta. È quel che preghi quando chiedi al Signore di conservarti in salute, di tenerti lontano dagli incidenti e dalle malattie, di non farti schiacciare dai blocchi di marmo. Eccolo qua, Avvocato.»

E io non sapevo cosa dire, nemmeno se era il caso di fare di sì o di no con la testa. Ma per fortuna c'era Don Basagni a parlare ancora: «Però ti dico una cosa, Avvocato. Una cosa che ci penso da un sacco di tempo, sentila bene e non te la scordare mai, eh».

E chissà cosa stava per dirmi, non ne avevo idea, e non lo so nemmeno adesso, non lo saprò finché campo. Perché la musica alla tv è finita, ed è partita una voce, anzi due. Erano quelle di Adriano De Zan e Davide Cassani, che dicevano *Bentornati al Giro d'Italia*. Allora Don Basagni è scattato con la testa allo schermo, gli occhi puntati, pronto a mandarmi via.

Ma non serviva, io stavo già scappando verso il corridoio e la mia guardiola. Perché il gruppo faticava sulla penultima salita del giorno, e quindi anche del Giro. L'ultima tappa di montagna, l'ultima occasione: qualsiasi cosa potesse fare il Pirata, la doveva fare adesso. Oggi non esisteva più un domani da aspettare.

Come non esisteva più il resto del mondo. Siviglia con le sue mille occasioni, gli amici che ci si tuffavano dentro, non esisteva il rinvio militare e nemmeno la pasta e fagioli che decideva la tua vita. Solo questa tappa che arrivava al suo momento chiave, e io che stavo per correre giù alla mia tv.

Ho detto: «A domani, Padre!» prima che Don Basagni con la mano alzata avesse il tempo di scacciarmi. Ma non mi ha mica scacciato. L'ha solo aperta, per fermarmi.

«Avvocato, ma dove cazzo vai. Stai qua, che ci guardiamo la tappa.»

18
I diamanti non valgono nulla

La sua colazione preferita, spaghetti e marmellata.
Ma c'è sempre qualcuno che deve spalancare gli occhi, e dirgli che è strano.
«E perché?»
«Perché insomma, spaghetti e marmellata, è strano.»
«Scusa, ma la marmellata col pane si mangia, no? Che differenza c'è?»
«C'è eccome. Col pane sì, ma con gli spaghetti, boh, è strano.»
E invece no, non lo è. Almeno non per Marco.
Ma poi, anche se davvero fosse strano, chi se ne frega?
Pure quando corre. Sta in fondo al gruppo, per conto suo, come se fosse da un'altra parte, e dicono che non va bene. Poi di colpo alza la testa, butta il cappello e scatta, e dicono che è troppo presto, o che spreca energie. Non si fa, non è giusto, non è normale, così è strano, appunto.
Ma lui col normale ci ha litigato da piccolo, e con tante altre regole del mondo. Proprio per questo corre così, perché quando sta in bici Marco si tuffa nel suo mondo, dove quel che è giusto e normale lo decide lui.
Gli altri in gara pensano di correrci insieme, e invece no. In un gruppo di quasi duecento ciclisti, su per la stessa sa-

lita straripante di tifosi che urlano il suo nome, Marco pedala da solo.

Soprattutto oggi, che non è un giorno importante, oggi è tutto quanto. Lui e Tonkov hanno quasi lo stesso tempo, per Marco è l'ultima occasione di attaccare in salita e guadagnare qualcosa, oppure sabato un'altra maledetta cronometro sarà il coperchio sulla sua tomba, e ogni minuto di distacco che prenderà dal russo sarà un chiodo piantato per chiuderla, e seppellire per sempre i suoi sogni.

Allora deve fare una cosa sola, che poi è l'unica che gli viene naturale: attaccare. Deve prendere la salita e saltarle addosso più forte che può, senza voltarsi indietro, senza pensare a cosa succede se va male.

Finora però Marco è rimasto in fondo al gruppo. I compagni ogni tanto lo affiancavano, provavano a portarlo un po' più avanti, ma lui nemmeno rispondeva, gli occhi nascosti sotto il berretto che gli copriva la testa piena di pensieri misteriosi. Senza parlare, senza guardare, senza sapere.

Così per quasi duecento chilometri, fino ai duemila metri del Passo Croce Domini, quando finalmente la tv torna in diretta sulla tappa. Poi giù nella lunga discesa a cento all'ora, e un tratto piano che taglia in due la Val Camonica, dove dal profondo dei boschi li osservano disegni antichi come le rocce su cui li hanno incisi un oceano di tempo fa, quando il mondo era giovane e girava volentieri, inventandosi a ogni giro nuove bellezze.

Ma adesso è qua, su questa strada, che bisogna inventarsi qualcosa. Infatti Marco alza appena la testa e avanza fino a portarsi dove deve stare, nelle prime posizioni del gruppo. Lì dominano due soli colori: la sua squadra e quella di Tonkov. Perché ora, dopo duecento chilometri e sette ore di corsa, là davanti c'è la salita che porta a Plan di Montecampione, l'ultima del giorno e del Giro, e non c'è spazio per pretendenti occasionali e avventurieri di giornata: questo è un duello, il confronto finale tra loro due, e i compagni li scortano ai piedi del monte come i testimoni scortavano i duellanti sul luogo della sfida, portando fioretti o pistole.

Questo luogo è dopo Boario, dove c'è un bivio. E lì, se uno ha il coraggio di prendere a sinistra, di colpo la strada finisce, e diventa un muro.

Il Giro d'Italia è lungo 3812 chilometri, per correrlo tutto il vincitore impiegherà poco meno di cento ore in sella, eppure il Giro sta tutto qui e adesso, nella mezz'ora che ci vorrà per scalare questi diciannove chilometri spietati fino alla vetta.

I primi otto sono molto duri, poi un po' di respiro, poi gli ultimi cinque dove si torna a soffrire. Ma Marco non deve pensare a questo né ad altro, solo strizzare i denti e attaccare. Tonkov no, lui sabato avrà la cronometro per trionfare, oggi gli basta stare appiccicato all'avversario e non concedergli un metro.

Lo fa già adesso, dietro di lui con gli occhi fissi alla sua ruota, mentre davanti i loro compagni tirano a turno finché non sono svuotati e si lasciano sfilare, perdendosi là in fondo uno per uno, come un conto alla rovescia fatto di corpi, sudore e dolore. Fino a quando non ci sarà più nessuno davanti a loro due, solo la salita che li guarda in faccia, e partirà la sfida.

Il momento che tutti aspettano da stamani, quando è cominciata la diretta in tv. Anzi, da quel giorno di giugno del 1994 quando si sono innamorati di questo corridore senza tempo, e da quattro anni sperano di vederlo trionfare.

E allora figuriamoci Pantani, che questo momento lo aspetta da quando stava nel negozio del signor Vicini a Cesena, e il nonno aveva messo i soldi in più per comprare la sua prima bici da corsa.

«Nonno, non son soldi buttati, sai. Te lo prometto, io vinco il Giro d'Italia!» gli aveva detto in un abbraccio forte, più delle risate che avevano riempito il negozio. Lo stesso negozio dove adesso tutti stanno con gli occhi piantati alla tv, le braccia che si uniscono a quell'abbraccio di tanti anni prima. Che dura ancora, tra lui e suo nonno e quasi sessanta milioni di italiani, e chissà quanti appassionati in tutto il mondo. Braccia di uomini e donne, vecchi e bimbi, biondi e mori e bassi e alti, di vivi e morti.

Pantani lo sente, e in qualche modo lo sentivo anch'io davanti alla tv, e Don Basagni sul letto accanto a me, che si tirava su con la schiena, fissava lo schermo e brontolava tra le noccioline.

E il calore di quella stretta si unisce ai trenta gradi di questo giorno bollente, una difficoltà in più per i corridori che consumano le borracce insieme ai respiri, col sole che tra un albero e l'altro gli salta addosso come un assassino.

Ma non è per questo caldo che adesso Pantani si toglie il berretto e lo lancia via.

Lo sa lui, lo sappiamo tutti.

Diciassette chilometri alla fine, davanti a loro solo Podenzana, compagno di Marco, che spinge fino a esaurirsi e poi molla, ed ecco che il conto alla rovescia finisce: in testa ci sono loro due, Pantani e Tonkov. E uno dei due vincerà il Giro.

«Ecco! Ecco!» biascica Don Basagni, il dito puntato allo schermo. «Ora vedrai che...» e forse voleva dire: "Ora vedrai che Pantani scatta", ma le parole gli restano in gola, perché Marco è più veloce di loro, si alza sui pedali e va.

È un attimo, e addio a tutti. Il gruppetto dei migliori, le moto e le auto, il resto della corsa smette di esistere là in fondo. E come stamani quando è sceso a fare colazione, come sempre nelle sue imprese, adesso sulla strada c'è solo e soltanto Marco.

Ah, no, c'è pure Tonkov.

«Ahia» ha detto Don Basagni. Si è tirato su col busto, non l'ho mai visto meno sdraiato di così. Le noccioline nel pugno bloccato a mezz'aria. Ripete: «Ahia».

Perché Marco è partito forte, fortissimo, ma il russo l'ha ripreso in due pedalate, e ora gli sta appicciato alla ruota.

E questo no, nel mondo di Marco non è normale. La sua corsa è solitudine, è scattare per staccare, tutto e tutti. Magari ne viene una cavalcata esaltante fino all'arrivo, magari chiede troppo alle sue energie e si consuma prima, grandi trionfi o grandi cadute, ma sempre da solo in mezzo alla folla impazzita.

Infatti quando Marco attacca si volta sempre per un attimo, non per vedere chi lo segue, ma per trovare il suo unico compagno di corsa: il vuoto.

Adesso però si è girato, e dietro le lenti scure ha trovato Tonkov, serio e con gli occhi fissi alla sua ruota.

«Ahia.»

Marco pedala in piedi con la sua danza ondeggiante, Tonkov invece resta seduto, regolare e composto, la sua faccia immutabile nel dolore e nella gioia, che forse il campione venuto dal ghiaccio non ha provato mai.

Ma Pantani deve staccarlo, e staccarlo per bene. Gli restano pochi chilometri, diciassette, sedici, quindici. E non è che li guarda passare, Marco attacca a ripetizione. Certe volte più secco, altre in progressione, ma Tonkov gli resta sempre incollato. Allora Pantani scatta ancora e ancora, pedalando su per la montagna e sull'orlo dello sfinimento. È una sfida vera, senza prudenze, o tutto o nulla, o vivi o muori. Perché Tonkov il Giro l'ha già vinto due anni fa, l'anno scorso è arrivato secondo, un altro posto sul podio non gli cambia nulla. E nemmeno Marco saprebbe cosa farci: non ha offerto la sua vita alla bicicletta per un secondo posto, non si è ammazzato di esercizi all'ospedale per rimettersi in sella e fare benino, non ha promesso al nonno Sotero che al Giro si piazzava e basta. Insomma, qua o si vince o si perde, si alza le braccia o si cade nel buio della crisi più nera. Tutto può succedere lungo ogni tornante di questa salita foderata di persone, di bandiere e striscioni, di urla e schizzi d'acqua rovesciati su due pazzi che lottano all'ultimo sangue dentro un forno.

Un altro attacco di Marco, un altro e un altro ancora, ma il risultato è lo stesso: Tonkov è lì. E lui lo sa, senza guardarlo.

Perché voltarsi, mai: sarebbe un segno di debolezza, come dire che hai tentato di tutto per staccarlo, e non sai più cosa fare. Ed è proprio la verità, ma appunto non deve venire fuori. Allora Marco non si volta, solo attacca e attacca, e dopo ogni fiammata abbassa gli occhi alla strada, sperando di non trovarci più l'ombra del russo. Che però è sempre lì, più grande della sua, tanto vicina che nelle curve sembra se la stia per mangiare.

E quindi, se non riesce a togliersi di dosso Tonkov, Marco almeno si toglie gli occhialoni da sole. Li butta via come il berretto, sperando così di essere ancora più leggero, e ci riprova. Arriva un tornante più duro degli altri e lui lo prende in piedi, stringe il manubrio e i denti, e va.

«Eccoci!» ha urlato Don Basagni. E anche lui ha stretto il lenzuolo, come io le ginocchia su questa sedia scomodissima.

Gli ho chiesto se ne aveva una meno dura e spigolosa, mi ha risposto che no, teneva questa apposta perché così se uno veniva a trovarlo non restava a lungo.

Ma non importa, perché alla tv c'è Pantani che nemmeno lui vuole restare, e in questo attacco rovescia tutta la forza che gli rimane. Non sente le urla del pubblico, e nemmeno quelle del suo corpo, dei muscoli i nervi i polmoni che gli gridano di smetterla, di dargli tregua o lo mollano qui.

Non li sente perché Marco sta da un'altra parte, nel suo mondo, nell'aria bollente ma libera del monte, sull'ultima salita di questo Giro che dopo quattro anni gli riesce di correre fino in fondo. E allora fino in fondo vuole spingersi. Finché non si schianta, finché non si spezza da solo sotto la fatica. Molto meglio che lasciarlo fare al cofano di una jeep o a un'altra schifezza guidata dal destino.

Si spreme tutto in questo sforzo micidiale, torna sulla sella col petto in fiamme e abbassa gli occhi alla strada bollente. Ma l'ombra nera è ancora lì.

Non ci può credere. Forse è un'allucinazione, uno scherzo del caldo e dell'altitudine. E allora Marco fa quel che non deve: si volta. Anzi, ancora peggio, guarda Tonkov lì dietro e gli fa cenno di dargli il cambio, di andare lui davanti a tirare per un po'.

Una dichiarazione di debolezza più clamorosa non esiste. E pure una più inutile, perché Tonkov non ha nessun interesse ad andare davanti: lui deve restargli dietro fino in cima e prendersi il Giro, che senso avrebbe passare in testa e buttare energie? Solo avergielo chiesto è l'umiliazione più devastante.

Anzi, no, ne arriva una ancora peggiore: anche se sembra impossibile, Tonkov aumenta il ritmo della sua pedalata, e gli dà retta.

Sorpassa Pantani con una facilità surreale, senza scomporsi, e senza motivo. Solo per dargli un secco, terribile messaggio:

"Sto così bene, che anche se non serve lo faccio lo stesso."

Ma è un attimo, poi Pantani torna davanti. È troppo orgoglioso per accettare. E se Tonkov sta bene, lui vuole fargli vedere che sta ancora meglio.

Ma non è vero. Sono quasi otto ore che corrono, duecentoquaranta chilometri aggrappati a montagne terribili, nell'afa che finisce di cuocere le gambe in fondo a un Giro massacrante. Eppure il duello diventa un folle balletto, una danza suicida con davanti Pantani, poi Tonkov, poi Pantani, poi Tonkov, e ogni tanto il gesto più inutile e spavaldo: pedalano affiancati, col pubblico impazzito che a fatica lascia lo spazio per farli passare. La strada è chiusa dall'alba, migliaia di tifosi hanno trascorso la notte quassù o sono saliti a piedi marciando per ore, solo per quell'istante in cui li vedono passare. E in quell'istante li vogliono vedere bene. Vogliono riempirsi gli occhi di tanta gloria e versarla addosso alla propria vita.

In cambio, li schizzano d'acqua fresca, gli urlano nelle

orecchie così tante parole e così forte che salendo diventano un unico grido, infinito e travolgente.

Mentre sulla strada arriva un pezzo così ripido che è perfetto per Marco, infatti sull'asfalto c'è scritto Pantani. E un metro sopra c'è scritto ancora Pantani, e Pantani, e avanti così per un po', a ogni scritta un colpo di pedale che è un affondo micidiale. Ma passandoci sopra, Marco vede l'ombra del russo ancora lì che si mangia lui e il suo nome.

Si volta di nuovo a guardarlo, ma non lo trova: sta passando dall'altra parte, e si porta ancora davanti a tirare. Così possente che Marco nello sforzo di reggerlo sente uno strappo. Sarà qualche muscolo, saranno i suoi sogni che si stracciano su questa salita micidiale. A otto chilometri dall'arrivo, quando Tonkov si porta davanti e pedala così potente da lasciarsi Marco alle spalle.

Staccato in salita, non lo accettava nemmeno da bimbo, non lo permetteva a nessuno. Però forse quello era una volta, quando Marco era intero. Poi mille cadute, e la jeep che gli ha frantumato le ossa, la gamba sinistra rimasta più corta.

Certe volte ci pensa, e respira male. Allora telefona a Luciano.

Perché la vita fa così: a un certo punto prende i tuoi nonni, che sono sempre stati lì accanto a te, e se li porta via. Ma è un'ingiustizia troppo grande, e la vita lo sa. Allora te ne offre altri, te li mette vicini lungo la strada, e sta a te riconoscerli.

Infatti Marco ha riconosciuto Luciano, che è il suo nuovo nonno, ma anche il presidente della sua squadra. Una squadra che esiste perché l'ha voluta lui, l'ha voluta per Marco.

Quando tutti lo davano per spacciato, lui ha convinto il patron della Mercatone Uno a investire un sacco di soldi in una squadra costruita tutta intorno a un uomo. Nessun comprimario, nessun velocista per le tappe in pianura, solo gregari devoti a un unico grande capitano: uno scheletro con gli occhi spersi e le stampelle.

Questo dovrebbe dominare le strade del ciclismo mondiale, e non riesce nemmeno a camminare.

Ma Luciano Pezzi è sicuro. Lui di ciclismo sa tanto, e tanto della vita. E adesso sa che questo ragazzo tornerà forte come prima, anzi di più. Ci crede, e ha convinto tutti. L'unico a non crederci, certe volte, è Marco.

Che anche ieri sera, prima di questa tappa decisiva, l'ha chiamato. E gli ha detto che non si sente più quello di prima, che con questa gamba più corta non...

«Ma cosa vuol dire, Marco, la gamba più corta! Te devi pedalare, te sei un ciclista, mica una ballerina! Vai tranquillo, e buttaci dentro tutto quel che hai.»

Poche parole, ma insieme tantissime. E a Marco sono bastate per dormire.

Adesso però sulla strada è sveglio. Nell'afa, nella fatica, nell'urlo assordante del pubblico e del suo corpo sfiancato. Così sveglio che anche il suo grande sogno sta svanendo, contro la schiena larga e immobile di Tonkov lì davanti, che viaggia come una moto.

Arrivano gli ultimi cinque chilometri e la salita torna micidiale, allora Marco prova a riportarsi in testa. Tonkov lo segue composto, né peggio né meglio di prima, semplicemente identico dall'inizio della montagna, come la sua espressione quando la tv lo fa vedere in primo piano. Suda, sì, ma su di lui non sembra sudore, sembra pioggia che scivola su una statua, sul volto immutabile di un monumento, e goccia a goccia se ne va.

Come la distanza che li separa dall'arrivo. Pochissima, sta per finire, ma ancora meno è la forza rimasta a loro due. Che continuano a duellare sul filo del burrone, ogni passo più vicino all'abisso della crisi dove cadi e addio.

È in questo momento che Marco comincia a toccarsi frenetico il naso.

Spargendo il panico intorno: respira male? L'ha punto un insetto? Non si sa cos'è successo, ma di certo niente di buono.

E invece, dopo il cappellino e gli occhiali, Marco sente che ha ancora un peso di cui liberarsi: un minuscolo brillante alla narice. E più forte dell'urlo dei tifosi e del dolore che lo prega di fermarsi, adesso sente la voce di suo Nonno Sotero, che gli dice di liberarsi di tutto, anche del brillantino. Già da vivo, al nonno non sarebbe mica piaciuto, figuriamoci ora. E Pantani obbedisce, riesce a toglierlo mentre scala quel muro tremendo, e lo butta via. Un diamante non vale nulla, il suo prezzo è solo una minuscola, enorme sciocchezza, decisa tra gli uomini come ogni stupida bugia che li governa. L'unica cosa che vale veramente sta lassù, in cima alla salita. E adesso Marco può arrivarci più leggero che mai.

Infatti sale di nuovo sui pedali e attacca ancora e ancora.

Ma Tonkov è sempre lì.

Allora il Pirata toglie le mani dalla parte bassa del manubrio e lo stringe sopra, come fanno tutti, com'è giusto e normale che sia: il segnale che la sua magia è finita.

I chilometri sono quattro, sono tre, un tornante panoramico così largo che gli sembra di tornare indietro, e pure lì prova a forzare, ma non c'è verso di staccare quest'ombra che è il suo scuro destino. Altro tornante, altro tentativo. Poi ancora e ancora. E ancora nulla.

Pedalano senza guardarsi, senza parlarsi, senza respirare, inventandosi margini di forza dove non esistono. È questo che fa un campione. È un inventore, un esploratore, un palombaro che si spinge negli abissi della sofferenza e ci cammina in mezzo.

E loro sono due campioni veri, giganteschi. Però alla fine deve vincere uno solo.

Il secondo posto farebbe gola a molti, sì, ma a molti fa gola pure un lavoro fisso che non gli piace, sperando ogni giorno che arrivi presto la sera, e poi la pensione, e allora finalmente, quando uno è vecchio e rotto e non può più fare nulla, essere libero di fare quel che vuole.

Un po' come studiare giurisprudenza senza passione, sperando solo che presto ci sia un qualche colpo di stato, che scatti l'anarchia totale e addio a tutte le leggi, addio regole e tribunali. E allora poter dire che non è colpa mia, se non faccio l'avvocato: non c'è più la legge, cosa ci posso fare?

No, queste sono le speranze di chi ha già perso. Non con gli altri, ma con se stesso. Ecco perché arrivare secondi non ha senso, perché in ogni sfida vera della vita sei solo. E quindi o vinci, o nulla.

E negli ultimi chilometri di questa salita sembra proprio che per Marco sia il nulla. Cominciamo a capirlo tutti, pure lui. Che infatti si alza ancora sui pedali e tenta un nuovo, disperato scatto, ma più di un attacco sembra un amarissimo addio.

Ecco, adesso è davvero finita, torna sulla sella e abbassa lo sguardo, e l'ombra di Tonkov è ancora lì.

La vede con la coda dell'occhio, e allora li chiude. Solo il buio, il sudore che brucia, tanto non c'è più nulla da vedere, nulla da sperare.

Ma c'è qualcosa da sentire.

Un *clic*.

Minimo, meccanico, subito perso nell'orgia di grida, nel rombo delle moto al seguito e dell'elicottero lassù. Eppure Marco, con gli occhi chiusi, lo riconosce.

È la catena che si sposta sul pignone: Tonkov ha cambiato rapporto. Ha resistito al suo ultimo scatto, ma poi ha messo un rapporto più leggero, subito, forse quasi un attimo in anticipo. E allora vuol dire che non ce la fa più nemmeno lui.

O magari no, non era la catena, era uno scricchiolio della bici sotto tutte quelle ore di sforzo, o qualcuno del pubblico con un mazzo di chiavi in tasca, o un pezzetto dentro il corpo di Marco che si è rotto per sempre.

Ma lui sa che non è così. E lo sa anche questa forza che dal nulla gli monta dentro. Un istante fa non esisteva, ma adesso lo fa alzare sui pedali e tentare un altro scatto, che non si sa dove piazzarlo nella sequenza dei suoi attacchi di oggi, perché l'ultimo era quello prima, questo sta oltre, in una dimensione magica dove l'ordine non esiste più, e l'ultima occasione arriva dopo che le occasioni sono finite.

E Pantani va, attraversa l'urlo dei tifosi che anche quello, se prima era al massimo, adesso è ancora più forte, diverso nel volume ma pure nel suono. E come quel *clic*, Marco riconosce subito questo suono nuovo e impazzito: gli dice cosa vedrà un attimo dopo, superato un tornante di braccia bottiglie cappelli bandiere e anime stravolte, quando può abbassare gli occhi alla strada e accorgersi che ora addosso a lui non c'è più nessuna ombra.

Tonkov ha perso un centimetro, uno solo ma grandissimo. È la prima luce che spunta tra la ruota di Marco e la sua, una luce che come quella del sole all'alba si stende sempre più, colorando il mondo di sé. E infatti i centimetri diventano due, tre, diventano metri e tornanti. Come la forza di Marco, che diventa spaventosa.

La strada finalmente tutta per lui gli permette di fare quello che sa: stringere i denti, guardare avanti, e partire verso il suo mondo di perfetta solitudine, in una danza ipnotica e furiosa che parte dal mare dei tifosi in delirio e vola su.

Urlano loro lungo la strada, urliamo noi due nella camera di Don Basagni. Mi è venuto da saltare in piedi, ma mi dispiace per lui che non può. Però è proprio Don Basagni, lì a letto con le braccia scosse in alto, che mi urla: «Salta! Salta Avvocato! Salta anche per me!».

E allora salto, salto per tutti e due e insieme a milioni di persone, così tanti e scatenati che forse, con tutto questo saltare, sfondiamo definitivamente la nostra nazione lunga e stretta che da tanti secoli ormai traballa.

Mentre Marco no, lui non pesa sulla terra. Marco è aria. Manca un chilometro e mezzo e ha già guadagnato mezzo minuto. Là dietro Tonkov non c'è, ma lui non si volta a controllare, non gli importa più. Perché il suo avversario non era lui, ma se stesso. E questi anni. Tutto quel che c'è successo dentro, la lotta per restare in bici in una vita che senza bici non è nulla, le altre vite delle persone a cui vuoi bene che non ci sono più, ma in questo momento eccole, tutte quante addosso, sulle spalle. Un berretto pesava troppo, un brillantino pure, ma loro no, loro sono leggeri, e leggeri siamo noi tutti, e insieme a Marco voliamo verso il traguardo.

Un chilometro, cinquecento metri, Tonkov sperso tra i tornanti, la maglietta aperta fino in fondo, il crocifisso che gli barcolla lento e sinistro sul petto senza fiato. Mentre Marco vince, con un vantaggio di quasi un minuto e mezzo.

Se lo prende fino all'ultima pedalata, la bocca spalancata, i denti fuori come a mordere l'aria bollente e insieme il destino, che finalmente gli ha mostrato il fianco, e Marco lo azzanna senza lasciarlo andare.

Passata la linea chiude gli occhi, si drizza sulla schiena, apre le braccia e soffia fuori qualcosa. Non è aria, non ne ha più nei polmoni. È qualcosa che teneva dentro da tanto tempo, adesso si perde nel cielo e lo porta in un istante dalla furia a una pace smisurata.

Smette pure di pedalare, gli uomini della squadra lo abbracciano al volo per non farlo cadere. E lui resta così, con gli occhi chiusi in quella stretta.

Identica a questa, qua nella camera di Don Basagni. L'abbraccio incredibile, impossibile, in cui mi trovavo io adesso. Con un vecchio che odorava di noccioline, e lo sentivo da come respirava, da come gli traballava la gola, che voleva dirmi qualcosa. Una sola, ma importantissima, ed era la stessa che volevo dirgli io. Solo che non sapevamo cos'era.

Perché non era il momento, era troppo intenso adesso, e le parole dovevano restare ad aspettare. A guardare noi zitti, noi leggeri, noi stretti nel silenzio travolgente della felicità.

19
Povero Babbo Natale

«Babbo Natale non esiste» dice Alessandra. E io la guardo come se avesse parlato in un'altra lingua, che non conosco e non voglio imparare mai.

La mia mamma e la sua lavano i capelli e fanno le messe in piega al negozio della signora Giovanna, noi passiamo i giorni insieme dalla nonna. Che ci fa giocare e saltare e ci insegna a sbucciare i fagioli o la verdura di quella stagione, ma siccome è dicembre e non c'è tanta verdura da maneggiare, oggi ci ha detto di scrivere la letterina a Babbo Natale.

E io sono partito bene:

Caro Babbo Natale,
  buonasera, spero di non disturbar...

qui però mi sono bloccato, perché non so se dargli del tu o del lei.

Siamo sul divano, le gambe troppo corte per toccare terra. Quelle di Alessandra ancora di più, perché ha un anno meno di me. Però la lettera a Babbo Natale l'ha scritta in un attimo, l'ha piegata e imbustata. E gli ha dato del tu.

«Anch'io vorrei dargli del tu, però forse prima è meglio se gli chiedo il permesso.»

«E come fai? Gli mandi una lettera solo per quello, così aspetti che ti risponde e poi gliene scrivi un'altra per i regali? Va a finire che fai tardi e non ti porta nulla.»

«Vero, però insomma, dargli del tu così, a un signore anziano, non mi viene.»

«E allora dagli del lei.»

«Ma te gli hai dato del tu, magari tutti i bambini gli danno del tu, io così rimango antipatico, e...»

«È uguale Fabio, scrivila come ti pare, tanto Babbo Natale non esiste.»

Alessandra dice così, appunto, e la mia matita rossa si pianta sul foglio come se non sapesse più dove andare.

E io non so più dove sono. Seduto su un divano in mezzo a un altro pianeta, in una galassia dove manca l'ossigeno, e infatti respiro male.

Però riesco a chiedere: «Ma come, in che senso non esiste».

«Nel senso che non esiste. Babbo Natale è una favola, è una bugia.»

Ci penso un attimo. Uno solo. «Ma come, ma... ma allora la Befana con chi sta?»

«Con nessuno» risponde Alessandra. E prima che io possa chiedere se la Befana è single, mi spiega: «Non esiste nemmeno lei. E non esiste la Fatina dei Denti, non esiste l'Uomo Nero, nessuna di quelle cose lì.»

Resto così, con gli occhi fissi alla casetta di Babbo Natale al Polo Nord che crolla, la stalla delle renne che collassa e le spiaccica a terra, la terra che reggeva la mia vita e adesso si sbriciola. Si aprono squarci spaventosi e bui, si allargano come ferite mortali nel suolo e mi ingoiano.

Ma prima di cadere laggiù, chiedo aiuto ad Alessandra: «Ma allora... allora cosa si fa?».

«Facile, gli diamo del tu.»

«A Babbo Natale? Ma se non esiste, cosa gli scriviamo a fare?»

«Perché lui non esiste, ma la tua mamma e la mia sì. Sono

loro che leggono le nostre lettere, così sanno quali regali vogliamo, e ce li prendono.»

Sto per chiederle se legge anche il mio babbo. Ma lei il babbo non ce l'ha più, allora sto zitto. La guardo, guardo la matita sul foglio, provo a farla ripartire.

Per scrivere a qualcuno che non esiste, una lettera che diventa solo una lista di regali, e non viaggerà fino al Polo Nord ma alla camera dei miei. E se non esagero con le richieste prenderanno quel che gli chiedo, felici di farmi felice, e me lo faranno trovare sotto l'albero il giorno di Natale. Se il Natale arriverà, perché forse adesso smette di esistere pure lui, e sarà un giorno come gli altri, messi in fila tutti uguali per arrivare a un altro momento speciale là davanti, che poi quando ci saremo vicini scoprirò che è solo un'altra bugia.

Invece quel Natale arriva, e altri dopo di lui, e a forza di Natali le nostre gambe si allungano sul divano della nonna, i nostri piedi arrivano a toccare terra, e noi arriviamo al liceo. Fuori piove, io ho sedici anni e Alessandra quindici, ma il divano è lo stesso, e i discorsi pure.

«Ma quale ago, dài!»

«Te lo giuro Alessandra, l'ha detto il Fortini a ricreazione.»

«Il Fortini è un deficiente. Non abbiamo nessun ago. Ma dove poi.»

«Dentro! Dentro di... dentro di voi. È un osso, fine e appuntito come un ago. E se un maschio ci mette dentro il pisello e sbaglia mira, si punge e muore dissanguato. È per quello che bisogna stare attenti a fare l'amore. Ce l'ha detto lui.»

«E vi ha detto una stronzata, fidati.»

«Ma cosa ne sai, l'hai mai fatto te l'amore?»

«No, e nemmeno te. E nemmeno il Fortini. Io però perché non voglio ancora. E se avessi un ago dentro, me ne accorgerei.»

«Dici? Non lo so mica. Pensa ai polmoni per esempio. O al fegato. Se non te lo dicevano a scuola, tu lo sapresti che ce li hai? No, mica li senti, ci sono e basta. Come il cuore, pure lui non lo sai se ce l'hai veramente.»

«Il cuore batte, non lo senti?»

Mi metto la mano sul petto, faccio di sì. Di tutta la roba che abbiamo dentro, il cuore forse è l'unico che sentiamo. Eppure tante volte mi viene lo stesso il dubbio, se un cuore ce l'ho davvero.

Perché sono in seconda liceo e ho solo tre amici, ma abbiamo tante cose in comune: ci piacciono gli stessi dischi, gli stessi film e fumetti. E non piacciamo alle stesse ragazze, cioè a tutte. Loro tre però si innamorano, e soffrono, e il cuore spesso gli si spezza. A me invece non succede mai.

Li vedo così tristi, senza voglia di andare in giro o al cinema nemmeno se esce un nuovo Godzilla, e all'inizio mi sentivo fortunato di non sprofondare in quella melma amorosa. Poi, col tempo, mi è venuta paura che magari in questa mancanza di sofferenza ci sia qualcosa di sbagliato.

«Non è possibile che non ti piaccia nessuna» dice infatti mia cugina.

Perché a parlare dell'osso dentro le donne ci siamo finiti per sbaglio, discutendo dei baci con la lingua, che le ho chiesto come si danno. Lei mi ha risposto che non si può spiegare bene, anzi, a spiegarlo sembra difficile, ma poi quando sei con la ragazza che ti piace viene tutto naturale.

E io le ho detto che questa ragazza non c'è. Mi piacciono tutte, mi piacciono tanto, ma nessuna in particolare. E secondo lei non è possibile: «Non ce n'è una che quando la vedi ti batte forte il cuore?».

L'ho guardata, ho storto la bocca, mi sono toccato il petto con la mano. Il cuore stava lì tranquillo a battere per i fatti suoi.

«Vabbè Fabio, non ti preoccupare, prima o poi succederà.»

Che è la stessa risposta, con lo stesso tono, che mi dà la mamma quando le chiedo qualcosa con l'ansia nella voce: prima o poi, col tempo, tutto succede.

Però il tempo passa ancora, va da Babbo Natale ai baci con la lingua e arriva fino a oggi, che ho ventiquattro anni e sto tornando al convento dopo un'altra domenica passata a casa, e questo "succederà" non è ancora successo.

È successo però che finalmente Pantani aveva vinto il Giro, e anche lui in questo momento stava tornando a casa sua, dopo quasi un mese su e giù per l'Italia. La sua famiglia e il suo paese lo aspettavano per festeggiare questa vittoria che non sembrava arrivare mai, e invece eccola qua.

E io ero così felice, per lui ma anche per me: per lui che ce l'aveva fatta a realizzare il suo sogno e la promessa a suo nonno. Ed ero felice per me di essere felice per lui, perché le sue azioni clamorose mi avevano fatto battere il cuore fortissimo, mi avevano fatto sentire che anche se non mi innamoravo di una e non ci soffrivo, il motore delle mie passioni funzionava e si scaldava fino a bollire.

Come nella tappa di Montecampione, che io e Don Basagni alla fine ci siamo abbracciati. Forte e a lungo.

E siamo rimasti così, stretti, troppo imbarazzati anche solo per staccarci. Allora ho provato a dire che era stata un'impresa favolosa, piena di coraggio e potenza, e che ero felice di averla vista insieme. E potevamo rifarlo sabato, che c'era la cronometro e si rischiava che Tonkov rovesciasse la situazione, e...

«No Avvocato, no. Ormai è vinta. Lo so io e lo sai te, lo sa Tonkov e anche Marco. Ha vinto, ha vinto!» e alla fine l'ho sentito tremare, nella voce e nel petto molle contro il mio. Forse gli veniva da piangere, non lo so. E non volevo saperlo, volevo solo restare così, abbracciati nella stessa emozione, la felicità per la felicità di qualcun altro, che è la capacità più rara e preziosa del genere umano.

Ma lui, con parole sempre più tremolanti, mi ha sibilato: «Ora però vattene via».

Ci sono rimasto male, mi sono chiesto se avevo detto qualcosa di sbagliato. Però non ero io, era lui che aveva bisogno di stare solo. Ne aveva un bisogno tremendo. L'ho capito quando mi è arrivata quell'ultima parola incredibile, tutta storta nella sua gola che non era abituata a farla uscire:

«Vattene via, Avvocato, *per piacere*».

Chissà da quanto non lo diceva, per piacere. Forse anni, forse nemmeno una volta in una vita intera nei posti più sperduti del mondo.

Ma adesso sì, e allora sono sparito di corsa, portandomi via però la mia parte di felicità, per Marco che vinceva il Giro, per me che nell'ultimo chilometro avevo il cuore che a forza di battere stava per spezzarmi le costole e saltare fuori.

Perché anch'io ero pieno di passioni, però diverse. I miei amici andavano in Svezia col pullman per dire a una ragazza che erano innamorati di lei, i miei amici mi trascinavano in locali dove non c'entravamo nulla, nella speranza che lei li guardasse e gli regalasse qualche parola. E io no. Io stavo lì con loro e poi tornavo a casa nella notte coi Doors al massimo nella macchina, e Jim che mi cantava: "Non la ami alla follia? Non la ami alla follia?". E io scuotevo la testa e dovevo rispondere: "No, Jim, non la amo, non so nemmeno di chi parli!".

Però riuscivo a tremare di emozione per una canzone come quella. E per un corridore favoloso, che dopo anni di sfortune e sofferenze poteva alzare le braccia al cielo e vincere.

È passione anche questa, è la stessa cosa, no? Sì? No?

Non lo sapevo. E non c'era più Alessandra a spiegarmelo, che lei invece sapeva sempre tutto. Come l'avvocato Ferroni, che però si intende solo di cose pratiche e tecniche.

Pure quel giorno, quando la mamma e la zia gliel'avevano dovuto dire, che il rinvio militare non si trovava e forse mi ero proprio scordato di farlo. Di là dal telefono un attimo solo di silenzio, poi: «Santa Pazienza, cosa dobbiamo fare con questo ragazzo?». Ma, prima di attaccare, ha detto che ci pensava lui, in qualche modo ci pensava lo stesso.

Non ha spiegato come né quando, ma è bastato a far tornare il sorriso alla mamma e alla zia.

Soprattutto alla zia, che a forza di cercare in camera mia aveva trovato fra le pagine del mio diario di prima media una foto di Alessandra che non aveva. Stiamo insieme, io e lei, guancia a guancia e guardiamo l'obiettivo sorridendo, con la torta sotto a illuminarci di candeline. È la nostra festa di compleanno, la facevamo sempre insieme anche se eravamo nati a quasi un mese di distanza. Secondo la mamma e la zia perché con una festa sola si risparmiava un bel po', secondo me perché io appunto avevo solo tre amici, e senza i suoi sarebbe stata una festa assai triste.

E comunque, nella foto sorridevamo, e la zia era corsa da Piero il fotografo a farsene fare dieci copie. Una l'ha data a me, da tenere sempre in tasca, perché Alessandra mi aiutava da lassù. L'ha detto, ha indicato il cielo, poi mi ha guardato facendo di sì. Ne era sicura, e una dimostrazione era che a scuola non ero mai andato tanto bene, dalle elementari fino alla fine del liceo. Invece all'università stavo macinando gli esami coi voti altissimi che prendeva sempre lei. Alessandra mi aiutava, era così, era proprio così.

Me l'ha detto sul vialetto mentre me ne andavo. Io ho preso la foto e le ho risposto di sì: è Alessandra che mi aiuta da lassù.

Come Pantani quel pomeriggio a Milano, alla premiazione del Giro. Ha alzato il trofeo al cielo per farlo vedere a suo nonno Sotero, che gli aveva dato la forza per vincerlo. E forse avrei fatto lo stesso io con la laurea, di lì a qualche mese.

E intanto ci pensavo, mentre guidavo tra i tornanti. Con la foto di me e Alessandra sul sedile accanto, insieme al mio quaderno rosso, quello pieno di lettere che mi scrivevano le mie amanti immaginarie. Forse la mamma e la zia l'avevano letto, forse no, nel dubbio lo portavo con me.

E volevo ascoltare i Doors, che Don Basagni mi aveva fatto venire una voglia pazzesca, ma non potevo. Jim Morrison non voleva. E alla radio trasmettevano sempre e solo schifezze. Allora sono rimasto a sentire il motore della Fiesta, che era tornata a funzionare.

L'aveva sistemata Don Mauro. Per sicurezza ero passato dal meccanico, che era una ragazza, si chiamava Enrica e stava in classe con me alle medie.

Ha guardato la riparazione, l'ha guardata ancora, ha chiamato uno che lavorava con lei e alla fine hanno detto che non capivano cosa gli aveva fatto Don Mauro, però funzionava. E a me non importava altro, passando gli ultimi tornanti nella luce della sera che a inizio giugno sembra non finire mai.

A illuminare un mondo dove è possibile che un'auto viaggi anche se non dovrebbe funzionare. Che uno poco intelligente si laurei perché sua cugina lo aiuta da lassù. Che un corridore conquisti il Giro perché lo spinge suo nonno, sempre da lassù. Che lui vinca per far felice un morto, che io studi una materia che detesto per farne felice un'altra, e che adesso io guidi senza la musica che amo perché il cantante dall'oltretomba mi ha vietato di farlo, con accanto un quaderno pieno di lettere scritte da amanti che non esistono. Mentre scendo dall'auto e arrivo davanti al cancello incatenato, al campanello rotto, e vado a fare l'educatore in una scuola dove non ci sono ragazzi.

Questo è il mondo, questa è la realtà. Così assurda, così impossibile, che prendersela con Babbo Natale e dire che lui invece no, non esiste, mi sembra proprio una cattiveria.

20

Bolle nella birra

Piccole bolle tutte uguali salgono nell'ambra dal fondo del bicchiere, scalano il vetro fino in cima e si liberano una per una nell'aria profumata di giugno.

Sono diverse da quelle dello spumante, quando stai sul podio e stappi la bottiglia e schizzano fuori in una schiuma prepotente.

Queste della birra gli piacciono di più, a Marco, perché ognuna sale per sé, quando vuole e come le pare. Le guarda seduto al tavolino fuori dal bar e sorride. Gli amici pensano che sia per quel che dicono, i soliti discorsi, le battute che sono le stesse eppure fanno sempre ridere. Ma lui sorride per le bollicine della birra, che salgono leggere e si mescolano all'aria di questi giorni di feste e abbracci, in cui tutti parlano di quel che ha fatto con la bicicletta, anche se lui sulla bici non sale da un pezzo.

Dalla domenica che è finito il Giro, a Milano. Quel giorno pioveva, ma la sera prima si sono tuffati in piscina vestiti. Poi è venuto il barbiere, perché le promesse sono promesse, e ha rasato a zero tutti, compagni e meccanici e massaggiatori, pelati come lui, la sua ciurma fino in fondo.

E il mare di persone che a Milano trasformava il podio in un'isola sta pure qua a casa sua, davanti al mare vero. Si forma ovunque vada, per la strada e nella piazza e soprattutto al chiosco delle piadine della mamma, tra feste organizzate e improvvisate, autografi telecamere microfoni premiazioni.

A una di queste, non saprebbe dire quale perché ha perso il conto, Marco ha detto che andava in bagno, però è scappato dalla finestra ed è corso dai suoi amici, per una notte in giro fino all'alba come una volta.

Perché adesso tutti gli vogliono bene e lo amano, uomini e donne. «Prima ero brutto, ora sono bello» dice, è strano ma è così. Eppure niente può valere questa birretta al tavolo fuori dal bar, coi suoi amici veri. L'amicizia per lui è una cosa seria, e comincia da bambini. È una specie di parentela, o c'è da sempre o non c'è. Col tempo puoi conoscere persone con cui vai d'accordo, ma gli amici sono una storia diversa, ci devi essere nato, è una famiglia.

Una famiglia allargata, dove appunto ha un nuovo nonno. A quello vero, Sotero, Marco ha dedicato il trofeo guardando il cielo, per mostrargli la promessa mantenuta. Quello nuovo invece, Luciano Pezzi, si è innamorato di lui quando gli ha visto vincere da ragazzo il Giro dei Dilettanti. Quello che poi Marco era corso a dirlo a Sotero, ma l'aveva trovato spento all'ospedale. Una specie di reincarnazione insomma.

Il nonno lo faceva stare tranquillo quando lo portava a pesca, Marco fremeva perché non abboccava nulla, le gambe gli formicolavano dalla voglia di saltare e correre e fare casino, ma lui gli diceva: «Stai buono, stai buono e guarda il galleggiante, che il pesce tuo è già in viaggio verso di te».

Lo stesso fa Luciano con le corse. Lui se ne intende un sacco, più di chiunque. E sapeva che Marco poteva vincere tutto. Ed era andato a cercarlo quando era appena tornato dall'ospedale, coi ferri che gli tenevano insieme la gamba spaccata.

Viveva coi suoi, in una cameretta con le foto del Milan alle pareti. Voleva alzarsi per salutarlo bene, ma le stampelle erano lontane e allora Marco ha solo alzato i suoi occhi piccoli e scuri, pieni di rispetto.

E ha trovato quelli di Luciano, che lo guardavano così diversi da tutti gli altri. Dal resto del mondo che sapeva solo scuotere la testa e compatirlo e dirgli che gli dispiaceva, prima di girarsi e non pensarci più.

No, gli occhi di Pezzi erano diversi, e diverse le sue parole: aveva in mente una squadra nuova, ma fatta come una volta, con lui presidente e Marco capitano unico, e dentro tanti compagni che conosceva, in questa formazione che era una specie di nazionale-regionale, dove pure lo sponsor era romagnolo.

«E con questa squadra» ha detto Pezzi a un ragazzo che non si reggeva nemmeno in piedi «tu vai a vincere il Giro e il Tour.»

A Marco sembrava una follia. Splendida, favolosa, ma follia. E non sapeva cosa rispondere. Ma non doveva, questo non era un incontro d'affari, Pezzi non si era portato contratti da firmare. Era una visita di stima, di affetto, e allora Marco ha solo fatto di sì, e ha sorriso come non faceva da mesi, mentre salutava Luciano e fissava la schiena secca del suo nuovo nonno che se ne andava.

E sorride adesso, che il Giro l'ha vinto veramente.

Sotero da lassù è felice, e felice è pure Luciano, che anche se non sta bene ha voluto salire a Milano per abbracciarlo forte, e dirgli "Bravo", e "adesso però bisogna che vai al Tour".

Per lui è una questione morale, il vincitore del Giro non può mancare al Tour de France, deve andarci e onorare quella corsa importantissima. «E se vai, Marco, la vinci.»

Gliel'ha detto a Milano, nel frastuono dei tifosi. Glielo dice ogni volta che si sentono al telefono, dalla sua casa sugli Appennini. E Marco risponde *ora ci penso*, oppure *vediamo*, che sono i modi lunghi e gentili degli adulti per rispondere *no*.

Infatti ora al Tour non ci pensa nemmeno, sta qui al tavolo del bar e guarda le bolle leggere nella birra, su su fino in cima alla loro salita dorata, poi si liberano nel blu del cielo.

«Ma che cazzo è?»

«È birra, Don Basagni.»

«E chi te l'ha chiesta?»

Nessuno. Mi era venuto così. L'avevo comprata l'altra sera tornando al convento. Perché in certi momenti ci sta proprio bene, una birra fresca, e allora mi ero fermato all'ultimo bar sui monti e avevo preso un pacco da sei lattine. Le avevo messe nel frigo della cucina, e in quattro giorni ne erano sparite quattro. Non sapevo come, ma non c'erano più. Allora avevo preso le ultime due ed ero salito qua dal direttore.

Perché insomma, dalla tappa trionfale di Montecampione non l'avevo più visto, ma ormai ci eravamo abbracciati, avevamo pianto insieme, non dovevo venire da lui solo per strusciargli una spugna addosso. Anzi, mi dispiaceva che in questi giorni non mi avesse mai chiamato dalla sua finestra, quindi oggi ero salito io. Con le ultime due birre rimaste, così brindavamo a Pantani, e parlavamo del Giro o di qualsiasi cosa. Oppure, se non aveva voglia di parlare, potevamo ascoltare i Doors allo stereo. Mi sembrava una bella idea, mi sembrava.

E invece, appunto: «Ma cosa cazzo vuoi, che confidenze ti prendi?».

Sono rimasto alla porta, nel buio dentro lo vedevo scattare su, rimettere qualcosa in una scatola. Cose bianche, fogli, forse lettere. Voleva nasconderle di corsa, ma prima cercava di piegarle bene, senza sciuparle.

«Ero qui tranquillo, e tu vieni a scocciare! Tornatene dal tuo amico Don Mauro!»

Le lattine cominciavano a gocciolarmi sulle dita, nell'aria caldissima e mossa solo dalla musica dei Doors, che suonavano dal vivo chissà dove, per un pubblico lontano nel mondo e nel tempo, e anche per un prete in overdose da noccioline in questo stanzino sperso sulle Alpi Apuane. Ma non per me.

Non mi volevano, né i Doors né Don Basagni. E allora io

di sicuro non restavo lì a pregarli, avevo cose importanti da fare anch'io. La tesi da scrivere, per esempio. La guardiola da presidiare. La figliola della Flora da educare un po'. I boschi qua intorno da esplorare, che volevo andarci da quando ero lì e non mi era ancora riuscito.

Già, proprio così, e facevo di sì, lo facevo da solo, e me ne sono andato.

Un passo, e già Don Basagni mi richiamava: «Oh, Avvocato, dove scappi?».

«Vado via, Padre. Me l'ha detto lei, no? La lascio con le sue preziose lettere.»

Per un attimo, silenzio. Poi: «Macché preziose, è tutta gente che mi rompe le palle come te, che insiste a disturbarmi».

«Ah sì?» ho detto. E dentro il respiro sentivo qualcosa che non riconoscevo, ma non era buono: «Ma ascolti, Padre, com'è che ha tanti scocciatori, eppure non viene mai nessuno a trovarla?».

L'ho detto, e nell'aria della stanza stretta suonava ancora più brutto di come pensavo. Stavo per chiedergli scusa, però lui è stato più veloce: «Perché li faccio mandare via. Sai quante volte vengono i miei nipoti, mia sorella... li faccio mandare via giù alla guardiola. Non lo sai, che se vengono devi mandarli via?».

«No, io non...»

«Male! Una cosa devi fare, mica mille. Devi stare in guardiola, e se vengono i miei parenti devi rispedirli a casa, non devi fare altro!»

«Veramente io vengo pure qui a lavarla.»

«Vabbè, quello è un bonus, per te. Però se arrivano, e vedrai che arrivano presto, li cacci subito via, ma in malo modo eh, senza pietà.»

«Ah, come ha fatto adesso lei con me.»

«Bravo, proprio così!»

Ecco, e pensare che stavo per chiedergli scusa. Meglio girarmi, non dire altro e avviarmi di nuovo nel corridoio.

Ma di nuovo Don Basagni mi ha fermato: «Oh, Avvocato, ma dove vai!».

«Gliel'ho detto, lei mi ha scacciato e io me ne vado.»

«Ma aspetta un attimo!»

«No no, ormai è tardi. Lei non mi vuole e io me ne vado.» Ma l'ho detto cercando di frenare il sorriso. Perché Don Basagni voleva fare il burbero, però con me si trovava bene, c'era poco da fare. Allora adesso tornavo indietro, aprivamo le lattine e ce le bevevamo insieme ascoltando i Doors.

«Vabbè, Padre, facciamo che resto cinque minuti» ho detto affacciandomi.

E lui: «Allora sei sordo, ti ho detto di sparire! Ma prima lasciami quelle birre, che ho sete».

Le bollicine salgono verso la cima del vetro, la condensa invece gocciola giù fino al tavolo, dove il cameriere ha posato il bicchiere e gli ha detto "Grande Marco". Gli ha detto "Grazie". E poi gli ha chiesto: "Allora, lo facciamo il Tour?".

Lui ha sorriso, e hanno risposto gli amici per lui. Che adesso fanno il Tour delle discoteche. E che deve portare altre due birre, e altre parole tutte aggrovigliate, che Marco però non ascolta più.

Fissa una bollicina, una sola, in mezzo a milioni eppure diversa. È partita dal fondo come le altre, è salita veloce, poi però a mezza altezza si è fermata sul vetro, non va né su né giù.

Resta lì, davanti ai suoi occhi, dentro il respiro.

21
Lasciatemi sperdere

No, io quassù non facevo più nulla, lo giuravo e lo giuravo ancora.

Ci avevo provato, ma basta. Mi avevano mandato qui come educatore, e non mi vergognavo di dirlo, *educatore*. Perché c'erano dei ragazzi da aiutare, per farli crescere bene e diventare adulti felici in una società che funzionava. Invece loro non c'erano più, c'erano due vecchi rimbambiti in lista d'attesa per morire. E io avevo cercato di adattarmi, di essere utile lo stesso, ma qualsiasi cosa facevo, sbagliavo. E mi trattavano pure male. E allora sai che c'è, io non facevo più nulla.

«Ma nulla eh» ho detto. La mia voce suonava strana, diversa, tra i rami che mi sfioravano di qua e di là mentre camminavo su per il monte. Era dal primo giorno che volevo salire qua, sopra il convento, dove una volta c'era un oliveto e infatti i rami erano misti, tra olivi e rovi e piante selvatiche cresciute in quegli anni che nessuno lo curava più.

Perché l'olivo è il simbolo della pace e della cultura. Le grandi civiltà della storia sono nate e cresciute insieme a questa pianta, ma poi hanno fatto tutte la sua fine se non ci stai attento: sono andate tremendamente a puttane.

L'olivo non potato cresce a caso e male, e mille altre piante gli rubano spazio, si attorcigliano al suo fusto e gli strozzano i rami. Infatti adesso andavo su per il monte attraversando l'oliveto dei frati, e mi pareva di esplorare l'Amazzonia.

Ma mi piaceva così, più mi allontanavo dal convento e meglio stavo. Il piano era salire dopo il turno, alle sei, che tanto a giugno c'era luce fino alle dieci, ma oggi non resistevo più e allora chi se ne frega, ho abbandonato la guardiola ed eccomi qua, a esplorare il bosco.

Tanto, qualsiasi cosa facessi laggiù non andava bene.

Nemmeno una cosa piccola e gentile come portare qualche lattina di birra.

L'idea mi era venuta perché sabato notte, quando avevo dormito a casa, avevo sognato di stare sul bordo di una piscina, le gambe penzoloni ma troppo corte per toccare l'acqua coi piedi. Intorno, un deserto piatto e infinito di sabbia, qualche cactus di quelli che si vedono nei film e il calore che faceva tremolare l'orizzonte. Poi il tremolio si è avvicinato, sempre più, è arrivato dall'altra parte della piscina e mi ha parlato.

E solo dopo un po' ha preso una forma umana, ma l'avevo capito già dalla voce, che era Jim Morrison: "Buonasera, ragazzo americano, tutto bene?".

"Buonasera, Jim. Non sono americano, però abbastanza bene, grazie. E lei?"

"Cavalli in fiamme attraversano le praterie del suo sorriso, hai mai visto pianeti che danzano fino a bruciare l'intera industria siderurgica della tua nazione preferita?"

L'ho guardato, ho dovuto scuotere la testa, "sinceramente no, Jim, mi spiace. Però sarebbe bello, eh. Cioè, per l'industria siderurgica. Per i cavalli in fiamme mi dispiacerebbe, ma..."

E Jim fa di sì, ma si vede che lo fa a discorsi diversi, che sente nell'aria o nella sua testa piena di capelli lunghi e mossi e stupendi. Come stupendi saranno i ragionamenti che ballano lì dentro, ma io non li conosco e comunque non potrei capirli mai.

Mentre mette una mano nell'acqua della piscina, la tira su a conca, e non è più acqua, è birra. Birra bionda e fresca, Jim se la porta alla bocca, la beve, alza gli occhi al cielo blu e sorride, con qualche goccia che cola lungo la barba e poi si perde nella brezza leggera. Allora apre le braccia, fa un cenno minimo ma deciso, e dalla birra della piscina esce il tentacolo smisurato di un calamaro gigante. Pieno di ventose ognuna più grande della nostra testa. Comincia ad avvolgere Jim dai piedi, piano e dolcemente, su su fino al petto. Lo alza, e morbidamente se lo porta giù nel profondo, mentre Jim mi guarda e sorride:

"Del bosco limpido dove ti perdi, io conosco il nome di ogni ramo. Perché tu no, ragazzo americano, perché tu no?"

E io non sapevo cosa rispondere, l'ho solo guardato mentre la birra gli saliva al collo, alla bocca, poi Jim è sparito là sotto sorridendo. E io mi sono svegliato.

E forse era anche per questo sogno assurdo, se adesso stavo camminando a caso su per il bosco.

E se l'altro giorno avevo comprato la birra da portare al convento.

Qualche lattina da mettere in fresco, per fare un brindisi con Don Basagni al Giro spettacolare che avevamo vissuto insieme. Quelle che avanzavano, magari ce le bevevamo un'altra volta. Invece appena messe in frigo ne erano sparite quattro, e le altre due se le era prese lui e mi aveva scacciato come un cane. Anzi, peggio, perché ormai la società si era evoluta e nessuno trattava così male i cani. Solo le persone.

E non era mica finita, col problema della birra. Oggi in guardiola era arrivata la Flora, gli occhi serissimi, il dito minuscolo dritto nell'aria. Puntava me.

«Non lo fare mai più eh, mai più.»

«Scusa Flora, ma non ho fatto nulla di male» ho risposto. Perché pensavo che parlasse di sua figlia, che piano piano stavo provando a insegnarle qualche parola, come *casa*, *fame*, *amico*. E quando vedevo che si sforzava per dirle, le lasciavo una caramella sul muretto lungo le scale. Ma era una cosa buona, non era assurdo se adesso la Flora me ne faceva una colpa?

Però il problema non era la caramella, era un altro. Ancora più assurdo.

«L'hai portata te, la birra.»

«Sì, l'ho comprata domenica al bar. L'ho messa in frigo, ma...»

«Non lo rifare mai più, capito? Mai più.»

«Ma uffa, ora basta, ho portato qualche lattina di birra, possibile che sia un casino così grande? Cosa ci sarà mai di male!»

«Vieni con me» ha detto lei, e già stava nel piazzale verso il refettorio.

Mentre la seguivo, insistevo a voce alta: un po' di birra, un sorso fresco nell'afa di giugno, possibile che potesse essere un problema? Possibile che quassù tutto quanto fosse un problema?

La mia voce diventava sempre più forte, stavo cominciando a urlare, però intanto eravamo arrivati in cucina, e allora mi si è chiusa la bocca.

Perché questo posto in cima ai monti era un mondo. Un mondo a parte, che viveva di leggi e meccanismi suoi, un pianeta diverso nel folto dei boschi.

Ci pensavo mentre mi staccavo di dosso le spine e i rami sempre più fitti. Gli olivi adesso non c'erano quasi più, solo foresta vera. A un certo punto dei sassi ammucchiati per terra, in una specie di striscia. Dovevano essere un muretto a secco, tanto tempo fa. Per dividere qualcosa da qualcos'altro. Per separare e proteggere. Adesso erano sassi e basta. Ed era sparito anche il sentiero, ogni passo lo sceglieva il caso in mezzo al bosco. Ma meglio così. Mi sentivo ancora più libero a salire in questo modo. Insistevo, sudavo, e più faticavo e più spingevo. Un animale che corre, che vive, pieno di forza.

Proprio l'opposto di quel che avevo visto in cucina, dietro la Flora, e mi aveva tolto la voce. Non subito, lì per lì guardavo intorno e mi sembrava tutto normale. Poi lei mi ha indicato il pavimento, e steso ai suoi piedi c'era Don Mauro. Morto.

«No, non è morto, ma quasi» ha detto lei. «La sua fortuna è che casca sempre secco così, un attimo prima, e allora si salva.»

«Sempre? Ma è una cosa che succede spesso?»

«No. Quasi mai. Ma solo perché in giro non c'è nulla da bere.»

E allora ho cominciato a capire cosa c'entrava la mia birra.

«Ma per un po' di birra, si è ridotto così?»

«No. Quella l'ha fatto partire. Non beve quasi mai, però se per sbaglio sente un goccio di qualcosa, addio. Sarà sceso in paese, ha comprato la grappa o cose così. L'ultima volta è successo l'anno scorso, prima di Natale. Era ancora vivo Don Roberto, sua sorella era venuta a prenderlo, lo portava a casa per qualche giorno e aveva lasciato un cesto con dentro il pandoro, il torrone e lo zampone, e una bottiglia di spumante. Lì per lì non ci avevo fatto caso, la Gina in quei giorni era agitata, hai visto il segno al collo, è di quel periodo lì... e allora ho lasciato la bottiglia in cucina per un'ora, forse meno. Ma è bastato. Don Mauro l'ho trovato così, come ora. E Don Roberto era andato via con sua sorella, Don Basagni non esce di camera sua, io da sola non riuscivo a spostarlo. Insomma, gli ho messo accanto una fetta di Pandoro e l'acqua, una coperta addosso, e ha passato tutte le feste qui sul pavimento. Poi si è ripreso, si è alzato e via.»

Intanto io lo guardavo, Don Mauro per terra. Sembrava morto e basta. Solo il busto sotto la tunica andava su e giù, ma appena, in un respiro che pareva l'ultimo. Ogni tanto dalla bocca usciva un soffio storto, come uno che dorme e fa un sogno brutto e prova a parlarci per convincerlo a lasciarlo in pace.

«Io... mi dispiace Flora, non lo sapevo. Non me lo immaginavo. Cioè, chi se lo poteva immaginare...»

«Vabbè, ora lo sai, mai più roba da bere. In cucina, ma nemmeno nel dormitorio tuo. Se porti qualcosa da bere, lui la sente. Non so come fa, ma giuro che la sente, e la trova. E adesso su, dammi una mano, portiamolo in camera sua.»

Provavo a capire come sollevarlo, se potevo reggerlo in spalla, se...

Ma la Flora l'ha preso per un piede, allora io per l'altro. Non aveva le scarpe, solo calzini pesanti di lana nel caldo di giugno, le gambe erano due tubi dritti, senza forma. E ce lo siamo trascinato dietro, tipo un cadavere appunto. A pancia in su, le braccia larghe e flosce, ma dalla bocca ogni tanto colava mezza parola, forse in latino, e degli accenni gorgoglianti di rutto.

Ci ripensavo adesso, mentre continuavo a salire nel folto verso la cima del monte. Rumori intorno, rametti che si spezzavano, frasche che frusciavano. E la vita vera del bosco, che potevo solo indovinarla, nascosta là in fondo a guardarmi passare.

Il bosco è grande, è gigantesco. Così tanto bosco in Italia non c'era da un sacco di secoli, forse dal Medioevo. Ma non perché ci stiamo attenti. Al contrario, c'è perché non ce ne frega nulla. Prima c'era tanta campagna curata e coltivata, tenuta pulita per i pascoli e i raccolti. Adesso l'unica terra che interessa è quella da ricoprire di cemento per costruire, quella dove non si può non serve a nulla, e viene lasciata a se stessa. E quando lasci la terra a se stessa il bosco se la riprende, e diventa sempre più folto e più forte. Il bosco sta bene quando è lontano dagli esseri umani.

E tante volte pure io. Che oggi mi sentivo benissimo a infilarmici dentro. Non camminavo più, correvo, per allontanarmi dal convento e da tutto. Pure da casa mia, dall'università, dall'avvocato che anche stamani mi aveva fatto chiamare da una assistente: «L'avvocato è ancora impegnato, ma troverà un rimedio, nonostante tutto».

Quel *nonostante tutto* l'aveva detto in un modo che suonava come *nonostante te*. Ma la sua voce era calda e mi piaceva. Infatti io non l'avevo mai incontrata, ma mi aveva chiamato già un'altra volta, qualche mese prima, e da quel giorno stava tra le lettere bollenti del mio quaderno rosso.

Mi scriveva di sbrigarmi all'università, così poi iniziavo il praticantato nello studio con lei, e c'era un bagno stupendo e comodo, con un grande specchio, e...

E ci ripensavo adesso. Avevo voglia di rileggerla. E speravo tanto, tantissimo, che non l'avessero letta la mamma e la zia.

«L'avvocato dice che appena ha un minuto risolve tutto, lei abbia solo pazienza per qualche giorno, ma lui sa che ha la forza per resistere.»

«L'avvocato ha detto così?»

«Perché?»

«No, cioè, non sembrano parole sue.»

«Infatti no, sono mie. Lui ha detto altro, ma è uguale.»

«Cos'ha detto lui?»

«Nulla. Altro. Ma ognuno ha i suoi modi.»

«Davvero, cosa ha detto, solo per curiosità.»

«Ha detto che magari le fa pure bene, un po' di militare.»

Ho stretto il telefono, ho stretto i denti. «A parte che io non sono un militare, faccio il servizio civile. Sono un educatore.»

«Sì, sì, ma appunto non l'ho detto io. E non importa. Importa solo che deve aspettare qualche giorno, poi l'avvocato risolve tutto.»

E io non sapevo in che modo risolveva tutto, non ne avevo idea. Ma adesso non sapevo nemmeno più dov'ero. Continuavo a camminare su per il monte, la maglietta piena di foglie, di rametti, di insetti che prima se ne stavano tranquilli sul loro albero e adesso gli toccava aggrapparsi a questo essere strano che andava a caso.

E proprio a caso io andavo, non vedevo più il convento e nulla di nulla, solo il folto misterioso che avvolgeva ogni passo, solo il bosco dove mi ero perso.

E andava benissimo.

Anzi, era proprio quel che volevo: era un pezzo che non sapevo cosa facevo e dove andavo, e adesso almeno, nel buio del bosco, questo finalmente era diventato chiaro, non solo per me ma per tutti. Per i preti al convento, per il babbo e la mamma e la zia, per l'avvocato, per gli uomini della forestale che presto avrebbero cominciato le ricerche. E allora se ne sarebbero accorti tutti quanti, che io mi ero perso. E magari riuscivano a ritrovarmi. Perché io da solo non ci riuscivo. Non ce la facevo.

Non ce la facevo più.

E quindi ero felice, felicissimo di infilarmi lì in mezzo, nel bosco così fitto che ormai non camminavo, ma nuotavo tra i rami e i cespugli. Mi graffiavano le braccia, le gambe, la faccia. Era una sensazione stupenda. Salire e soffrire, e più soffrivo più correvo, e in qualche modo assurdo mi sentivo bene.

E anche se non c'era spazio allargavo un po' le braccia, come faceva il Pirata quando passava il traguardo, come per dire: "Eccomi, sono arrivato, tanta fatica tanto dolore ma adesso sono qui".

Che meraviglia, che posto favoloso, il bosco. Io lo amavo. E le piante, gli animali che ci stavano. Aveva ragione Jim Morrison, nel sogno dell'altra notte: era vergognoso che io ne sapessi così poco. Invece dovevo conoscere ogni uccello, ogni albero, tutto quanto.

E allora ecco, quel giorno all'ospedale che Alessandra non c'era più, e l'avvocato mi aveva indicato col suo dito dritto in fondo al polsino sotto la giacca scura, chiedendomi: *Tu, tu sai già cosa vuoi fare nella vita?* Io avevo dato l'unica risposta seria che si può dare a diciott'anni, cioè: *No, non lo so*. Però così mi sono fregato e sono finito a studiare la legge. Invece quel giorno dovevo rispondergli, subito e convinto: *Sì che lo so, io voglio studiare la natura, i boschi, gli animali selvatici. Perché mi piacciono tanto e ci vado d'accordo. Voglio studiarli e stare con loro, ecco cosa voglio fare io nella vita!*

Sì, così avrei dovuto rispondere, e mi sarei salvato. Quel giorno e per sempre. E invece no: *Io... io non lo so*, avevo detto. Perché in effetti non lo sapevo. Come adesso non sapevo dov'ero, ma ero felice di esserci, e volevo restarci, e perdermi, perdermi sempre di più. Addio gente, addio a tutti, addio a...

E poi, dal nulla, questo sibilo. Questi occhi. E questo modo di piegare la bocca, di gonfiare la gola, mentre provava a far uscire una parola, e invece usciva un verso da gallina.

La Gina, tra gli alberi. Che mi fissava.

Era per forza un sogno, una visione. Tra poco spuntava pure Jim, lo sapevo. Infatti gli alberi accanto alla Gina frusciavano, si spostavano, ecco che arrivava.

Ma non era Jim Morrison, era la Flora.

«Ma... ma voi cosa ci fate quassù, come ci siete arrivate?» ho balbettato.

«Ma dove.»

«Quassù, in cima ai monti, in mezzo ai boschi. Non eravate al convento? Come avete fatto, avete volato?»

La Flora mi ha guardato, mi ha guardato a modo suo la Gina. «Andiamo, forza.»

«No! Io non ci torno laggiù, ormai sono lontano e voglio allontanarmi sempre più. Anzi, voi non mi avete visto, quando arrivano le squadre di ricerca. Voi non sapete nulla, capito Gina? Tu-non-mi-hai-visto.»

La Flora mi ha preso per un braccio, che bruciava perché era pieno di sgraffi dei rovi. Mi ha tirato per qualche passo, fino a una roccia. Ci è salita sopra e ha fatto salire anche me. E lì sotto, a un centinaio di metri, grigio e piatto, un muro.

Il convento.

Avevo camminato, scalato, avevo corso fino a sfiancarmi. Praticamente in tondo.

«Andiamo, su, che devi lavare il direttore.»

Ma io continuavo a guardare il muro, a guardarmi le braccia rosse. E solo dopo un po' ho risposto che no, io il direttore non lo lavavo più. Non era compito mio, lei non saliva perché lui le saltava addosso, io non salivo perché mi trattava malissimo.

«L'altra volta mi ha scacciato, Flora, non mi vuole.»

«Invece gli fa piacere.»

«Macché! Vuole stare solo e basta! Ha scacciato pure i suoi parenti, figurati!»

«Eh?»

«Sì, sua sorella, i nipoti. Quando vengono a trovarlo, Don Basagni li fa mandare via perché lo disturbano. Gli dà fastidio anche se gli scrivono una lettera!»

La Flora mi ha guardato, così confusa che per un attimo somigliava a sua figlia, lì dietro con la bocca quasi per terra, a cercare chissà cosa tra le foglie.

«Senti, sono tanti anni che lavoro qui, e a trovare Don Basagni non è venuto mai nessuno.»

«Ma magari non li hai visti, li hanno mandati via subito e... e te non... cioè, me l'ha detto proprio lui, che non li vuole. Pure i suoi nipoti. Vivono a Torano, non è lontano, anzi, ci mettono poco a venire qui, figurati se non vengono a...»

«Nessuno. Mai.»

La Flora l'ha detto, mi ha guardato, è scesa dal masso ed è partita sicura in discesa verso il convento. La Gina è rimasta a razzolare ancora un attimo, poi si è avviata dietro a lei, lontano da me.

Che mi sono voltato un'ultima volta al mio bosco, fitto e vivo, dall'altra parte.

Mi bruciavano le braccia, le gambe. Mi bruciava il respiro per la fatica, gli occhi per il sudore, e per qualcos'altro di amaro che forse erano lacrime sperse.

Bruciavo.

22
Confessioni e confidenze

«Figurati, ho vissuto in posti dove la gente prendeva il colera come qui prendi il raffreddore. Dicevano: "Uffa, che noia, il colera". E morivano.»

«Appunto, Padre, ne ha visti di problemi gravi, mica il mio.»

«Ma proprio per questo, se dico che ti devi disinfettare, ti devi disinfettare.»

Don Basagni insisteva. Gli sgraffi e i tagli che avevo sulle braccia si vedevano bene anche nella penombra della camera, mentre lo lavavo.

Ma anche se sbuffavo, questa sua attenzione mi faceva piacere. Forse aveva capito che il giorno prima aveva esagerato, che io non avevo fatto nulla di male, anzi, gli avevo portato una bella birra fresca.

In effetti avrei potuto avvertirlo che arrivavo, chiamarlo da sotto la finestra o almeno dal corridoio, invece gli ero saltato in camera all'improvviso e l'avevo sorpreso mentre leggeva quella lettera che l'aveva agitato parecchio, così tutta l'agitazione l'aveva scaricata addosso a me.

Una lettera di sua sorella e dei nipoti, che volevano venire a trovarlo anche se lui li scacciava. Ma la Flora mi aveva spiegato che non era vero.

E allora oggi, mentre prendevo il secchio per salire, avevo

chiesto a Don Mauro, che si era rimesso in piedi dalla sbornia e stava cambiando le viti del passamano lungo le scale.

«I parroci ogni tanto le ricevono, le lettere. I missionari soprattutto, da posti dove sono stati a fare del bene. Io ne ricevo un sacco.»

«Ah, bello. E Don Basagni?»

«Ne ricevo dal Guatemala, ne ricevo dalla Namibia, ne ricevo dalla Bolivia, ne ricevo dalla Costa d'Avorio, ne ricevo da... dal Guatemala. Ne ricevo anche dalla Namibia, e...»

«Sì, sì, bellissimo. Ma Don Basagni?»

«Lui no, mai. Non c'è confronto con me, io ne ricevo un sacco. Pure dal Guatemala, pensa.»

«Sì, ma a Don Basagni, a lui perché non scrivono?»

«Eh, ma non è mica facile, dal Guatemala scrivono solo a me.»

«Ma non dal Guatemala, dico come mai non gli scrivono in generale.»

«Non lo so, figlio mio, come faccio a saperlo. Però mai nessuno. Mai mai. A parte ieri» ha buttato lì, mentre passava alla vite dopo.

«Ieri? Ma come ieri, e da chi!»

«Dal Brasile. C'è rimasto un bel po', prima di tornare in Italia.»

«Ma da chi, chi gliel'ha scritta?»

«Non lo so, mica le apro io le lettere degli altri. Io apro le mie, che sono già tante. Anche dal Guatemala, sai. E dalla Namibia, e...»

Don Mauro è ripartito con la lista dei posti spersi da dove gli arrivavano le lettere, lo sentivo andare avanti mentre salivo le scale fino al secondo piano, col secchio e la spugna in mano.

E nella testa questa lettera misteriosa arrivata a Don Basagni. Chissà da chi, chissà perché l'aveva scosso tanto.

In ogni caso mi faceva piacere che oggi fosse meno odioso. Mi parlava, e appena entrato mi aveva pure chiesto se doveva togliere la musica. Che ovviamente erano i Doors, e io ho risposto di no, che poteva lasciarla, non mi dava fastidio. E in realtà avevo così tanta voglia di ascoltarli, mi sembrava che una mano delicata e insieme bollente mi entrasse dalle orecchie per scendere fino a carezzarmi il cuore.

Intanto mi guardavo le braccia, e speravo che Don Basagni non avesse ragione col discorso dell'infezione, perché secondo me ero troppo giovane per morire. E lo so che tanti cantanti ti invitano a vivere intensamente, morire presto e lasciare un bel cadavere, però persino Jim Morrison era morto che ne aveva tre più di me. E prima ne aveva fatte di cose, aveva viaggiato per il mondo e conosciuto milioni di persone, scandalizzato la società e scritto la storia della musica. Io invece cosa avevo fatto? Cosa potevo fare in questi tre anni per recuperare almeno un po'? Non molto, credo, anche perché un anno lo sprecavo quassù, a lavare un vecchio e mandarne un altro in coma etilico, e l'unica possibilità che andasse diversamente era prendermi una brutta infezione e morire subito.

Però no, la situazione non era davvero questa: anche se mi ero scordato il rinvio militare, l'avvocato stava lavorando per farmi tornare a casa. Dovevo solo fidarmi, e aspettare. E chissà se funzionava, ma intanto la sera ci pensavo, nello stanzone enorme e vuoto, e questa speranza mi aiutava a prendere sonno.

Perché le cose belle quando succedono è importante, ma siccome non è che succedano così fitte, è importante pure aspettarle. Pensare che arrivano e sentirsi già un po' bene, anche se ci mettono un sacco, anche se magari alla fine non arrivano nemmeno.

E allora, quando non riuscivo a dormire e mi rigiravo sulla brandina scricchiolante, pensavo che tra poco me ne tornavo a casa mia. E se non bastava, pensavo anche al Tour de France che stava per cominciare, a Pantani che poteva farci impazzire ancora.

«Ma figurati» mi ha detto Don Basagni. «Al Tour non ci va nemmeno. Garantito.»

«Perché no? Secondo me sì. È la corsa più importante del mondo, lo aspettano tutti, ha già vinto delle tappe stupende al Tour, ha il record di scalata all'Alpe d'Huez. Pantani al Tour c'è sempre andato, quando poteva.»

«Certo, perché non faceva il Giro. Aveva sempre qualche sfortuna e lo saltava, allora andava al Tour per rifarsi. Quest'anno è arrivato fino in fondo al Giro, l'ha vinto, sarà distrutto.»

«Vabbè, ma può riprendersi, un po' di riposo, un po' di allenamento.»

«Ma non è distrutto per il Giro. La fatica vera, quando lo vinci, viene dopo. Cerimonie, ricevimenti, feste e festine, giornalisti, televisioni, gli amici storici e gli amici nuovi, le associazioni di volontariato, tutti ti cercano e ti vogliono. Magari ti tocca pure incontrare i capi del governo, ti tocca andare dal presidente della repubblica che ti stringe la mano e ti dice le solite cazzate. Ecco, quello è sfinente, è per quello che non è possibile vincere il Giro e il Tour nello stesso anno. Le montagne sono dure, ma queste feste del cazzo sono dure di più. Quindi, Avvocato, mettiamoci il cuore in pace» ha detto Don Basagni. Si è piantato due noccioline in bocca, poi con un grugnito si è girato su un fianco, così potevo lavargli la schiena. «Per quest'anno abbiamo goduto. Il Tour sarà per l'anno prossimo. Se uno è sempre vivo per guardarlo.»

«Via, Padre, ma certo che sarà sempre vivo, che discorsi.»

«Oh, ma mica solo io, eh. Anche te. Sei giovane, ma un camion che ti schiaccia non chiede la carta d'identità, ti passa sopra e ciao. Anzi, io sto sempre qua in camera, certi pericoli me li risparmio. Sei più a rischio te, Avvocato.»

Continuavo a strusciare la spugna sul fianco. E mi stupivo di quanto fosse molle la sua carne. Dappertutto, ma in certi punti sembravano davvero sabbie mobili, e forse andava a finire che ci restavo imprigionato, e più mi agitavo per liberarmi e più colavo a fondo, in un mondo scuro e molle che mi ingoiava.

Mentre Pantani, nello stesso momento, era prigioniero di feste e serate. E quindi, tra i due, mi sembrava messo assai meglio.

«Figurati, Avvocato, ora lo cercano tutti. Sai quanta gente lo vuole. Uno ha paura dei nemici, ma i nemici non sono nulla, il pericolo vero sono gli amici finti. Quelli sì che fanno danni. E ancora peggio, ma tanto peggio, sai cos'è?»

Ho scosso la testa, ma Don Basagni su un fianco non mi vedeva. Allora ho risposto di no, e lui: «La fica».

Mi sono fermato un attimo. Uno solo, poi sono ripartito. Era colata giù un po' d'acqua, seguiva le pieghe della schiena, tra macchie e grinze, ma avevo imparato a riprenderla con la spugna.

«La fica, Avvocato. Quella ti stanca più di tutto il resto. Ti svuota. Non solo le gambe, ma la testa. Non c'è spazio per altro, quando c'è la fica.»

Ogni volta che lo diceva, *fica*, mi faceva meno strano. Ma un po' me lo faceva. Perché insomma, era un prete, era un argomento assurdo da toccare con lui.

Però era un argomento che mi importava così tanto.

E non ne parlavo con nessuno. Solo coi miei amici, ma adesso non c'erano. Stavano a Siviglia, e mi sa che là non ne parlavano mai, di fica. Perché è quando non ce l'hai, che ne parli.

Io però ero solo, solissimo, e allora ne parlavo. Con un prete.

«Sai quanta ne ha, adesso, Pantani? Adesso dove si gira c'è una valanga di fica che gli rotola addosso.»

«Ha anche una fidanzata» dico.

«Ah sì?»

«Sì, è danese, l'ha conosciuta in discoteca.»

«Ecco, appunto.»

«Vabbè, ma non è che se l'ha conosciuta in discoteca è peggio che se l'avesse trovata... boh, al supermercato.»

«Ma figurati, quello no. Era uguale anche se l'aveva conosciuta al catechismo. Anzi, sai che giri ci sono, al catechismo? Però il discorso è che ora Pantani è pieno di fica. Pieno, Avvocato. E io sono felicissimo per lui eh, se la merita. Però pure noi, dopo tanti anni di patimento, ci meritavamo di vederlo anche al Tour. E invece no, non ci sperare nemmeno. Con tanta fica a disposizione, figurati. E l'effetto è ancora più tremendo su di lui, che secondo me finora non ne aveva raccattata tanta. A occhio, siamo a quel livello lì, sai?»

«Quale livello?»

«Il livello zero. Di quelli messi male davvero.» Si è girato di nuovo a pancia in su, così poteva guardarmi. E puntarmi col dito: «Il tuo livello, Avvocato».

Me l'ha detto col suo sorriso assassino, da bimbo che ha fatto una cosa cattiva e gli piace da morire. Però non volevo dargli soddisfazione. Non mi sono arrabbiato. Non mi sono nemmeno fermato con la spugna. Perché aveva detto una cosa cattiva, ma pure tanto vera.

«Vabbè, Padre, non sarò un playboy, ma insomma. E poi le cose possono cambiare, no? Per Pantani sono cambiate, e io ho quattro anni meno di lui.»

«Certo, possono cambiare anche per te. Basta che ti alleni e vinci il Giro d'Italia.»

Ha fatto un colpo di tosse che era una risata, la pelle appena lavata ha tremato dalla gola al petto, come se ballasse lenta al ritmo dei Doors. Che adesso cantavano proprio di una donna. Una donna di Los Angeles, coi capelli che prendevano fuoco, e dietro di lei le colline bruciavano. E non si era mai vista una donna così sola, così sola, così sola.

La pelle di Don Basagni danzava a quel ritmo, e anche le mie mani mentre la strusciavano. Avrei voluto farle compagnia io, a questa donna così sola, ma lei stava a

Los Angeles, io in un ospizio in cima agli Appennini. A lavare un prete che mi dava dello sfigato. Così soli, così soli, così soli.

«Però stai tranquillo, Avvocato. Il Giro d'Italia ormai non lo vinci più, ma presto le cose cambiano anche per te.»

«Magari, Padre.»

«Senza magari, è sicuro. Stai per diventare un avvocato vero, no? E allora sai quante donne. Un avvocato raccatta parecchia fica. Non come un medico, ma quasi. È uno che ti difende, che attacca gli altri e difende te. L'avvocato piace da morire.»

«Non lo so, Padre, non...»

«Lo so io, e lo so benissimo. È una vita che confesso le persone, non te lo scordare. Sai quante ne ho sentite. Vedrai che fra un po' si muove qualcosa anche per te. È normale, succede a tutti. E te Avvocato, anche se all'occhio non si direbbe, sei proprio come tutti, sai?»

L'ho guardato, non l'ho guardato più. Ho detto solo: «Eh, non lo so».

«Ma come non lo sai. Te lo dico io allora. Sei come tutti. Siamo tutti uguali. Le stesse paure le stesse speranze i sogni le attese le delusioni. Tutti uguali e banali da morire. Ma sai qual è la cosa più banale che abbiamo? Che ognuno pensa di essere diverso. Che banalità. Che scemenza. E pure te, finora hai raccattato poco, ma che vuol dire? Magari una fidanzata ti ha spezzato il cuore, e adesso fatichi un po' a ripartire. È normale, sai. È banale.»

«Sì Padre, però no.»

«No cosa?»

«Non me l'ha spezzato nessuno il cuore a me.»

«Vabbè, gliel'hai spezzato te. E a te lo spezzerà un'altra. Funziona così, si soffre a turno. Abbi pazienza che ora tocca a te. Con la prossima fidanzata magari.»

«Ma io... cioè, io Padre una fidanzata non... una fidanzata vera non ce l'ho avuta mai.»

«Ah! Preferisci un colpo e via, eh? Hai capito l'avvocato, non ti ci facevo!»

«No, niente colpi. Cioè, proprio nulla.»

L'ho detto, e a sentirlo nell'aria, mosso dal ritmo dei Doors, mi sembrava ancora più triste. Sarà per questo che non lo dicevo mai a nessuno. Nemmeno ai miei amici, che comunque lo sapevano perché mi conoscevano da una vita, e non erano messi troppo meglio di me.

«Ma una ogni tanto, almeno l'estate, quella ti capiterà.»

E io non ho risposto. Lavavo le gambe, il petto. Non volevo parlare di queste cose, e insieme avevo bisogno di raccontargli tutto. Volevo andarmene e insieme restare qui fino in fondo. Allora ripassavo a strusciare nei soliti punti, quasi gli consumavo la pelle. E a forza di pensarci, ho aperto la bocca. Tantissimo, fino a sentire male in gola, perché la cosa che voleva uscire era troppo grossa, a forza di crescermi dentro senza mai vedere la luce era diventata enorme. Enorme e nera.

E dopo un attimo, ha riempito la stanza.

«No Padre, io... ecco, io non... Padre, insomma, io sono ancora vergine.»

L'ho detto. Non ci potevo credere, ma l'avevo detto. E non ci poteva credere nemmeno l'aria, che di colpo era scappata dalla stanza, infatti non respiravo più. Le mie parole erano uscite dal chiuso dove le avevo tenute per tanti anni e tanti pensieri, a mangiare angosce e bere paure e rigirarsi nella disperazione. E adesso qua fuori non sapevano dove andare, come cocorite scappate dalla gabbia, sbattevano contro muri e finestre e rimbalzavano qua e là.

Ancora più assurde, ancora più impossibili mentre si mescolavano alla musica dei Doors, alla voce sensuale di Jim Morrison che di donne ne stendeva un centinaio a sera. Forse nemmeno lui era mai andato con una ragazza. Mai con una sola alla volta.

Però non lo sapevo bene, io appunto non sapevo nulla,

di queste cose. E mi sembrava così vergognoso. Infatti Jim Morrison sarebbe rimasto muto, senza parole, se questo non fosse stato un disco. Come senza parole era rimasto Don Basagni. I suoi occhi spalancati nei miei.

Ma adesso doveva dirmi qualcosa. Per forza. Qualcosa che mi aiutasse, parole di conforto, ne avevo un bisogno che mi faceva tremare le gambe fino al cuore che perdeva colpi.

Poi un suono, un rumore, un verso sempre più forte ha riempito la camera, ha coperto la musica dei Doors e ha buttato giù tutto, mentre la carne di Don Basagni si agitava pezzo per pezzo in una scossa selvaggia di terremoto, e l'epicentro era la sua bocca spalancata, che scoppiava ferocemente a ridere.

Rideva, Don Basagni, rideva fortissimo. Da sbattere la finestra chiusa, da sbilanciare gli uccelli in volo sul piazzale, da spostare le nuvole in cielo che prendevano la forma di risate gigantesche. Da sentirsi male, lui e ancor di più io. Che volevo scappare, sparire per sempre. Ma non ricordavo come si faceva a muoversi.

E allora sono rimasto lì a prendermela tutta addosso, e non finiva mai. Solo dopo un bel po' è riuscito a calmarsi un minimo, a respirare, a tenersi la pancia in un lamento, e a chiedermi: «Avvocato, aspetta, ma davvero sei vergine? Non sei mai stato con una, mai mai mai?».

Non ho risposto. Gliel'avevo appena detto. Non potevo ripeterlo.

«Ma almeno le donne ti piacciono, o no?»

«Sì! Però ecco, boh, non è ancora capitato.»

«Guarda che non è mica una cosa che capita, eh, non è che cammini per la strada e una ti inciampa addosso e bum!»

«Lo so Padre, lo so. E so anche che è assurdo. E me ne vergogno. E infatti non l'ho mai detto a nessuno. L'ho detto solo a lei, perché... insomma, lei è lei. È un prete.»

«E hai fatto bene, Avvocato! Hai fatto benissimo. Perché

io sono qui sempre solo e serio, invece te mi hai fatto ridere tanto. Erano anni che non ridevo così. Sai come ci riderà anche Don Mauro, appena glielo dico.»

«No! Non glielo deve dire, non può!»

«E perché no? Io faccio quello che mi pare.»

«No! È il segreto della confessione. Non può raccontarlo a nessuno!»

Era così, lo sapevo. Una volta avevo visto anche un film, che un assassino si confessava con un prete e lui non sapeva che fare, perché voleva fermare gli omicidi e però non poteva dirlo alla polizia. E quello aveva ucciso una persona, io non avevo fatto nulla di male. E nemmeno di bene. Non avevo fatto nulla di nulla, era proprio questo il mio problema.

«È una confessione, e lei deve mantenere il segreto! Io non parlavo con lei, ero in collegamento con Dio!»

«No no, Dio non c'era, solo tu e io. Non era una confessione, era una confidenza. Infatti ora posso raccontarla a chi mi pare! Vergine! A... quanti anni hai, Avvocato? Trenta? Trentacinque?»

«Ventiquattro.»

«Vergine a ventiquattro anni! Vergine!»

E ha riso ancora, forse più di prima, guardandomi con quegli occhi che non potevo sopportare.

Non l'avevo detto ai miei, e nemmeno ai miei amici. Anzi, con loro mi ero pure inventato un paio di avventure clamorose, di notte, con delle turiste tedesche e olandesi. Storie simili a quelle capitate a loro, in altre notti, con altre turiste. Sulle spiagge magiche e preziose della fantasia.

E invece ora avevo raccontato la verità a Don Basagni. Perché pensavo che potesse capirmi. Perché nelle confessioni era abituato alle cose più assurde. E pure perché, insomma, a chi puoi confessare di essere vergine senza vergognarti, se non a uno che ha scelto di rimanerci per tutta la vita?

«Padre, basta, se c'è uno che non può ridere è lei!»

«E perché no?»

«Non lo so, ma insomma, dovrebbe dirmi che faccio bene! La chiesa si raccomanda di conservarsi puri per il matrimonio, no? E poi Padre, non capisco cosa ride proprio lei, che è vergine come me!»

L'ho detto, e lui mi ha guardato. Ha smesso di ridere. Gli occhi piccoli, ma pieni di cose che ci si mescolavano dentro. Prima di soffiare fuori un: «Sì, certo, come no».

«Eh? Cos'ha detto?»

«Nulla, nulla, Avvocato. Sono le tue orecchie vergini che hanno sentito male.»

«No no, io ho sentito benissimo, Padre! Ma voglio sperare di aver sentito male!»

«Ecco, bravo, spera! Aspetta e spera!»

«Sì, io ci spero, Padre, ma lei? Ma lei...»

E non riuscivo ad andare avanti, solo lo fissavo e lui fissava me, gli occhi negli occhi e le bocche che tremavano, tremavano per lottare contro una forza che però stava vincendo contro la nostra volontà.

E alla fine abbiamo perso insieme, e insieme siamo scoppiati a ridere fortissimo.

In un ospizio per preti, in una stanza buia a lavare un vecchio matto, a ventiquattro anni quando le pubblicità ti dicono che dovresti essere su un furgone con mille amici tutti belli tutti allegri in viaggio verso l'avventura. E io ero vergine, non avevo mai fatto l'amore, solo per sbaglio mi era capitato di baciare una ragazza, di sfiorarla un po', ma non tanto, molto meno di quanto toccavo Don Basagni.

Questo segreto vergognoso gliel'avevo appena raccontato. E lui aveva riso, e tanto, anzi stava ridendo ancora.

Ma la cosa più incredibile è che adesso io ridevo insieme a lui.

Perché ero contento che ridesse di me. Ci sono persone che ci restano male, che si disperano. Ma finché gli altri ridono di te e dei tuoi problemi va tutto benissimo. È peggio quando smettono di ridere, quando ti guardano seri e ti compatiscono. È il silenzio a dirti che sei in un casino vero.

Come quando il mio babbo era all'ospedale per gli esami del Parkinson, e il dottore la sera passava un attimo solo, lì in piedi, diceva un paio di cose e se ne andava. E lui una volta gliel'aveva chiesto, al dottore, coma mai passava sempre di corsa e non si sedeva un minuto.

E il dottore: «Signor Giorgio, va bene così. Va benissimo così. Il giorno che un medico viene da lei e si siede, ecco, quel giorno si preoccupi».

E mio padre era diventato serio, aveva fatto di sì una volta sola e aveva tolto la sedia dalla stanza, per essere sicuro che questa cosa non succedesse mai.

Allora io adesso, con Don Basagni che mi guardava e rideva così tanto da sentirsi male, mi sentivo bene. E ridevo con lui. E gli dicevo pure: «Padre, lei è un diavolo».

«Macché diavolo, magari.»

«Sì sì, un diavolo. Ci credo che la Flora non vuole salire qui. Fa bene!»

Rideva, scuoteva la testa. «Basta, basta. Non sono abituato a ridere, mi fa male tutto. Poi mi piscio addosso, e mi devi lavare da capo.

«No, no! Però è un diavolo davvero. Ma per caso con la Flora, lei davvero...»

«Ma quale Flora! La Flora è un cesso! Sono stato quarant'anni nei posti dove ci sono le donne più belle del mondo, laggiù la Flora la usavano come dosso per la velocità.»

«Ah! Playboy internazionale!»

«Guarda, Avvocato, è incredibile. Laggiù non c'è da mangiare, non c'è nulla di nulla. Eppure quanto sono belle, e simpatiche e intelligenti, guarda...»

«Adesso ho capito, Padre! Ma certo, ora capisco come mai ieri era tanto agitato, stava leggendo una lettera appassionata della sua amante brasiliana!»

L'ho detto, e ho riso ancora e ancora, con gli occhi chiusi. Però la mia risata di colpo era diversa, perché continuava a rimbalzare tra le mura della camera, ma adesso rimbalzava sola: Don Basagni aveva smesso. Di colpo, del tutto.

Mi fissava con gli occhi che tremolavano di qualcosa che era amarissimo. E se c'è una cosa opposta al ridere, era quella. Non il piangere, che tante volte si piange pure di risate, o si ride per non piangere. Ridere e piangere sono due fratelli siamesi attaccati per le lacrime. No, l'opposto vero era come mi stava guardando adesso il direttore.

«Mi scusi, Padre, io non... cioè, era per...»

«Vai via.»

«Scusi, non volevo, era una battuta. Ridevamo, e allora ho detto una cosa per dire.»

«E non lo sai, che cosa schifosa hai detto. E siccome alla fine io sono buono di cuore, non te lo dirò mai. Ma adesso vattene, vai via.»

«Sì, sì, vado, però davvero mi scusi, le giuro che sono mortificato, io...»

«Vai via. Vai. Via.»

La sua voce è cambiata, si storceva, si piegava sotto il peso di qualcosa che era troppo pesante da reggere e stava per crollare.

E qualsiasi cosa fosse, Don Basagni non voleva che fossi lì quando succedeva.

23
La voce dei morti

Il cuore è un anaconda. Quel che gli entra dentro non lo mastica, lo ingoia intero.

E quando è una cosa troppo grossa, che sia dolce o amarissima, il cuore deve aprirsi così tanto che fa male, e provare a mandarla giù piano piano. In certi momenti sembra che non ce la faccia, si ferma e perde un battito, forse si spezza e addio per sempre. E invece riparte, manda giù un altro po' e avanti a vivere.

Questo succede a Marco, ora che Luciano Pezzi non c'è più. Gliel'hanno detto al telefono, non riusciva a rispondere. Lì per lì non riusciva nemmeno a crederci: *Luciano è morto*, parole senza senso, messe a caso una dopo l'altra.

Ma sono tante le cose che non hanno un senso. Andarsene così, dal nulla, elegante e senza fare rumore, com'era lui. All'improvviso, che è la morte migliore, dicono. E forse è vero, per chi se ne va, ma per chi resta è un'altra storia. Non hai nemmeno un attimo per provare a prepararti, non hai nulla. Marco non ha più nulla.

L'ultima volta che si sono parlati, l'altro giorno al telefono, ha chiuso quasi di fretta. Perché finalmente ha staccato con la bici e con la testa, si alza tardi, e gli piacerebbe andare al chiosco della mamma per colazione, ma se arriva lì lo fermano fino a sera. Clienti, passanti. Nel 1994, quando ha vinto le sue prime tappe, l'hanno visto seduto in albergo che firmava mille volte su un foglio. Gli hanno chiesto cosa faceva, e lui ha spiegato che si stava allenando a fare l'autografo, siccome cominciavano a chiederglielo e non c'era abituato. Adesso, Marco non fa altro.

Su fogli, su cartoline, su fazzolettini del bar, sulla pelle di qualche tifoso che poi se lo fa ripassare con un tatuaggio.

Tutti glielo chiedono, una firma e una foto. Comitive, ciclisti, ragazze, bimbi in gita. E alla fine gli domandano pure se va al Tour.

Tutti, sempre. E lui non vuole rispondere, non ci vuole nemmeno pensare. Vuole solo fare colazione, poi scendere in spiaggia e stare davanti al suo mare.

Sarà per questo che l'altro giorno ha chiuso la telefonata un po' prima del solito, quando anche Luciano gli ha chiesto cosa faceva col Tour.

Perché secondo lui ci deve andare. Ha già impressionato in Francia, da corridore promettente e da campione. Adesso che è il vincitore del Giro d'Italia non può mancare. Non è una scelta, non deve stare a pensarci. Deve solo andare. È semplice, tutto qua.

Per Marco però non è semplice. Ci sono altri campioni che correranno il Tour, loro in questi mesi hanno saltato le gare per provare il tracciato e prepararsi al massimo. Lui invece ha appena vinto il Giro, si è spremuto fino in fondo, e più che le gambe è la sua testa che ha bisogno di respiro. L'altro giorno era a Bologna, per un circuito celebrativo. Alla fine si è fatto la doccia ed è tornato a casa, e si è dimenticato la bici. Lui che se la porta a letto, l'ha lasciata al muretto di uno spogliatoio.

«Luciano, il Tour è duro, non voglio andare e poi magari mi ritiro a metà. Lo sai, non mi piace. Quando ci vado, vado per vincere.»

E Pezzi, dopo un attimo di silenzio: «Ma questo è chiaro Marco, tu infatti vai al Tour e lo vinci, che discorsi».

E Marco ha riso. Ha fatto un paio di battute. L'ha salutato e gli ha detto che ci pensa. Come quando entri in un negozio e provi un maglione, ti piace come ti sta, poi trovi il cartellino e scopri che costa un milione, e alla commessa che ti guarda dici *Be', ci penso*, prima di sparire per sempre.

Uguale Marco ha trattato Luciano. Suo nonno, suo padre. Ha risposto *Ci penso*, l'ha salutato e ha attaccato il telefono, ha finito la colazione e poi è sceso in spiaggia. E ora davvero ci ripensa, steso davanti allo scintillio dell'acqua sul mare calmo.

Ma adesso, quando guarda il mare, Marco vede Luciano. Che era proprio questo, il grande mare calmo. Una forza smisurata, così profonda da essere sempre tranquilla davanti e intorno a lui, una marea lenta ma irresistibile che prendeva i suoi pensieri, le sue ansie, li cullava sull'onda della sua voce gentile e glieli restituiva lisci, morbidi, ognuno al suo posto.

Quando Marco aveva quel ferro enorme che gli teneva insieme la gamba, e pure andare in bagno sembrava un'impresa, Pezzi gli diceva che sarebbe tornato a correre, come tutti e anzi meglio di tutti. Perché uno che scalava come lui, in bicicletta, non l'aveva visto mai. Mai.

E lui i grandi li aveva visti davvero, li aveva accompagnati, li aveva fatti vincere. Aveva corso al fianco di Coppi, aveva guidato Gimondi. Però scalatori come Marco non ce n'erano. La sua forza, la sua leggerezza, la capacità sovrumana di recupero dopo sforzi che spezzano l'anima. Tu puoi vincere il Giro e il Tour nello stesso anno. Perché tu sei tu, Marco, tu sei Pantani, e un altro così non esiste.

Così gli diceva Luciano, così gli ha ripetuto fino all'altro giorno. E anche se adesso non può più parlare, anche se sta al cimitero di Dozza sugli Appennini lassù, ecco che succede questa cosa assurda e impossibile e che però capita a ognuno di noi: le persone che abbiamo amato davvero, quando non hanno più respiro nel corpo e anzi quel corpo sta rinchiuso in una bara sotto un metro di terra, la loro voce ci arriva più chiara che mai.

Prima la ascoltavamo distratti, adesso non smettiamo di sentirla, mentre mangiamo, camminiamo, mentre proviamo a dormire.

I morti non parlano, ma quel che ci hanno detto da vivi non ci lascia più. La voce dei morti è la più forte, e fa succedere quel che i vivi non possono.

La voce di Luciano adesso Marco la sente a colazione, la sente mentre scende in spiaggia, la sente ancora di più quando guarda il mare.

Dove comincia gloriosa l'estate, dove si apre quella che dovrebbe essere la sua vacanza. Se l'è meritata. Amici, locali, risate, il suo paese le sue persone le sue cose. E il mare appunto. Per tuffarsi e nuotare e starci a galla ripensando alle sue imprese.

E invece, il mare ha la voce di Luciano.

Ci devi andare. Non esiste che il vincitore del Giro non si presenta al Tour. Devi onorare il Tour de France, Marco. Devi onorare te stesso.

E a Marco non importa nulla, del suo onore. Ma pensa a quello di Luciano.

Tu vinci il Giro e poi vinci pure il Tour, te lo dico io.

«Ma Luciano, il Tour dopo il Giro, così di fila, come faccio, come...»

Ci vai, ecco come fai. Basta che ci vai.

Questo gli dice il mare, mentre Marco sta lì steso e prova a non sentire: *basta che ci vai.*

Ma è facile parlare, per il mare. È gigantesco, è invincibile, è lì da sempre e per sempre. Marco ha corso il Giro, si è consumato, l'ha vinto. E ora ha staccato. E l'ha fatto come fa lui le cose, di netto. Sono due settimane che non sale sulla bici, e il Tour comincia tra dieci giorni. Sarebbe una follia. Ma finalmente ha vinto il Giro che aveva promesso a suo nonno Sotero, e adesso c'è il Tour, e quel suo *ci penso* detto a Luciano, l'ultima risposta sospesa che non può più dargli, diventa anche quella una specie di promessa.

E non vuole pensarci, ma ci pensa. Sente la sua voce che arriva dalle onde, pensa al suo corpo sepolto sui monti. Nella bara Luciano ha voluto con sé le cose più preziose della sua avventura sulla Terra.

Una medaglietta che gli aveva regalato Fausto Coppi per riconoscenza.

E la Maglia Rosa di Marco, quando ha vinto il Giro.

Marco non vuole pensarci, non deve. Si rigira sul lettino, ragazzi ridono lontani, ragazze pure. Forse qualcuna l'ha visto, verranno a chiedergli un autografo, le conoscerà. È l'estate, è la vita, è giusto così.

E allora prova a pensare a quando era libero davvero. A tredici anni, da ragazzino. Tornava da scuola, buttava la cartella e via a pedalare. Ad allenarsi ogni giorno con la sua bici rosso sangue, correva fino ai monti, li scalava sempre più forte e si sentiva già pronto a sfidare i grandi campioni. Poi tornava a casa, passando per il lungomare di Cesenatico. Perché era dritto e piatto, perfetto per frullare le gambe e scioglierle dalla grande fatica.

Ma anche perché ogni tanto, d'estate, lì sul lungomare davanti all'Hotel Des Bains capitava di trovare parcheggiata quell'auto favolosa.

Non era come quelle della sua squadra, o le altre che vedeva alle corse. Questa era nuova e grande e sempre pulita, e ci luccicavano sopra marchi famosi, e le targhe delle gare più importanti del mondo.

Era l'auto-ammiraglia di Luciano Pezzi.

E Marco ci passava davanti in bici, a tredici anni. Poi tornava indietro e ci passava ancora. Questa macchina seguiva i campioni, lì sopra si decidevano gli attacchi, le imprese, su per le Alpi e i Pirenei fino alle vette della gloria. E allora Marco ci passava davanti una terza volta, e intanto pensava che adesso era giugno, e l'auto era appena tornata dal Giro d'Italia, pronta a partire per il Tour de France.

Tour de France. Solo dirlo gli rubava il respiro. E come

ogni bimbo sogna di fuggire col circo che passa in paese, lui sognava di saltare sopra questa macchina e partire con lei e Luciano Pezzi, verso le strade leggendarie di quella corsa colossale.

Il Tour che comincia, lui che sale sull'auto, e ci va.

Ed è proprio qui, a questo punto di un ricordo lontano e richiamato apposta per pensare ad altro, che Marco smette di rigirarsi sul lettino e si tira su col busto.

Solo questo movimento, minimo, e tutto è deciso.

È in piedi, è sulla strada che porta via dalla spiaggia. Passa davanti al chiosco della mamma, non si ferma, sventola la mano e va.

Lei è abituata a vederlo sfrecciare così, soprattutto negli ultimi tempi. Ma adesso, mentre saluta Marco che corre verso casa, capisce che è una cosa diversa. È come quando tornava da scuola e buttava i libri, si metteva le scarpette e fuori sui pedali fino a sera: in questa fretta c'è la bici dentro.

E sulla bici infatti è adesso Marco. Si è cambiato, ha sistemato sella e manubrio al millimetro, e via. Il fruscio della catena che carezza i rapporti lo fa star bene. È la sua schiavitù, è la sua libertà.

E non sa mica dove va, quanto lontano e che tipo di allenamento farà. Ma intanto passa dal lungomare, dall'Hotel Des Bains. Dove sa che non potrà trovare l'ammiraglia di Luciano pronta a partire per questa avventura clamorosa, ma porca puttana, Marco ci va lo stesso, al Tour de France. Ci va davvero.

24
Il test della domenica sera

Esiste un modo semplice per capire se ti piace la tua vita, un test rapido e chiaro che ti dà la misura di quanto sei felice di quel che fai: basta che aspetti la domenica sera, e guardi come ti senti.

Tutto qua, non serve altro. Perché il fine settimana puoi passarlo a riposare o a divertirti, ma il sabato passa e passa la domenica mattina, con la colazione tranquilla e magari un pranzo fuori. Poi il sole cala e gli fai una bella foto col telefono per fermarlo sullo schermo, ma il tempo non lo fermi, il tempo porta il buio e la domenica sera, e davanti a te si scoperchia il panorama del lunedì e di un'intera settimana uguale al solito.

E da qui, da come ti senti davanti a questo panorama, capisci quanto ti piace la tua vita.

Un test facile e veloce, per farlo basta un attimo, è preciso e non sbaglia mai. Sarà per questo che non lo fa nessuno.

Tranne me, che invece lo facevo sempre. Già da piccolo, alle elementari, la domenica sera pensavo al lunedì dietro il banco, stretto nella classe, e mi sentivo male. E peggio alle medie. Ma non era ancora nulla in confronto alle domeniche sera del liceo. Quando guardavo "Drive In" alla tv, e finito quello andavo a letto. Tanti sketch di tanti comici in ordine vario, ma l'ultimo era sempre Gianfranco D'Angelo, che saliva sul palco con una giacca piena di lustrini e salutava il pubblico, perché appunto "Drive In" era finito, era finita la domenica, e mi aspettava il lunedì mattina.

Con due ore di matematica o fisica, o matematica e fisica insieme, oppure chimica che io in cinque anni di scuola non ero riuscito a capire nemmeno cos'era, la chimica.

Cinque anni di sofferenza, con italiano, inglese e filosofia a tenermi a galla, a salvarmi dal nero abisso delle materie scientifiche, che però erano parecchie di più. Cinque anni a cercare di non domandarmi quel che alla fine mi ha domandato il presidente di commissione, all'esame di maturità, guardando i miei voti:

«Scusi eh, ma lei perché ha scelto il liceo scientifico?»

E io non ho risposto. Ho solo fatto un sorriso vuoto, per fargli capire che ero uno scemo, anche se dai voti poteva intuirlo da sé. L'unica risposta sincera sarebbe stata che ero venuto allo scientifico perché nel mio paese c'era solo quello. Avrei preferito il classico, però stava a Viareggio e dovevi alzarti alle sei e prendere il pullman. Non era umano, non era possibile, e allora eccomi qua.

Un anno dopo di me, invece, mia cugina aveva finito le medie col massimo dei voti, e siccome un avvocato per essere serio doveva conoscere il latino e il greco, lei si alzava alle sei e ci andava, al classico. Così le sue mattine iniziavano col buio e col freddo, però le sue domeniche sera finivano molto meglio delle mie. Che quando Gianfranco D'Angelo salutava tutti pensavo: "No! perché così presto, restiamo qui ancora un po', Gianfranco, ti prego!".

Ma lui non mi ascoltava, "Drive In" finiva e cominciava la mia settimana tra equazioni e logaritmi, con l'unica consolazione che un giorno anche il liceo finiva, e all'università andavo dove volevo, oppure non ci andavo proprio e facevo altra roba che mi piaceva di più.

Già, ma dove volevo, cosa mi piaceva? Non lo sapevo, non ne avevo idea. E così, quando Alessandra si è tuffata al posto mio, io sono finito a giurisprudenza al posto suo. E le mie domeniche sera continuavano a essere tremende.

Eppure proprio adesso, che ogni domenica sera salutavo casa e tornavo a rinchiudermi in cima ai monti, il test non funzionava più.

Perché in teoria le due ore di strada fino al convento dovevano essere il massimo dell'angoscia, mentre salivo verso un'altra settimana all'ospizio. Eppure non era così. Non capivo com'era di preciso, ma non così.

Forse perché anche la vita a casa in quel periodo era assai deprimente. Coi miei amici che stavano ancora a Siviglia, la zia che mi chiedeva fisso della tesi, il babbo che faticava a muovere le labbra e lo capivo sempre meno, la mamma che era in pensiero per lui e per me.

E questo sabato poi era stato peggio che mai.

Appena arrivato ci eravamo seduti a cenare, e la zia mi aveva regalato una maglietta. L'aveva fatta fare lei, bianca, sul petto la foto appena ritrovata di me e Alessandra guancia a guancia che sorridiamo al compleanno.

Avevo sorriso anch'io mentre la provavo. Il babbo invece si lamentava che quando si mangia si mangia, per il resto c'è tempo dopo.

Perché se uno, oltre al test della domenica sera, vuole farsi ancora del male, ne esiste un altro ugualmente infallibile: puoi scoprire quanto sei vecchio dentro misurando quanto è importante nella tua vita il cibo.

Da piccolo mangiare è una noia, un fastidio che interrompe i giochi, va bene un dolcetto veloce e poi di nuovo a tuffarti su quel che ti emoziona. Nell'adolescenza forse anche di più, hai sempre fame ma ingolli qualsiasi cosa ti rotoli davanti e via, a scoprire a provare a tremare. Poi però arriva un certo punto della vita, un punto rallentato e prudente e di abitudini scolpite nella roccia, in cui il cibo diventa la tua vita, e ogni tuo giorno ruota intorno a quel che mangerai a pranzo e cena.

È così, ma non bisogna pensarci. E non volevo farlo nemmeno sabato sera, a tavola coi miei. Volevo solo che mi raccontassero cose, fatti successi in paese, robe strane e divertenti o che comunque non c'entrassero nulla con le mie.

Invece la mamma: «Ah, a proposito, domattina dopo la messa viene l'avvocato a prendere un caffè. Dice che c'è una novità».

Una novità. C'era una novità. E allora è per questo che il mio test della domenica sera non funzionava più. Perché al mattino avevo sentito la novità dell'avvocato, mi era rimbalzata in testa tutto il giorno e volevo solo allontanarmi da lei e dal mondo il più possibile. Quindi quella sera ci tornavo volentieri, a rinchiudermi in convento.

E non mi dispiaceva nemmeno questo mattino, che uscivo dalla guardiola e Don Mauro mi affidava due secchi di pastone per le galline.

Ormai si era ripreso da quel giorno steso in cucina, solo la voce era un po' più bassa del solito mentre mi diceva: «Scusa, figlio mio, non te le volevo rubare le birre».

«Ma si figuri Padre, anzi, scusi lei, non sapevo... anzi, giuro, non le porto più.»

«No! Portale!» ha detto. Poi è andato avanti più calmo. «Non è giusto che ti privi di un piacere per colpa mia.»

«Ma non fa niente, le avevo prese così, per prenderle, non le porto più.»

«E invece ti ho detto di portarle! Il Diavolo ha mille vie per tentarci, ma io so resistere. Se volessi, potrei scendere al bar del paese, no? Invece resisto, ringrazio il Signore di avermi messo alla prova con questa tentazione, e di avermi dato la forza per superarla» e ha fatto di sì per darsi ragione da solo.

Anch'io ho annuito, però la Flora mi aveva spiegato che al bar non gli davano nulla, avevano l'ordine di mandarlo via.

«Perché sai, figlio mio, tante persone bevono per dei problemi, per robe brutte che vogliono dimenticare. Io no, io problemi non ne ho. A me proprio mi piace da morire. Il gusto della birra, del vino... sono buonissimi, sono la cosa più buona del mondo. Io non bevo per dimenticare, io cerco di dimenticare quanto è buono il bere. Però ogni tanto me lo ricordo, e allora è un problema» ha detto. Si è cercato i secchi del mangime nelle mani, si è ricordato che li aveva passati a me. «E insomma, quelle birre, portale ancora.» Poi se n'è andato al refettorio.

E io giù al pollaio, coi due secchi. Uno più grande, col mangiare misto per le galline, l'altro invece era il pranzo della Gina, che la sua mamma e Don Mauro ci mettevano le cose che le facevano bene, però spezzettate e mescolate per farle diventare uguali al pastone dei polli. Così lei mangiava felice.

Stavo per scendere le scale, ma Don Mauro mi ha chiamato ancora, dalla porta del refettorio: «Oh! Senti! Ma quant'è che non lavi la macchina!».

Ho risposto che di preciso non me lo ricordavo, ma la realtà è che non l'avevo lavata mai. Come lavare Don Basagni, non era compito mio. È per questo che esiste la pioggia, per lavare le macchine.

E comunque, me l'aveva appena lavata Don Mauro, e anche lucidata.

«Eh? Ma non doveva, grazie, ma io... grazie davvero!»

E lui, alzando le spalle: «era sporca» poi è sparito nel refettorio.

E volevo andarci anch'io, perché morivo di fame. Ma prima andavo a sfamare le galline. Sono entrato nel pollaio e ho rovesciato il secchio grande nella mangiatoia, loro sono corse lì ad azzuffarsi per beccare prima delle altre.

Pure la Gina è venuta di corsa, infatti per non farle mangiare il loro pastone le ho mostrato l'altro secchio, l'ho posato lì accanto, lo indicavo e dicevo *cibo*, dicevo *buono*, dicevo *buongiorno Gina*. Lei restava ferma, mi guardava e aspettava che mi allontanassi di qualche passo, ma ogni giorno le bastava un passo in meno per iniziare, per fidarsi. Tra lei e me si stava stabilendo un legame educativo, era chiaro, o almeno volevo che fosse così. Anche se lo stesso succedeva con le galline vere, che ogni giorno avevano meno paura di me e ormai venivano a beccarmi i lacci delle scarpe, prendendoli per vermi.

E allora boh, non lo sapevo.

Sapevo solo che quel mattino le indicavo il cielo e dicevo *azzurro*, indicavo il sole e il resto di quel lunedì sereno e luminoso di giugno, e per la prima volta la Gina aveva piegato la bocca in un sorriso. Un sorriso vero, pieno, che di tutte le cose che ci distinguono dagli animali è forse l'unica buona.

E io ho sorriso a lei. E insieme abbiamo guardato il cielo smisurato che stava sopra ai monti e giù fino al mare, sopra le nuvole e il volo degli uccelli e su di noi. Che siamo rimasti così, senza parole, a fissare quella grandezza vertiginosa che per un attimo mi ha fatto dimenticare pure le parole del mattino prima, quando era venuto a casa l'avvocato a prendere il caffè.

Anzi, lui in realtà non era venuto, al cancello c'era una ragazza, o una donna, la collaboratrice che mi aveva telefonato un paio di volte. Lui non poteva mancare a un pranzo a Firenze, era cominciata la campagna elettorale per le regionali e faceva parte di qualche comitato. Però aveva mandato lei, che si chiamava avvocatessa Pacini, non era tanto alta ma proporzionata, vestita con jeans e giacca, capelli né lunghi né corti, occhiali da vista con la montatura blu. Prendeva il caffè al posto dell'avvocato Ferroni, e ci portava le sue novità.

Insieme a un vassoio di paste così grosso che sul tavolo non ci stava altro. Alla mamma i dolci non piacevano, ma lo stesso lei e la zia ci si sarebbero rovinate gli esami del sangue, perché erano le paste dell'avvocato e allora erano buone per forza.

Come le novità che mandava, le decisioni che aveva preso per noi e ora ci faceva sapere. Anche se di solito veniva lui in persona. Sempre puntuale, sempre solo. E mi faceva strano, perché insomma, magari sua moglie, magari sua figlia che era viva per merito di Alessandra, almeno lei ogni tanto avrebbe dovuto portarla, al posto delle paste. Invece l'avevo vista solo un paio di volte per caso in paese, era cresciuta, aveva quindici anni, era bella e studiava pianoforte. Ma l'avvocato non la portava mai, non faceva sentire alla zia come suonava bene, non la mandava nemmeno a studiare giurisprudenza, perché a lei non piaceva. Ma cosa vuol dire che non le piaceva, mia cugina le aveva salvato la vita, quindi lei avrebbe dovuto ripagarla realizzando il grande sogno di Alessandra al posto suo. Sarebbe stato giusto, no? No? No, sarebbe stato assurdo, proprio come quel che stavo facendo io.

Che quella domenica mattina mi reggevo sulla punta della sedia, provavo a pettinarmi e ascoltavo cos'altro si era deciso per me.

«Allora, ci siamo» aveva detto l'avvocatessa Pacini, con la tazzina a mezz'aria.

«Oh, finalmente, grazie avvocatessa!» subito la zia, così, sulla fiducia.

«Di nulla, signora. Il merito non è mio, è dell'avvocato. Ci è voluto un po', perché è un periodo pieno di impegni, e soprattutto perché... insomma, non è che il nostro giovane qui abbia offerto tanta collaborazione.» L'aveva detto in un sorriso di taglio, aveva bevuto un sorso di caffè, mi aveva guardato per un attimo.

Io avevo abbassato gli occhi, ma potevo sentire i suoi addosso insieme alla mortificazione della mamma e della zia, e il casino del tosaerba fuori che il babbo stava sistemando.

L'avvocatessa Pacini mi trattava come un ragazzino, il tipico adolescente cialtrone e confuso, anche se avrà avuto solo cinque o sei anni più di me.

Ma i capelli lisci sulle spalle, la giacca scura, la borsa di pelle nera strapiena di chissà quali cose importantissime posata accanto al divano... insomma, non erano quei cinque o sei anni, io nemmeno tra un paio di secoli avrei potuto arrivare dove stava lei. Non era una questione di tempo, era che quel posto non era il mio.

Lo sapevo bene, lo sapevo sempre, ma lì seduto scomodo sulla sedia davanti a lei ho capito un'altra cosa: che quel posto era di mia cugina Alessandra. E di colpo mi ha fatto strano essere lì, come se a fissarmi ci fosse proprio lei, Alessandra, cresciuta e diventata quel che voleva. Anzi, fra poco smetteva di guardarmi seria, mi faceva uno dei suoi sorrisi pieni che si rompevano in una risata, e mi diceva: «Hai visto, Fabio, che avevo ragione? Ora l'hai capito, che Babbo Natale non esiste?».

Me l'aspettavo proprio, da un momento all'altro. Ma non solo io, pure la zia. Perché la Pacini ha cominciato a raccontarci cosa aveva organizzato l'avvocato, e dal nulla lei è scoppiata a piangere. Fortissimo, senza potersi frenare, perché era troppo che si tratteneva, forse da quando l'aveva vista arrivare dal vialetto, e adesso le lacrime erano così tante che affogava.

Si è alzata, ha chiesto scusa, è corsa in camera sua con un urlo.

Anche la mamma ha chiesto scusa, ha detto all'avvocatessa di andare avanti, e allora lei ci ha spiegato per bene cosa bisognava fare adesso. Cioè, cosa dovevo fare io.

E a ogni parola la testa della mamma faceva di sì, così forte che tremava il tavolo.

Proprio come adesso tremava la mangiatoia di ferro, sotto i becchi delle galline scatenate. E la Gina accanto mangiava allo stesso ritmo, direttamente con la bocca ma ogni tanto anche con le mani, e allora le dicevo *brava, così, con le mani, brava*.

Ma avevo fame anch'io, e se arrivavo tardi in refettorio Don Mauro si spolverava anche la mia parte. Perché era molto vecchio, quindi per lui il cibo era la cosa più importante. Cioè, forse era il bere, ma anche il cibo.

Allora sono tornato al piazzale, saltando due scalini alla volta, più leggero adesso coi secchi vuoti. Li ho posati al muretto già rovente sotto il sole che schiacciava le ombre, e via verso la porta del refettorio.

Ma di colpo un urlo mi ha piantato lì.

Un urlo dall'aria.

Anzi, dall'alto dei cieli.

Anzi, dalla finestra di Don Basagni.

La tapparella era abbassata, però lo stesso usciva il suo grido. Storto, strozzato.

Forse era ancora arrabbiato con me per la battuta dell'altro giorno, quando gli avevo chiesto se la lettera misteriosa gliel'aveva mandata la sua amante brasiliana. E ora aveva sentito che passavo e ricominciava a offendermi.

Non capivo le parole, ma siccome erano sue dovevano essere parolacce. Di sicuro mi stava urlando cose che un prete non dovrebbe dire nemmeno sottovoce, nemmeno pensarle, o scacciarle subito dalla mente a colpi di rosario.

Invece lui andava avanti a ripeterle, e alla fine le ho capite.

In effetti erano parolacce, ma insieme ad altro: «Ci va, porca puttana, ci va! Vieni su, Avvocato, porca puttana, ci va!».

«Che succede, Padre, che succede!» sono salito di corsa, e nel buio c'era il direttore che si dimenava sul letto.

«Ci va! Hai capito Avvocato, ci va!»

«Ma dove, chi.»

«Ma come chi! Ci va, ha detto che ci va! Sei rincoglionito, Avvocato?»

«No, e per piacere non mi chiami Avvocato.»

«Va bene, ti chiamo Verginello.»

«Avvocato va benissimo. Ma che succede?»

«Succede che ci va! Pantani va al Tour! Te dicevi di no, invece ci va!»

«Veramente lo diceva lei.»

«Può darsi, non me lo ricordo, ma chi se ne frega, Pantani va al Tour! Fra poco comincia, e noi ce lo godiamo tutto! Porta le birre, io ci metto le noccioline!»

Ha detto così, e giuro che ha pure sorriso, Don Basagni, nella sua voce di cartavetra tremava una musica che somigliava alla felicità.

E a forza di scuotere le braccia e allargarle nell'aria mi ha fatto capire quest'altra cosa impossibile che voleva da me: non ci potevo credere, però ho fatto un passo, un altro, mi sono chinato al letto, e ci siamo abbracciati.

Come quando Pantani aveva staccato Tonkov ed era andato a vincere il Giro d'Italia.

Adesso Don Basagni mi abbracciava uguale. Così forte, così caldo che io avrei voluto conoscerlo, Pantani, per raccontarglielo. Perché adesso tutti lo cercavano e gli offrivano soldi e programmi tv e pubblicità. Ma questo abbraccio pieno e felice, alla sola notizia che lui andava a correre il Tour, mi sembrava una cosa troppo meravigliosa, e mi dispiaceva tanto che Pantani non l'avrebbe saputa mai.

Ma mi dispiaceva anche rispondere alla stretta di Don Basagni con una meno forte della sua.

«Oh, Avvocato, be'? Non sei contento?»

«Certo Padre, contentissimo. Ma è una cosa sicura?»

«Sì, l'ha detto la tv.»

«Ma la tv dice tante cose, magari non...»

«Magari un cazzo! Non sciupare questa bellezza, Pantani va al Tour, punto e basta! C'era anche un'intervista al direttore sportivo. A Pantani no, lui è troppo impegnato con gli allenamenti. E se il Pirata va, non va mica per farsi un giretto. Lui o vince o addio. Sai quanto ci fa godere, Avvocato? Ho già controllato quando ci sono le tappe dure, non sono tante ma son belle, prepara la birra, ce le godiamo tutte!»

E mi ha stretto ancora. Mi gridava nell'orecchio che cominciava a fischiarmi. E io rispondevo all'abbraccio, e dicevo *Evviva* abbastanza forte. Cioè, non abbastanza, perché Don Basagni mi ha lasciato, e l'abbraccio è finito in una specie di spinta, per allontanarmi.

«Quanto sei moscio, Avvocato! Sei una sofferenza! Ma un po' di entusiasmo ce l'hai da qualche parte, un po' di passione? Hai vent'anni, cazzo, dovresti essere un vulcano, invece sei un baccalà surgelato! Ci credo che sei ancora vergine, se trovi una che ci sta, come minimo la stendi sul letto e ti addormenti!»

«No Padre, è che... non è quello, è che non...»

«Oh, non mi dire che te la sei presa per l'altro giorno eh, per la storia della lettera. Ti ho trattato un po' male, ma non devi prendertela.»

«No, no. Cioè, ormai ci sono abituato, lei mi tratta sempre male.»

«Ma non è vero. È che appunto, sono un passionale io, e certe volte mi prende così.»

«Lo so, le prende sempre così. Però stavolta aveva ragione. Anzi, le chiedo ancora scusa. Era una lettera importante per lei, si vedeva, e io vado a dire quella scemenza della amante brasiliana. Mi vergogno anche adesso se ci ripenso. Solo che lei mi prendeva in giro da mezz'ora perché ero vergine, e allora volevo prenderla in giro anch'io. Invece ho detto una cosa tremenda.»

«Be', un po' sì, in effetti.»

«Lo so, e le chiedo scusa. Ma posso... insomma, posso chiederle di chi era la lettera, Padre? Cioè, non si arrabbi, però a questo punto...»

«Niente, Avvocato, cose di cuore, cose di sentimenti forti. Te non puoi capire.»

«Ma certo che posso capire! Guardi che non è vero che non ho passioni, ne ho un sacco, solo che litigano fra loro e mi restano tutte dentro a bisticciare e...»

Don Basagni mi guardava, le braccia adesso ferme, posate in grembo.

«Capisco, Avvocato, capisco. Però ti sbagli. In realtà sei freddo come un bastone. Io ti chiamo per darti questa notizia clamorosa, che Pantani fa il Tour, che ci risolve tutto luglio, e tu resti così, moscio e gelido, muto come un pesce.»

E muto restavo ancora. Perché non sapevo come spiegargli che non era colpa mia. Che lui mi aveva dato una notizia stupenda davvero, ma io ero rimasto zitto per colpa dell'asma.

L'asma è un problema serio, ti ruba il respiro, ti ruba l'anima.

E io ne soffrivo tantissimo, da quando ero nato. Anche se fino al giorno prima non lo sapevo: me l'aveva spiegato domenica mattina l'avvocatessa Pacini.

Soffrivo di asma, e ogni tanto mi venivano delle crisi parecchio brutte, qualsiasi medico l'avrebbe certificato al volo. Qualsiasi, ma soprattutto uno che lavorava al distretto militare, ed era bravo, era colonnello, era amico dell'avvocato.

Insomma, tutto pronto: bastava una bella crisi durante il servizio e addio, me ne tornavo a casa per sempre.

Ecco perché adesso non riuscivo a essere felice come Don Basagni. Era colpa dell'asma. Era colpa sua se le parole mi rimanevano in gola e non riuscivo a parlare, a dirgli come stavano le cose.

Ecco perché non potevo stringere Don Basagni forte come lui, quando mi parlava del luglio che ci aspettava.

Perché non c'era nessun luglio ad aspettarci.

25

Un mugnaio nello spazio

Sindrome caratterizzata da aumento delle resistenze presenti nelle vie aeree, a seguito di spasmi della muscolatura bronchiale, spesso associato ad edema della mucosa e aumento delle secrezioni. Caratterizzato da episodi di respiro sibilante, senso di costrizione toracica e tosse.

La voce "asma" sull'enciclopedia andava avanti ancora un po', ma ho smesso di leggere perché a me interessavano solo i sintomi. Me li aveva già spiegati l'avvocatessa Pacini, ma ero venuto a controllare qui, nello stanzino-biblioteca del convento. Perché non si sa mai, e poi oggi non avevo proprio niente da fare.

Un temporale feroce si era preso il mondo, e quassù i fulmini non erano un affare del cielo, partivano dal nero delle nuvole ma si schiantavano come pugni sul monte, per punirlo forse di essere salito così in alto. Prima facevano un rumore nell'aria come un foglio che si strappa, poi la botta tanto forte che ogni volta gli uccelli cadevano dai rami e volavano disperati verso nuovi nascondigli.

Era passata anche la Gina, di corsa con le braccia spalancate. Verso la sua mamma che la chiamava dalla porta del refettorio, urlava il suo nome e intanto batteva le mani. L'ha presa e l'ha stretta dicendole «buona Gina, buona, non è nulla, fanno rumore ma non fanno male». E altre parole che non ho sentito, ma sono sicuro che ha detto *i tuoni non sono come le persone.*

Pure Don Mauro era tornato dai lavori al pulmino, e se si era arreso lui voleva proprio dire che non c'era nulla da fare. Solo starmene chiuso in guardiola, a seguire la prima tappa del Tour de France.

Una breve corsa a cronometro, eccezionalmente in Irlanda, a Dublino. Uno per uno sfilavano i partecipanti a queste tre settimane di fatica e avventura.

Il favorito era Jan Ullrich, il tipico campione moderno, un armadio tedesco preciso e potente, che l'anno prima aveva dominato il Tour a soli ventiquattro anni, e anche oggi sarebbe andato come un missile.

Mi sarebbe piaciuto guardare la tappa con Don Basagni, ma il giorno prima ero salito a lavarlo ed era rimasto zitto tutto il tempo, non aveva nemmeno messo i Doors, fissava il buio e basta. Gli avevo chiesto cosa aveva, lui aveva risposto "pensieri". Solo questo. E per il Tour mi aspettava in occasione delle tappe serie, questa qua era solo una stronzata.

Ma io la guardavo lo stesso, perché comunque iniziava il Tour, e poi in questo sabato di tempesta non c'era altro da fare.

Uno per uno, dopo il conto alla rovescia partivano tutti i corridori, ma si faticava a riconoscerli incastrati su quelle bici speciali da cronometro, dentro body interi e caschi a goccia aerodinamici, alcuni così grandi da avere davanti due lenti come occhialoni incorporati. Più che ciclisti, sembravano astronauti in decollo verso nuovi pianeti della prestazione, galassie insondate della velocità pura.

E dopo questi superuomini da fantascienza, sale sulla pedana Pantani, che sembra un mugnaio dell'Ottocento sparato in qualche modo nello spazio: vestito normale, maglietta e calzoncini e al posto del casco solo il berretto, che per favorire l'aerodinamicità si è messo alla rovescia.

Non ha nemmeno gli occhiali da sole, che in effetti non

servono: alza gli occhi e trova il grigio di quel cielo del Nord, così fisso e pesante, così incomprensibile dopo i giorni a casa, steso a guardare il cielo e il mare che facevano a gara di azzurro.

Ma dal rimestio della risacca, là sulla riva, la voce di Luciano Pezzi continuava a chiamarlo, a ricordargli la sua promessa, e allora eccolo qua.

Ha telefonato al direttore sportivo, e Martinelli quasi non ci credeva. Gli ha mandato la bici e i compagni di squadra, per accompagnarlo in massacranti uscite da otto ore su e giù tra Romagna, Marche e Toscana, una fetta di cocomero a pranzo e poi di nuovo a pedalare. Perché non c'era tempo, il Tour stava per iniziare. Anzi, il Tour inizia adesso: *tre, due, uno, via!* e Marco parte.

E io stavo con gli occhi piantati allo schermo. Davanti avevo anche il libro di diritto privato, ma solo per avere qualcosa da tormentare con le mani nervose. E poi, dietro il bagliore della tv, uno molto più grande dal cielo. E un fragore che ha fatto traballare il monte, con un buio improvviso che si è preso tutto. Il piazzale, la guardiola, la tv. Addio corrente, addio Tour.

E allora ecco perché adesso ero uscito da lì ed ero venuto nello stanzino-biblioteca a leggere l'enciclopedia. Ho cercato "asma", anche se i sintomi li conoscevo già, quelli che dovevo sentire per la crisi. La crisi che dovevo fingere al più presto.

Ma in realtà un pezzetto del mio cervello, quello destinato alla speranza, che è cialtrone e disorganizzato ma non si arrende mai, sperava di trovare su questa pagina una scritta a matita come quelle che stavano accanto a "Kalashnikov" e a "Izevsk", la cittadina dov'è nato Tonkov.

Una piccola scritta grigia, a mano, che mi dicesse dove cercare e cosa dovevo fare, perché io giuro che non lo capivo.

A casa, la mamma e la zia invece non capivano come mai non mi era ancora venuta, questa crisi di asma. Ne avevano parlato con l'avvocatessa Pacini, lei aveva detto che sabato sera chiudeva delle pratiche e poi tornava da noi, per parlarmi di nuovo.

E a sabato c'eravamo, solo che io quella sera non tornavo.

Non potevo. In mezzo alla bufera, un castagno gigantesco si era spezzato alla base ed era venuto giù, la strada era bloccata. La mamma mi ha chiesto se cadendo aveva schiacciato qualcuno, ma io questo non lo sapevo: non me l'ero ancora inventato.

Il resto sì, tutta una bugia per non dovermi ritrovare davanti alla Pacini. Ai suoi occhi e a quelli di Alessandra, che mi diceva: *Ma cosa fai Fabio, cosa stai aspettando?*

E io non lo sapevo, Alessandra, cosa aspettavo. Come non lo sapevo quel giorno sul pontile, quando sei sparita nell'acqua al posto mio.

Non sapevo nulla. Altrimenti ora non sarei stato lì, in quello stanzino che puzzava di muffa a spulciare un'enciclopedia per deficienti. Altrimenti non sarei stato ancora rinchiuso in quell'ospizio in cima ai monti. Altrimenti sarei sparito nel mare in tempesta, e avrei salvato quella bimba che così diventava una grande pianista, e Alessandra una grande avvocatessa, e tutti felici e contenti sotto un cielo sereno e pieno di luce.

La luce che tornava adesso, dalla lampadina sopra la mia testa. Mi ci è voluto un attimo per realizzare, poi subito fuori, sotto la pioggia, di nuovo dentro la guardiola.

Alla tv, con le immagini che dopo un secondo infinito erano di nuovo sullo schermo.

C'era il traguardo, un arco colorato di giallo su un viale di Dublino. Sotto non passava nessuno, perché erano arrivati tutti, la tappa appena finita. E in blu la tabella con la classifica, che scorreva dal primo all'ultimo. Ullrich aveva vinto, aveva già la Maglia Gialla di chi comanda il Tour. Gli altri favoriti stavano tutti nei primi dieci posti, poi via via nomi sempre più piccoli fino in fondo alla lista dei centottantanove partenti.

"Marco Pantani, Italia, centottantunesimo."

26
La mappa falsa dell'Amazzonia

Io forse le invidio, quelle persone decise e dirette, che se gli proponi qualcosa che non gli va rispondono subito e chiaro di no, grazie ma no.

Perché sembra semplice e normale, ma si tratta di casi rarissimi in mezzo all'umanità. Che invece non riesce a dire no, ma nemmeno vuole dire sì, e allora casca nel buco dove prima o poi finiamo tutti, a rispondere: "Va bene, però... però oggi non posso, facciamo domani".

Come se il domani non esistesse, come se fossimo a Pompei il giorno prima di quella notte definitiva, e si sentisse il vulcano che ribolle e sta per coprire il cielo e la terra e portare via tutto quanto, e l'unica cosa buona di una situazione del genere è che a qualsiasi impegno sgradevole si può rispondere: "Ma certo! Domani, domani con grande piacere".

E se non dici domani dici domani l'altro, la settimana prossima o fra un mese. Come se fossero momenti immaginari, sentiti in qualche favola paurosa e che però mica esistono davvero.

Invece esistono, e arrivano: un giorno ti svegli e scopri che quel domani è diventato oggi.

Così era successo a me, che il sabato prima avevo inventato la storia del castagno caduto in mezzo alla strada e non potevo tornare a casa.

«Ma ti avevo preparato le melanzane alla parmigiana.»
«Buone mamma, però purtroppo...»
«E la Pacini veniva a spiegarti bene le cose.»
«Lo so, ma non posso.»
«Allora le dico di venire sabato prossimo, eh?»
«Ecco, sì, sabato prossimo va benissimo!»

Perché lì per lì, dire sabato prossimo era come dire mai: il momento perfetto per incontrare di nuovo l'avvocatessa Pacini.

Poi stamani mi ero svegliato, ed ecco che quel *mai* era arrivato. E con lui la Pacini, che prima di cena mi aspettava a casa.

Ma intanto era appena iniziato il pomeriggio, e stavo nella camera di Don Basagni a lavarlo, senza i Doors a suonare perché c'era la tappa del Tour e allora parlava la tv.

Il giorno fisso per lavarlo era ieri, ero salito puntuale ma l'avevo trovato di nuovo zitto nel buio. Mi aveva detto che non era giornata, che era meglio se tornavo oggi, così ci vedevamo pure una tappa più interessante.

Gli avevo chiesto se gli serviva qualcosa, se c'era qualche problema.

«Sì, c'è qualche problema, Avvocato, ma è roba che te non puoi capire.» E con la mano mi aveva fatto segno di andare.

Poi però, quando stavo già a metà corridoio: «Oh, Avvocato, ti capita mai che ti fermi un attimo, pensi a quanti anni hai, e non ti sembra vero?».

Ci avevo pensato un momento, poi: «Ma... no, cioè, sì, spesso. Ma non con gli anni miei, con l'anno solare. Sa, dopo Capodanno, quando devo scrivere la data, mi ci vuole un po' per abituarmi all'anno nuovo, mi viene sempre da mettere quello prima».

Le mie parole erano rimbalzate tante volte nello stretto del corridoio. Forse per questo, nel tornarmi indietro, suonavano così sceme.

E lui, dopo un po' di silenzio: «Vai via Avvocato, perlamordiddìo vai via subito. Vai via, vai via, vai via».

Ma adesso ero tornato, col secchio e la spugna e il sapone. E la tappa alla tv, perché il Tour era iniziato da una settimana, però finora era stato così piatto e noioso che a seguirlo non rischiavi di addormentarti, ma di finire direttamente in coma. Oggi invece poteva succedere qualcosa, solo che era un'altra gara a cronometro, e quindi questo qualcosa era per forza una cosa brutta.

Perché Ullrich, il grande rivale che Pantani aveva davanti, era come gli altri giganti che il Pirata ha trovato sulle strade della sua avventura. Come Zülle, come Indurain, colossi robotici con muscoli d'acciaio e pistoni al posto delle gambe, grossi armadi pieni di circuiti, programmati per esprimere una potenza portentosa e costante. Motori implacabili, mietitori che mai accelerano e mai rallentano, avanti così finché non resta più niente in piedi da falciare via dal mondo.

È successo nella prima crono a inizio Tour, che erano solo cinque chilometri, figuriamoci in questa che ne misura cinquantotto.

Infatti, quando tocca a Pantani, lui parte e sembra che vada tutto bene. Poi però è il turno di Ullrich, e capisci che non va bene proprio per niente: il tedesco pedala in un altro pianeta, un pianeta dove comanda lui con la forza, si parla la sua lingua e si parlerà da qui fino all'arrivo.

«L'unica speranza è che sono tutte colline» ho detto, un occhio alla tv e uno al petto nudo di Don Basagni. «Non è un percorso piatto e ci sono tante curve, non è l'ideale per Ullrich.»

«L'unica speranza è che Pantani si sia portato un cesto, per metterci dentro tutti i minuti che perde.»

«Dice, Padre? Però vede, è tutto un saliscendi, non...»

«Oh, Avvocato, magari sei troppo preso dal mio corpo bellissimo, ma ce la fai guardare un attimo per bene come va?»

Ho fermato la spugna e ho guardato la tv, e in effetti c'era poco da sperare: Ullrich non era un uomo su una bicicletta, non esistevano il piede e il pedale, la gamba e la ruota, il telaio e la schiena larga nella sua spinta sovrumana. Ullrich e la bici erano una cosa sola, e magnifica, e tremenda.

Ogni tanto inquadravano anche Pantani, ma erano due sport diversi, due mondi appunto, e due ere geologiche. Ullrich era un missile guidato dai computer verso l'obiettivo, Pantani sbuffava e traballava come i primi prototipi di aeroplano messi su dai Fratelli Wright, che a guardarli sembravano un Ape Piaggio con due ali molli ai lati, e davanti la rovina.

Poi la regia smette proprio di inquadrarlo. Perché non ha senso, la corsa è altrove, e lì resta insieme ai nostri occhi. E a quelli del doppio muro di tifosi che borda il percorso, si sporge per vedere Ullrich che arriva ma deve buttarsi subito indietro perché gli è già addosso. E sfreccia lì accanto, spostando l'aria e lasciando per un attimo la visione della sua schiena col numero appiccicato alla maglia, che è l'Uno perché l'anno scorso ha vinto il Tour, e quest'anno uguale.

Il tempo non sbaglia, il tempo non perdona. Il tempo arriva e passa, e quel che non sotterra lo porta via con sé.

«Padre, scusi, ma ieri, quando diceva che uno certe volte pensa a quanti anni ha, e non gli sembra vero... diceva nel senso che certe volte uno si sente più giovane, o più vecchio, vero?»

Don Basagni ha finito di masticare una nocciolina, senza togliere lo sguardo dalla tappa: «Oh, lo vedi Avvocato, che ci arrivi anche te alle cose. Bisogna lasciarti il tuo tempo, ma dopo un secolo o due ci arrivi. Bravo».

«Grazie. Però insomma, ci ho pensato, e capita anche a me, mi capita tante volte.»

«Bene, bene. Ma è normale. È colpa nostra. Siamo noi che l'abbiamo inventato.»

«Cosa, Padre.»

«L'orologio. E prima la clessidra, la meridiana, tutte quelle cazzate lì. Ci siamo inventati la bugia che il tempo era quello che misuravano loro, e gli siamo andati dietro. E allora è chiaro che siamo fregati, perché si vive andando dietro a una cazzata. Come se i giorni fossero tutti uguali, e gli anni. Una fila precisa di secondi uno dopo l'altro. Eppure basterebbe alzare gli occhi da quelle lancette striminzite. Basterebbe pensare a quanto sono lenti e lunghi gli anni fino a quando ne fai venti, e poi dopo quanto corrono a razzo. E a forza di stare con gli occhi all'orologio, non esisti più nemmeno tu. Non sei più te stesso, sei un'età. Sei un bimbo di dieci anni, sei un ragazzo, sei un vecchio. Ma non è mica vero, Avvocato. Lo sai come stanno davvero le cose?»

Non lo sapevo, non lo sapevo per niente. Ho scosso la testa, e aperto gli occhi come se servisse a sentire meglio la sua voce di catarro e noccioline.

«È proprio così che me l'ha insegnato, Padre Ermete. Stava lì steso sulla paglia, e mi ha detto: "Lo sai come stanno davvero le cose, Marino?".»

«Chi è Marino?»

«Ma come chi è, Marino sono io!»

«Ah. Non lo sapevo.»

«Ma certo che sono io. Secondo te Basagni è un nome? È il cognome, no? Di nome la mia mamma mi ha chiamato Marino. Forse perché vivevamo in cima ai monti, e la nostra vita le faceva tanto schifo.»

«O magari perché è un bel nome, cioè, a me piace.»

Ma Don Basagni non mi ascoltava. Guardava la tv, Ullrich che apriva in due il pubblico e a ogni curva piegava il Tour, fino a farlo diventare una cosa piccola da mettere in tasca e portarsi via.

«Padre Ermete stava sdraiato sulla paglia, nella sua capanna. Ero arrivato da poco sul Catrimani, ero stato tanti anni in Africa e pensavo di aver visto tutto. Ma ti dico una cosa, Avvocato, finché non hai visto l'Amazzonia, del mondo non hai visto nulla, capito? Te pensi di aver visto qualcosa, ma invece nulla. E comunque, Padre Ermete era lì steso perché stava morendo, e io accanto a lui perché mi stavo confessando. Avevo appena confessato lui, poi gli ho detto che toccava a me. Avevo un peso troppo grande sul petto, la notte respiravo male. E se respiri male in Amazzonia, è un attimo e finisci al manicomio.»

«Me lo immagino, Padre.»

«Ma cosa ti immagini, Avvocato, sai una sega te! Te in Amazzonia non ci sei mai stato, non sei stato da nessuna parte. Non sei stato mai nemmeno con una donna, Santo Dio!»

«Non ricominciamo però, la prego.»

«Va bene, va bene. Comunque, Padre Ermete, quell'uomo sapeva tutto. Viveva in Amazzonia da una vita, c'era arrivato da ragazzo e ora ci stava morendo. Io gli ho raccontato il mio peso, e lui mi ha detto che capiva. Perché appunto era un saggio, un grandissimo saggio, e capiva tutto. E mi ha detto così: "Lo sai come stanno le cose davvero, Marino?". E io ho scosso la testa, perché non lo sapevo. E lui mi ha detto: "Stanno che una volta qui è arrivato un giovane missionario, dal Portogallo. Saranno passati, boh, trent'anni. Era nuovo, e voleva avventurarsi nella foresta. Nella foresta amazzonica. Cercava una fonte, che secondo gli indigeni c'era questa fonte di acqua freschissima. E lui gli chiedeva una mappa, per orientarsi. Ma gli indigeni di mappe non ne hanno. Non sapevano nemmeno cos'era, una mappa, allora lui gliel'ha spiegato, e ha insistito così tanto che loro, per gentilezza, per non dirgli ancora di no, gliene hanno disegnata una. Ma a caso, se l'erano inventata così, come un bel disegno. E questo Padre, che ormai c'era andato fuori di testa, l'ha presa tutto contento ed è partito con un secchio, e prima mi ha detto: "Ermete, aspettami che torno e ti porto quell'acqua freschissima!".

Così mi ha detto Padre Ermete. Io gli ho domandato com'era andata a finire, e lui: "Sto ancora a bocca asciutta, non l'abbiamo rivisto mai più. Ma tu, Marino caro, mi chiederai che c'entra questa cosa col peso che porti sull'anima, ed ecco cosa c'entra". Ha alzato il braccio, secco e scuro, si è sfilato l'orologio che teneva sempre al polso e me l'ha dato. Era vecchissimo e pesante, e solo ora mi accorgevo che era fermo. Anzi, proprio rotto, con un segno nel vetro. "Ecco, sai cos'è questo, Marino? È la nostra mappa. Noi nasciamo in questo mistero infinito che è il tempo, che ci prende e ci porta, ci lascia e ci travolge, e vogliamo per forza capirlo, vogliamo dominarlo, vivere secondo un ritmo nostro, un percorso preciso che ci disegniamo noi e... e insomma, inventiamo questa grande fandonia che è il tempo dell'orologio, e lo usiamo per misurare il tempo della vita. Ci avventuriamo nella foresta del destino con una mappa falsa in mano, e allora è chiaro che ci perdiamo, è chiaro. E a quel punto, guardiamo la mappa e diciamo: 'Ma come, ho davvero quarant'anni? Cinquanta, sessanta, sono davvero un vecchio di ottant'anni?'.

E la risposta è no, Marino. La risposta è no. Quello è il tempo dell'orologio, che misura al massimo il nostro corpo che cambia, che si piega, che si rammollisce e muore. Ma nel nostro intimo siamo sempre e per sempre quel ragazzino che gli bruciavano le gambe e saltava dalla voglia di arrivare a vent'anni. Però l'orologio ci dice che gli anni passano, che abbiamo l'età che abbiamo, e tanta gente riesce a fare finta che sia così. Ma in realtà, dentro siamo sempre e per sempre quel ragazzo. È una grazia enorme che ci ha concesso il Signore, ma noi l'abbiamo trasformata in un problema. Ci siamo messi in gabbia da soli. Ci siamo invecchiati da soli. E questo peso che hai sull'anima, Marino, purtroppo viene da lì, e te lo devi tenere." Così mi ha detto quel sant'uomo di Padre Ermete, poi è morto.»

«Sì, ma... che peso aveva lei sull'anima, Padre? Cioè, è passato tanto tempo, magari me lo può dire.»

«Lo vedi che non hai capito un cazzo, Avvocato? Ti ho appena detto che il tempo non c'entra nulla, il tempo è una bugia. Passa e non passa mai. Lo vedi che non capisci, figuriamoci se capiresti il mio peso. Non farmi ridere. Padre Ermete invece l'aveva capito eccome. E prima di morire mi ha detto: "Tienilo con te, fino alla fine. E impara a portarlo". E me l'ha dato.»

Io stavo per domandare cosa gli aveva dato, ma mi sarei preso un'altra scarica di offese. Allora sono rimasto zitto a guardare, perché Don Basagni mi ha fissato per un attimo, il suo viso che cambiava insieme alla luce dalla tv, poi si è voltato di scatto al comodino, ha aperto il cassetto e io mi aspettavo che ne tirasse fuori quella cosa misteriosa.

Invece ha pescato un altro sacchetto di noccioline, se l'è posato in grembo e ha cominciato a mangiarle. Alzando il braccio più del solito, sempre di più, fino a battersi un dito sul polso là in aria, per farmi guardare quel che da solo non notavo: un orologio scuro, vecchissimo, col vetro rotto.

L'orologio di Padre Ermete!

Don Basagni lo portava sempre, dal primo giorno che ero salito e mi aveva detto di stare zitto e lavarlo, ma io lo vedevo solo adesso.

L'ha sfilato, e con due dita me l'ha passato. «Coccodrillo» ha detto indicando il cinturino. Era caldo, pesante, l'ho preso e mi sembrava di stare anch'io nella notte afosa e selvaggia di quei luoghi lontani, accanto al pagliericcio di Padre Ermete sotto il tetto di foglie, sperso in fondo all'Amazzonia. Con in mano questa cosa antica e preziosa, ferma da una vita, da prima che nascessi.

L'orologio che invece scorreva alla tv no, quello andava avanti velocissimo, contava pure i centesimi di secondo.

Ma era falso e cattivo. Lavorava insieme a Ullrich, e si è fermato solo quando il campione tedesco ha tagliato il traguardo, nella stessa posa e con la stessa potenza di quando era partito. Era il tempo sempre uguale e preciso che inesorabile arriva, portandoti addosso tutti i domani che hai usato per evitare qualcosa.

E dice che Ullrich ha vinto la tappa. Che ha la maglia gialla del primo in classifica. Che in un ciclismo ormai fatto di centesimi di secondo, Pantani ha perso in un colpo solo quasi quattro minuti e mezzo.

E io fissavo la tv ma in mano stringevo l'orologio di Padre Ermete, come un rosario. Caldo, vecchio, fermo.

27

Gli animali sono immortali

Le scelte più giuste della vita, quelle che ti regalano i momenti più speciali, le fai per caso o per sbaglio. Infatti quella sera non ero uscito per guardare le stelle: mi avevano chiuso fuori.

Era domenica, e tornando da casa al convento mi ero fermato al solito bar a prendere le birre, che Don Mauro me le aveva chieste tutti i giorni più volte al giorno. Doveva essere un attimo e via, ma la signora al banco mi aveva detto: «Te sei quello che lavora al convento con la mia cugina», e la sua cugina era la Flora, io le avevo risposto che era una bellissima persona e lei aveva fatto di sì, aveva cominciato a tremarle il labbro e aveva soffiato un «non dovrei dirti nulla», che è l'inizio classico di chi invece sta per dirti tutto. Infatti mi aveva raccontato un sacco di cose, su quante ne aveva passate, sul marito che aveva picchiato lei e la Gina fino all'ultimo giorno, sulla Flora che gli rispondeva e lo picchiava pure lei. E insomma, invece di un attimo ero rimasto lì fino a cena, seduto al tavolo con la minestra di verdura e la frittata, e quando ero arrivato al convento le porte erano tutte chiuse. Don Mauro aveva fatto il suo giro, aveva messo il chiavistello e addio.

Così quella notte mi toccava passarla all'aperto, nel piazzale sotto il cielo di luglio, e davvero le scelte più giuste, più favolose della vita le fai sempre così: per caso ti ritrovi steso su una panchina, con sotto due maglie per ammorbidirla, e sopra di te una notte così magnifica che ti viene da piangere.

Le stelle mi tremolavano negli occhi. La loro luce era partita migliaia, forse milioni di anni prima: aveva attraversato senza problemi milioni di milioni di chilometri, chissà quante orbite di pianeti e altra roba spaziale, ma alla fine tremava per qualche lacrima che mi nasceva nello sguardo.

Abbiamo poteri smisurati, anche se non lo sappiamo.

Io però stanotte lo sapevo. Prima no, e magari domattina me lo sarei dimenticato, ma adesso lo sapevo benissimo. Guardavo tutto quello che c'era da guardare intorno a me. E lo annusavo, nel profumo delle piante che si aprivano al caldo dell'estate. Ascoltavo i grilli che si grattavano il corpo con le zampe e ne veniva fuori una musica, gli rispondevano le rane che davano il ritmo, e su questa canzone infinita ogni tanto rumori diversi, rametti spezzati e fruscii dal folto della foresta intorno al convento, gli animali che di notte escono dalle loro tane e vanno a prendersi il mondo.

La terra, l'acqua, l'aria.

Mancavano solo gli uccelli del giorno, i merli i tordi i fringuelli, che appena cala il sole fanno come le galline e si posano sui rami a dormire. E noi non conosciamo la loro lingua, ma se la potessimo parlare non servirebbe a nulla chiedergli come mai lo fanno, perché non lo sanno neanche loro: lo fanno e basta, perché è giusto così.

E avevano ragione, anch'io volevo fare le cose con questa sola spiegazione: perché era giusto così.

Eppure la notte prima, anche se appunto era buio, i fringuelli volavano lo stesso. Ma andava bene, perché volavano dentro un sogno.

Era sabato e dormivo a casa mia, nel mio letto, e li guardavo filare come frecce da un albero all'altro, poi su nel cielo, tanti fringuelli luccicanti col loro canto irraggiungibile. Cantavano e giravano nell'aria fino a formare un cerchio preciso e musicale, che dal cielo cominciava a scendere più in là all'orizzonte, l'avevo seguito ed ero arrivato in uno spiazzo nel bosco, dove sul tronco di un castagno caduto stava a sedere Jim Morrison.

Il cerchio dei fringuelli è calato su di lui, ognuno ha preso una ciocca dei suoi magnifici capelli e continuava a girare, in una giostra ipnotica di boccoli e melodia.

Io lo guardavo, e Jim guardava me. I miei occhi spalancati, i suoi con le palpebre a metà, un po' aperti un po' chiusi, senza dire nulla.

Dietro di lui, ai margini della radura, per un attimo è apparsa l'avvocatessa Pacini, col suo completo scuro e il taglio di capelli composto e preciso nonostante corresse per andare in qualche posto importante. Ogni tanto però alzava le braccia, e con un balzo faceva una ruota perfetta, un frullo d'aria e tornava in piedi, continuando la sua corsa leggera.

Una ruota così magnifica la sapeva fare solo Alessandra. L'aveva imparata da piccolissima, guardando la ginnastica artistica in tv. All'improvviso si era alzata dal divano, aveva provato e c'era riuscita al primo colpo. Il salotto della nonna era stretto e alla fine aveva picchiato il braccio contro il muro, però era venuta benissimo.

«Ma come hai fatto!» le avevo chiesto. E lei: «Ho imparato. Come te hai imparato a fare i rutti a comando».

Era vero, avevo imparato il sabato prima, al catechismo. Ingoiavo l'aria e la tiravo fuori in un rutto che mi dava grande soddisfazione. «Vedi, siamo pari» mi aveva detto Alessandra quella volta.

Solo che io la ruota non ho imparato a farla mai, l'avvocatessa Pacini invece ne ha fatte cinque o sei mentre correva, poi ha aperto la bocca e ha piazzato un rutto profondo e pieno, prima di sparire nel folto del bosco.

E siccome nessuno diceva nulla, ho iniziato io, che avevo tanto bisogno di aiuto: "Jim, cosa devo fare! Dimmelo tu, ti prego! Anche in un modo che non ci capisco nulla, giuro che poi me lo aggiusto, però dimmelo, dimmelo subito!".

Ma Jim stava così, coi fringuelli che gli portavano in giro i capelli, e sorrideva a questo solletico leggero. Sorrideva come uno che si sveglia senza un problema all'orizzonte, solo il sole che gli carezza il viso.

Poi, di colpo e dal nulla, senza nemmeno muovere le labbra, la sua voce calda ha riempito il bosco come un incendio: "Una sera, non so dove, non so quando, sotto il palco c'erano migliaia di persone che volevano ascoltarci. Però io l'ho capito, l'ho sentito chiaro, che la cosa giusta da fare non era cantare, era tirare fuori l'uccello e farglielo vedere".

"Ah, ecco. Ma... ma come l'hai capito, come hai sentito che lo dovevi fare?"

Jim mi ha risposto solo con un sorriso morbido. I fringuelli volavano sempre più veloci coi suoi capelli nel becco.

"Come l'hai capito, Jim, che era la cosa giusta, come lo posso capire io?"

Ha respirato l'aria profumata intorno a lui, poi: "Senti, il problema non è capire, non è sentire. Tu, se c'è da tirare fuori l'uccello e mostrarlo a tutti, lo fai?".

Me l'ha chiesto, e adesso i suoi occhi erano aperti e mi fissavano. E io dovevo rispondere la verità, cioè: "No, non credo. Però non lo so, dovrei trovarmici, ecco".

Il suo sorriso si è arricciato in una smorfia. "E allora a cosa serve dirti qual è la cosa giusta da fare, se poi tu non la fai."

"Hai ragione, Jim. Dici che ci vuole il coraggio, vero? È questo che dici, sì?"

E lui: "Frontiere di velluto, trasparenti barriere di vetro, nera bambina del tempo, bianca clessidra che soffia, siamo granelli che passano, carezze sabbiose cadendo giù".

Ho fatto di sì, e anche se come al solito non le avevo capite bene, ho tenuto nel cuore le parole di Jim, e il pisello nei pantaloni.

Mentre i fringuelli e il bosco e Jim scomparivano, e arrivava la domenica, un altro giorno in cui dovevo fare qualcosa, e subito. Ma non sapevo cosa.

Sapevo solo cosa non volevo fare, cioè incontrare l'avvocatessa Pacini. Eppure era proprio lei che dovevo vedere quel pomeriggio.

Perché sabato sera non era potuta venire, c'era una cena di beneficenza per le elezioni e aveva dovuto rimandare a domenica. Così mi perdevo pure la tappa del Tour. Che era piatta e senza senso, ma si avvicinavano i Pirenei e volevo guardarla al bar La Gazzella col babbo e i suoi amici. Invece eccomi seduto al tavolo di cucina, coperto da una tovaglia nuova che non avevo mai visto, la mamma in piedi che preparava il caffè, la zia seduta alla mia destra, la Pacini davanti a me.

La schiena dritta senza poggiare i gomiti sul tavolo, le dita incrociate davanti al petto fasciato da una camicia bianca.

«Allora, Fabio, cosa vogliamo fare?» mi ha chiesto.

Seguire la tappa, questo volevo fare, ma non era la risposta giusta. Allora sono rimasto zitto, tanto l'avvocatessa Pacini aveva abbastanza risposte per tutti: «Sei alla tesi, giusto? Bene, è un traguardo importante. Ma anche un punto di partenza. E il titolo è...».

«*Ammortamento delle immobilizzazioni immateriali e materiali*» ha risposto subito la zia, in un solo grande respiro.

«Interessante, molto. Mi piacerebbe leggerla, quando è pronta.»

«Eh, non lo dica a me» ancora la zia. «Sono mesi che gliela chiedo.»

E la mamma, con la moka in mano: «Brava, più gliela chiedi e meno te la fa leggere, vero Fabio?».

Io ho sorriso, forse. Che come risposta poteva andare bene.

«La tesi è importante, Fabio, importantissima per te, lo capisco» ha detto la Pacini, piegandosi appena col busto verso di me, come per farmi una confidenza: «però la tesi serve il giusto. È necessaria per laurearti, ma non la leggerà mai nessuno. A parte me ovviamente, e tua zia e tua madre. La leggerà un po' il professore che ti segue, ma il giorno che ti laurei la mettono su uno scaffale e addio. Quindi, insomma, io capisco qual è il tuo problema, sai?» così ha detto. E giuro che per un attimo ci ho creduto davvero, che lo sapesse, e che magari ora lo spiegasse anche a me. Invece: «Tu vuoi scrivere una tesi bella, importante, che duri nel tempo. Ci sono passata anch'io, ma scusa se te lo dico chiaro: non durerà. La tesi è un passo necessario, ma in un percorso che va molto, molto più lontano.»

La mamma e la zia annuivano, a quei due *molto* che portavano il loro Fabio chissà dove.

«E quindi questo passo facciamolo, ma subito, e andiamo avanti. Per prima cosa, bisogna risolvere il guaio del servizio civile. Perché quello non è un passo, ma un passo falso. Non c'entra niente col tuo percorso, ti fa perdere tempo prezioso e ti porta da un'altra parte, anzi, da nessuna parte. Bisogna rimediare, e noi abbiamo già fatto tutto il possibile: bastava questa crisi respiratoria che ti capitava in servizio, ma è passata una settimana e nulla. Ti imbarazza, non ti riesce... va bene, sai allora cosa facciamo? La saltiamo. Non serve nemmeno che ti fai venire la crisi, l'avvocato ha telefonato al dottore del distretto, anche se in questo periodo è davvero pienissimo di impegni.»

«Certo, ci sono le elezioni!» ha detto la zia, con le mani al cielo. E poi ha garantito che avrebbe votato per lui. Tutti quanti in famiglia.

«Grazie, giusto, bene. Però l'avvocato ha trovato comunque il tempo per chiamare il dottore. Sono grandi amici, e il dottore è là che ti aspetta, al distretto. Non serve più la crisi, non serve nemmeno che tu dica nulla. Vai là e fa tutto lui. Mercoledì dopo pranzo.»

Così ha detto l'avvocatessa, e la mamma e la zia si sono guardate, il respiro ormai perso, rubato dalla smisurata generosità dell'avvocato, dalla pazienza che ha con questo ragazzo bravo e buono, e che però a volte proprio ti esaspera.

Come adesso, che invece di rispondere "certo" e "grazie" è rimasto zitto un attimo, poi nel loro sconcerto ha detto: «Sì, però mercoledì purtroppo non posso. Ho una cosa importante da fare al convento, ormai mi sono impegnato coi preti, non...».

La mamma e la zia sono rimaste spiazzate, sperse nella lotta tra le due grandi potenze che dominano l'universo, quella pratica dell'avvocato e quella spirituale dei preti che dovevo aiutare. Il mio impegno al convento, in realtà, era la tappa più dura dei Pirenei, che si correva proprio mercoledì e io la seguivo con Don Basagni. Ma loro non lo sapevano, e allora non sapevano nemmeno quanto era giusto lamentarsi.

Molto più netta l'avvocatessa Pacini, lei ha sospirato e mi ha dato un'occhiata che era una coltellata nell'aria, poi ha detto che avrebbe sentito Ferroni per trovare un altro giorno, e me l'avrebbe comunicato presto.

«Ma presto davvero. Il dottore ti aspetta, non si può tirare troppo per le lunghe. È tutto pronto, Fabio, tu non devi fare quasi nulla. Però lo devi fare subito. Anzi, è già tardi, quindi proprio adesso lo devi fare, capito?»

Io ho annuito, una volta o due, serio. Ma in realtà ripensavo al sogno con Jim, ai fringuelli che gli vorticavano sulla testa, alla storia del palco col pubblico intorno e lui che aveva sentito chiaro cosa doveva fare. E mi sono chiesto – giuro – se forse adesso dovevo farlo anch'io. Alzarmi e salire sul tavolo, sciupando la tovaglia nuova, e tirare fuori l'uccello come lui. E ballare, e cantare che adesso me ne andavo a guardare il Tour de France. La zia sarebbe svenuta? La mamma avrebbe pianto? La Pacini mi avrebbe denunciato? Probabile, ma non aveva senso chiederselo, perché Jim l'aveva fatto, io invece quel coraggio non l'avrei avuto mai. E allora aveva ragione lui: che senso ha pensare a cos'è giusto fare, se poi non riesci a farlo.

Ma adesso tutto questo era così lontano, sdraiato qua sulla panchina nella notte smisurata di luglio. Saliva fino al cielo pieno di stelle e lì spariva come l'odore di fritto alle sagre, un po' di qua un po' di là in mille direzioni diverse, e chi può dire quale è giusta e quale no.

L'unica dritta e precisa, e così magica da seguire nel buio, era quella degli aerei che ogni tanto passavano lassù, leggeri e altissimi, senza fare rumore. Luci colorate che si accendevano e spegnevano a un ritmo morbido, forse per vedersi con gli altri aerei, forse per salutare me che li guardavo.

E sentivo una pace che quando l'avevo provata l'ultima volta non lo ricordavo. Forse da piccolo, quando l'estate dopo cena il babbo e la mamma mi portavano fuori di casa a guardare il cielo, così potevano fumare a tutto spiano. Guardavamo le stelle, e io chiedevo se qualcuna invece che una stella era un'astronave di marziani. E il babbo rispondeva che sì, era probabile. E facevamo questo gioco, che gli alieni arrivavano e volevano distruggerci. E noi dovevamo convincerli a risparmiarci, perché anche se non sembrava eravamo bravi e buoni e sapevamo fare cose belle. E gliele facevamo provare.

Il babbo e la mamma mi chiedevano: «Se gli possiamo far provare solo un cibo, cosa gli diamo?».

E io: «Cioccolata!» poi ci pensavo e «no, forse il gelato, però gusto cioccolata!».

«E uno sport solo?»

«Ciclismo!»

«E un fumetto solo?»

«Nonna Abelarda!»

E via così. Più andavamo avanti, più sentivo quante cose stupende c'erano nel mondo, infinite come le stelle che brillavano lassù, e se qualcuna era un'astronave aliena che veniva a distruggerci non c'era problema, non avrebbero mai toccato un mondo così favoloso.

E anche quella sera sulla panchina fuori dal convento le

stelle erano infinite, e gli aerei ci passavano in mezzo dritti e tranquilli. E forse quella era un'altra cosa che mi sarebbe piaciuto fare nella vita, il pilota di aereo. Svegliarmi, vestirmi con l'uniforme della compagnia, salire a bordo e stringere mani, mettermi alla cloche e decollare, portando i passeggeri dove dovevano andare. Un senso di precisione, di giustezza, di affidabilità.

Sì, il pilota di aereo, mi piaceva molto. Cioè, mi sarebbe piaciuto, perché ormai era tardi. Era una di quelle cose che devi avere la passione fin da piccolo. E magari fare il militare in aeronautica o in un altro corpo così. Non certo l'obiettore di coscienza come me.

Però sarebbe stato bello. Come studiare la natura e gli animali, sapere tutto di questo bosco e dei boschi del mondo, pure dell'Amazzonia di Don Basagni. E conoscere tutte le cose fantastiche che potevamo mostrare agli alieni per convincerli a non annientarci. La vita è così, è piena di meraviglie, come fai a sceglierne una sola? Resti lì e le guardi, tutte queste opportunità intorno, e pensi che per provarne un numero decente dovresti avere almeno mille vite a disposizione. Invece mille vite non le abbiamo, e allora non facciamo nulla, così buttiamo via l'unica che ci è toccata.

E intanto nel bosco sentivo ancora rametti che si spezzavano, fruscii, i mille animali misteriosi della notte. Gli animali fanno quello che vogliono, e sanno cos'è. Nascono e già lo sanno. E vanno avanti senza passi falsi. Gli animali non si vestono eleganti, non si vestono proprio, gli animali non si laureano, non hanno l'orologio e quindi non sono mai in ritardo. Non ci pensano proprio, al tempo, e così il tempo non passa. Non hanno fretta, non sanno nemmeno che un giorno moriranno, e quindi fino a quel giorno gli animali sono immortali.

Sì, proprio così, e annuivo ai miei pensieri mentre salivano al cielo.

Aver trovato il portone chiuso, essere rimasto fuori, che

fortuna pazzesca. Lì sdraiato sotto le stelle volevo rimanerci per sempre. Non era un lavoro, ma poteva essere lo stesso la mia vita. Senza orologi, senza percorsi e direzioni, per sempre così, gli occhi al cielo, immortale.

28
Il passato non passa

Siamo così abituati ad aspettare per niente che se una volta a forza di aspettare finalmente qualcosa arriva, siamo tanto sorpresi che non sappiamo che fare.

Questo succede adesso al Tour, che è ormai a metà del suo percorso e oggi, dopo troppi giorni di piattume, ecco i Pirenei e la strada che si impenna.

Pantani le aspettava da un pezzo, le salite, "per vedere come sto". Non come stanno gli avversari, ma lui, perché ogni sua corsa è un discorso intimo e solitario. Se si ritrova dentro quella forza, quelle vocine nella testa che sente nei giorni migliori, niente conta là fuori.

Già ieri, quasi in cima al Peyresourde, è partito con una fiammata per arrivare solo in vetta, poi una picchiata delle sue, col culo posato sul nulla dietro la sella, tutto sbilanciato. Perché lui è leggero, e deve trovare un modo per andare lo stesso veloce in discesa. Gli ex corridori, i tecnici, tutti lo criticano, ma Pantani quando corre è solo con le sue vocine, e ascolta quelle e basta.

Al traguardo ha recuperato ventitré secondi sui migliori, che non è tanto ma è un inizio. E oggi c'è la vera tappa dei Pirenei, da Luchon a Plateau de Beille, con cinque montagne da scalare e l'arrivo in cima alla più dura.

E se ieri hanno corso nella pioggia gelata, in questo pomeriggio di luglio il sole arroventa l'orizzonte di sassi e asfalto, così caldo che gli uccelli non volano, se ne stanno all'ombra tra le fronde e invece di fischiare sbuffano sfiniti.

Lo stesso caldo che entrava dalla finestra chiusa di Don Basagni, infatti era la terza volta che tornavo su con la birra che mi aveva fatto mettere nel surgelatore, ne scolava un po' e me la dava da riportare al fresco.

Anche i corridori bevevano tantissimo, le auto delle squadre li rifornivano di borracce in continuazione, i tifosi gli versavano in testa le loro. Era un sollievo che durava poco, perché il sole li asciugava in un attimo, ma era come l'attimo che Don Basagni aveva in mano la birra gelata, corto e però irresistibile.

«Senti un po', Avvocato» ha detto in uno sbuffo che era anche un rutto. «Te l'hai mai provato, il caldo vero?»

E io ho subito risposto di no. Non aveva ancora finito la domanda che già scuotevo la testa, perché tanto quando Don Basagni chiedeva se avevo mai provato qualcosa, la risposta giusta era sempre no: che ne sapevo io del caldo vero? Magari credevo di sì, ma il caldo vero c'era una volta e l'avevano sofferto solo lui e la sua generazione, quindi io dovevo stare zitto. O meglio, rispondere che no, non l'avevo provato mai, e lasciarlo parlare.

Funziona così, per tutti i vecchi: i giovani vivono in un'epoca comoda e senza valori e non sanno nulla della vita vera, cioè quella che hanno vissuto loro. Don Basagni lo diceva a me, come a lui l'aveva detto di sicuro il suo babbo prima di essere schiacciato da un blocco di marmo nelle cave, e pure Giulio Cesare si sarà sentito dire da suo padre: "Oggi avete toghe morbide e raffinate, e bighe leggere e facili da portare, non sapete la vita vera cos'è".

È così, da sempre e per sempre. E allora chissà io cosa dirò a chi viene dopo di me, quali esperienze vere e forti mi vanterò di aver fatto. Ma forse non ci sarà nessuno a sopportare i miei discorsi, e sarò solo ad ascoltarmi, io con le mie voci nella testa.

Come Pantani adesso, che dall'inizio della tappa tutti aspettiamo di vederlo partire, ma intanto pedala con gli occhi bassi alla bici, in mezzo ai suoi compagni e a quasi duecento corridori.

Anzi, il gruppo del Tour ora è un po' meno numeroso: sono venuti fuori un sacco di casini, scandali legati al doping, per la prima volta se ne parla un sacco, quasi sempre. Hanno trovato un'auto della Festina piena di farmaci e sostanze illegali, qualche corridore ha confessato: un doping organizzato, di squadra, e così la Festina è stata allontanata dalla corsa. Era una delle più forti, era la squadra di Zülle e dell'eroe francese Virenque. Ogni notte perquisizioni della gendarmeria, interrogatori, e nella piattezza che il percorso ha offerto finora si parla solo di quello, sui giornali, alla tv e ovunque.

Tranne che qui, nella stanza di Don Basagni. Dove appena ho provato a dire: «Certo però che brutta cosa, corridori che scappano, sacchetti di sangue, ormoni...».

«Zitto, Avvocato, muto!» mi ha urlato secco, col dito storto a puntarmi. «Non una parola, nemmeno mezza, non ti ci mettere anche te!»

«Ma è una cosa grave, e ogni giorno è peggio, e...»

«Muto! Non mi sciupare questa meraviglia, capito? E non te la sciupare nemmeno te, dammi retta. Non farti distrarre dalle cazzate. Sai cosa leggevo tempo fa? Uno studioso, un americano mi pare, ha scoperto che Alessandro Magno soffriva di emorroidi. Ma io dico, pensa alla battaglia di Gaugamela, pensa a un ragazzo che guida un esercito di cinquantamila uomini e riesce a devastarne uno che ne ha più di un milione. Pensa che impresa, che gloria, che enormità per lui e per l'Occidente. E a te, in tutta questa grandiosità, cosa te ne importa se intanto gli bruciava il culo? Quanto devi essere piccolo, quanto devi essere asciutto e meschino, se in questa meraviglia ti fissi sulle sue emorroidi!»

«Sì, Padre, ma qui non sono emorroidi, non è una cosa che viene da sé, è una roba illegale, che altera le...»

«Muto, Avvocato, muto! Dammi retta, e un giorno mi ringrazierai, dirai: "Grazie, Don Basagni". Fammi questo regalo, fattelo da solo. Goditi questa grandiosità e stai zitto, perlamordiddìo.»

Poi è tornato con gli occhi alla corsa, il gruppo in discesa che ne approfitta per prendere il fresco in faccia e nel petto, abbassare un po' la temperatura e cercare nuove forze. Prima che la strada torni a impennarsi per l'ultima salita, che li aspetta con la sua stretta bollente e severa, lunga quasi sedici chilometri.

E anch'io volevo pensare solo all'ultima salita, non allo scandalo del doping, e nemmeno alle altre schifezze che mi rotolavano nella testa e cercavo di tenere ferme tutte quante.

Una nuova si era aggiunta proprio quella mattina, e il suo problema era che non potevo provare a non pensarci, anzi dovevo raccontarla subito a Don Basagni. Aspettavo solo il momento giusto, ma era una di quelle cose così brutte che il momento giusto per dirle non esiste.

Allora, almeno per continuare a parlare, ho buttato lì: «E insomma Padre, lei invece il caldo vero l'ha provato, scommetto».

«Ci puoi scommettere davvero, Avvocato. In Africa, ma sai dove è ancora più forte?»

«Mi faccia indovinare, magari in Amazzonia?»

«Proprio così, non fare tanto il furbetto, proprio così. Un caldo umido che certi giorni vedevi gli insetti che si ribaltavano, muovevano un po' le zampe e morivano bolliti. Giuro. E guarda che gli insetti sono tremendi, gli insetti non muoiono mai. Fai scoppiare la bomba atomica e gli insetti si voltano giusto un attimo a guardare il fungo nucleare, poi tornano agli affari loro. E la pioggia? Porca puttana come piove laggiù. Senza vento, dritta giù dal cielo come una bastonata. Sai cosa vuol dire, una pioggia così forte che non puoi starci sotto perché ti schiaccia?»

No, chiaro che non lo sapevo. Non sapevo nulla, figuriamoci questo.

«Certo, Padre, che lei in Amazzonia ha provato davvero un sacco di cose intense» ho detto. E voleva essere solo una sponda, una frase per accompagnare i suoi discorsi e farli proseguire.

Però Don Basagni è rimasto zitto, ha smesso di guardare la tappa e si è voltato verso di me: «Ci puoi scommettere, Avvocato. Tante cose intense, molto più del caldo e della pioggia».

«È stato peggio il freddo? Il vento? Le inondazioni?»

«Macché, macché. Stai buono, Avvocato, stai buono che si parla di cose che non sei pratico, di passione, non è roba per te.»

E io non ho ribattuto, perché forse aveva ragione.

Cosa ne sapevo io di passione? Vergine, a sedici anni mi sembrava brutto, a diciotto impossibile, ma ora ne avevo ventiquattro, e a questo punto potevo andare avanti così fino a trenta, quaranta, ottanta. Siviglia era una grandissima occasione, era perfetta, ma non era arrivata mai. E già in paese non riuscivo a combinare nulla, figuriamoci qua, in cima a un monte, in un ospizio con due preti vecchi, una signora alta un metro e sua figlia che credeva di essere una gallina.

Dovevo andarmene, aveva ragione l'avvocatessa Pacini, stavo su una direzione sbagliata. Forse l'avevo presa da più tempo di quanto pensava lei, e ora dovevo rimediare, perché ogni giorno mi allontanavo di più dalla strada giusta.

Mentre i corridori hanno questa grande fortuna: che la strada è bollente o gelida o scivolosa, è asfissiante in salita e assassina in discesa. Però è una sola, ci sono le transenne intorno e i cartelli che la indicano, non c'è verso di sbagliare direzione.

Anche adesso, che comincia l'ultima montagna del giorno. Passano sotto un arco che gli dice dove sono, e loro sanno cosa devono fare. Devono cominciare a darsi battaglia su quest'ultima, lunga salita. Tutti pronti, tutti nelle prime posizioni per non perdere l'attimo.

E il grande favorito Ullrich fora.

Gli cambiano al volo la ruota posteriore, ma perde terreno proprio adesso, che è il momento più sbagliato. Davanti infatti attacca Beltran, ci provano altri.

Ma Pantani no.

Forse non è in giornata, le gambe non girano nel modo giusto e non può approfittare di questa grande occasione?

No, è solo che così non si fa. Una cosa è battere un avversario, un'altra se lo abbatte la sfortuna. E Marco lo sa bene, troppo bene. Nella sua carriera, finora l'ha sconfitto solo lei. L'ha sbattuto per terra, l'ha spinto fuori dalle corse, quasi gli strappava via la bici per sempre. Ma Marco è tornato, e in squadra con la sfortuna non vuole correre mai. Ecco perché non attacca, ma aspetta. Di vedere Ullrich là dietro che rientra, e solo allora guardare l'orizzonte verticale che lo chiama davanti.

«Gran classe, quel ragazzo» ha detto Don Basagni con gli occhi alla tv. «Grande uomo.»

Poi si è voltato verso di me, la bocca aperta, ma è rimasto zitto ed è tornato allo schermo. Un attimo, poi mi ha guardato di nuovo, e stavolta: «Avvocato, senti una cosa, ma te hai mai scritto a una persona dopo trent'anni?».

La tv era a tutto volume, il pubblico urlava e i telecronisti discutevano del punto giusto in cui attaccare, e in quel casino forse avevo capito male. Però Don Basagni mi ha ripetuto la domanda, ed era la stessa.

Allora io: «No Padre. Non mi è capitato. Però insomma, trent'anni, non sarebbe proprio possibile, io ne ho ventiquattro».

«Ma che cazzo c'entra!» scuotendo le mani nell'aria. «Trent'anni è per dire. Come dieci, come venti! Sono tanto, tanto tempo!»

«Ho capito, Padre, non si arrabbi. Però io, cioè, sinceramente, non è che scrivo così tante lettere, e...»

Ma in quel momento, mentre Don Basagni stava per partire con gli insulti, la tv ha fatto vedere Ullrich che rientrava in gruppo, e nel gruppo c'era anche Pantani.

Che si è tolto gli occhiali, si è tolto la bandana.

Basta questo per fermare il direttore e me e i nostri discorsi, e i cuori di milioni di persone. Per un istante, un istante infinito prima di vedere il Pirata che si sposta sulla sinistra, si alza sui pedali, e in un punto dove il bosco inventa un accenno di ombra ecco che abbassa la testa alla strada ripida, le mani al manubrio, chiude gli occhi e va.

L'unico che riesce a stare con lui è proprio Ullrich. Ma per poco. Nemmeno il tempo del nostro urlo quando il Pirata è partito. Infatti l'urlo non cala ma cresce ancora più forte, quando il campione tedesco cede e Pantani non ha più niente a seguirlo, solo la luce del sole dietro e davanti, e lui che ci corre dentro.

Ullrich invece, sempre più lontano, fa quello che facciamo tutti quando siamo spersi: si guarda intorno. In cerca di un compagno di squadra, di un amico, di qualcuno che lo possa aiutare. Ma non c'è nessuno dei suoi, e anche se ci fosse, cosa potrebbe fare adesso per lui? Niente, perché l'aiuto degli altri è importante, è fondamentale, ma ci sono situazioni così serie nella vita, buchi così profondi che l'unico a poterti tirare fuori sei sempre e solo tu.

Allora Ullrich abbassa la testa, fissa la strada crudele che si appiccica alle ruote e cerca di salire col suo passo, per non perdere troppo tempo da Pantani, per gestire il grande vantaggio che ha ancora in classifica.

Mentre Marco deve dare tutto. Anzi, tutto non basta, deve trovarsi dentro qualcosa in più rispetto a quel che ha. Perché in questo Tour ci sono poche salite, il disegno delle tappe è l'opposto di quel che si addice a lui. Questa è l'ultima occasione sui Pirenei, e sulle Alpi ci sarà una sola vera tappa per provare a inventarsi qualcosa ancora. Dopo, un'altra lunga, maledetta cronometro, dove Ullrich tornerà a sommergerlo di minuti.

Ma se vincere è un'idea folle, il modo sicuro per non realizzarla è stare a pensarci. Niente pensieri, niente calcoli o prudenze: alla follia si può rispondere solo con una follia ancora più grande.

Allora Pantani stringe gli occhi e i denti e va, e dopo un chilometro e mezzo del suo arrembaggio ha già guadagnato venticinque secondi.

Non sono molti, rispetto ai cinque minuti abbondanti di svantaggio che aveva all'inizio delle montagne, però possono aumentare. Mentre Ullrich sale regolare, prende la borraccia, si spreme l'ultimo sorso in gola e la butta via. Ancora nove chilometri di salita in questo forno verticale, e ha finito l'acqua. Come tanti altri corridori, ma adesso le auto delle squadre non possono più rifornirli.

Per fortuna ci pensano i tifosi. Che in nessun altro sport sono così importanti, così presenti nell'azione che sono venuti ad ammirare. Se buchi possono darti una mano, se cadi rialzarti, se muori di caldo possono spruzzarti l'acqua addosso o regalarti la loro borraccia.

Uno lo fa proprio adesso, sventola una bottiglia davanti a Marco che sale, Pantani gli fa di sì e lui gli corre al fianco rovesciandogliela sulla nuca e la schiena. Poi un urlo a spingerlo su, e il cuore che batte al massimo, e un attimo che si pianta incandescente nella carne di questo tifoso per non andarsene mai più.

Anche se adesso Pantani sembra viaggiare meno forte di prima. Forse sta pagando lo sforzo, forse su questa salita che cambia spesso pendenza è facile perdere la concentrazione, o forse è solo una nostra illusione a guardarlo da casa, perché appunto in certi momenti la strada è più gentile o più dura. Tutte ipotesi, tutti tentativi complicati di spiegare la cosa più semplice del mondo: che alla quinta terribile montagna da scalare in centosettanta chilometri di corsa, sotto un sole che squaglia i copertoni, è normale se di colpo il corpo dice *va bene, io mi fermo qui, addio.*

E comunque le spiegazioni non servono, a tre chilometri dall'arrivo Marco torna a pedalare bene, quassù nel poco ossigeno che non lascia crescere le piante, nel sole che picchia sulle rocce e sull'asfalto. Pieno di scritte col suo nome, a volte corrette, a volte no: le scritte dei suoi tifosi italiani e di quelli stranieri. Degli appassionati di tutto il mondo, che rivedono in questo pirata di cinquantacinque chili la smisurata potenza delle imprese di una volta. Del ciclismo, sì, ma pure della guerra, delle grandi esplorazioni, di quella corsa sciagurata e portentosa che è la vita.

Per sopportare il fatto che in giro questa grandezza non la troviamo più, proviamo a sotterrarla chiamandola "passato". Ma non è passato, se c'è ancora. Se in qualche modo eccola di nuovo qui con noi.

Ecco lo spettacolo maestoso della fatica, ecco la passione scellerata che torna a farci sanguinare. Dopo tanti, tantissimi anni, come i trent'anni di cui mi aveva appena chiesto Don Basagni. Persone che non senti da una vita, emozioni che sembravano finite in fondo al nulla, possibile che adesso tornino da te, più forti che mai?

Sì, tutto può tornare, perché niente se ne va davvero. Certe meraviglie, se ancora luccicano in fondo al ricordo, ancora sono vive.

Il passato non esiste, è solo una parola, una scusa. Il passato non è passato se ancora è qua, a rubarci il respiro.

29

La guerra dei poveri

In cima a Plateau de Beille, Pantani guadagna un minuto e trentanove secondi su Ullrich. Che in classifica ha ancora un vantaggio di tre minuti, e un'altra corsa a cronometro per aumentarlo di nuovo, mentre per il Pirata c'è solo un'ultima tappa vera di montagna.

Ma intanto oggi ha vinto, come sempre è arrivato da solo e senza sorridere, ha alzato le braccia giusto per battere le mani, una volta. Una specie di applauso, minuscolo, a se stesso, sulla vetta dei Pirenei.

Fino all'altro giorno stava a casa sua, sul mare, all'inizio di una vacanza molle e senza pensieri. Adesso eccolo qui, che prova a vincere il Tour de France, correndo sulle strade di Francia con la sua feroce, magica solitudine.

Una solitudine che sa di sacrificio: deve portarla addosso fino in cima alla più ripida delle montagne, perché milioni di persone sulle strade e nelle case urlino, saltino, si stringano forte in abbracci di bollente felicità. È una solitudine che unisce gli altri.

Infatti anche Don Basagni alla fine della tappa urlava, scuoteva le mani nell'aria e forse voleva abbracciarmi di nuovo, ma io ero rimasto sulla sedia, a guardare la carne delle sue braccia, la pelle che conoscevo ormai troppo bene. Adesso era diversa, era viva, si scuoteva di passione. La passione che avrei voluto sentire anch'io, per saltare e urlare e stringerci.

Ma non ci riuscivo. Perché ero qui con lui, e insieme ero solo. Con una cosa scura nella gola, un parassita, una zecca che si era appiccicata alla mia anima e mi rubava il respiro, la forza, l'entusiasmo. Non volevo pensarci, ma era sempre più grande, sempre più insopportabile mentre Don Basagni continuava a guardare lo schermo, il resto dei corridori che arrivava sparpagliato e sfinito, e mi parlava della clamorosa, imperdibile tappa sulle Alpi che ci aspettava lunedì.

Una sola, sì, ma lunga e durissima, perfetta per le invenzioni pazze di uno come Pantani. Anzi, perfetta solo per lui, perché come Pantani non c'era nessuno.

«Bisogna seguirla tutta, Avvocato! La daranno dall'inizio, no? Dalla mattina, dalla bandierina di partenza, sennò è uno scandalo, sennò mi incazzo!»

«Sì» ho risposto, e già questo mi era uscito a fatica, passando intorno alla zecca nera. «Ma...»

«No eh, niente *ma*, non cominciare coi problemi. Lunedì mattina vieni subito su, vaffanculo al servizio, tanto non devi fare nulla. E poi il direttore sono io, quindi dammi retta e basta. Vieni e si guarda, senza parlare, bisogna godercela tutta per bene, zitti e seri, come alla messa! Porta le birre, Avvocato, prendine un sacco! Tanto è lunedì, domenica sera passi dal bar e le compri. Se poi qualcuna ce la frega Don Mauro pace, ben per lui, che brindi anche lui al Pirata! Hai capito? Oh, io ci penso già adesso, stanotte mi sa che non ci dormo! E te, Avvocato? Oh, ma mi ascolti?»

Ha staccato gli occhi dalle scene di patimento al traguardo, sotto il sole di questo giorno glorioso, e mi ha fissato. E quel che avevo dentro doveva essere così grosso che si vedeva subito anche da fuori, dal suo letto nella penombra.

«E ora, Avvocato, spiegami cosa cazzo hai! Come fai a essere così moscio anche stavolta, cosa cazzo ti inventi adesso per essere così rompicoglioni!»

«Nulla, Padre, nulla. È che, nulla...» perché è così che funziona quando si parla: più avresti cose importanti da dire, più ripeti "nulla". Infatti lo dico almeno cinque o sei volte, prima di trovare un respiro che butto fuori dalla gola, come un'onda del mare che mi esce dalla bocca e spiaccica sulla riva la schifezza che ho dentro, e cioè: «Padre, io lunedì mi sa che non ci sono».

E allora i suoi occhi, che facevano a gara di piccolezza con la bocca senza labbra, si sono fatti enormi. Più della testa, sono diventati tutta la camera, una stanza intera che adesso mi fissava senza parole. Mentre dalla tv discorsi di persone a caso, parenti esperti corridori, e l'oceano di tifosi che colorava il monte aspettando che Pantani salisse sul podio come vincitore di oggi.

Proprio oggi che avrei avuto l'appuntamento dal medico amico dell'avvocato, al distretto militare. Però volevo godermi questa tappa con Don Basagni, e avevo detto all'avvocatessa Pacini che dovevamo rimandare.

Lei mi aveva guardato come un animale che schiacci mentre guidi, e ti tocca fermarti, prenderlo con uno stecco e spostarlo sul ciglio. E mi aveva detto che mi richiamava per il nuovo appuntamento.

L'aveva fatto quel mattino. Mi aveva spiegato che la settimana dopo era agosto e il medico andava in ferie, bisognava sistemare tutto prima, e l'unico giorno buono era lunedì. Proprio il lunedì dell'ultima, imperdibile tappa.

Prima di pranzo, nel suo ambulatorio al distretto di Firenze. Bastava prendere un giorno di permesso dal servizio e andare, fare una firma, e al convento non dovevo tornarci mai più.

Eccola, la zecca che mi succhiava il respiro, che mi storceva la voce mentre raccontavo tutto quanto a Don Basagni. Cioè, non tutto. Gli ho detto fino all'appuntamento col medico di lunedì mattina, che però era per questo problema vero, questo guaio dell'asma che mi faceva respirare sempre peggio. «Sarà l'aria della montagna, sarà qualche polline, ma mi è tornata l'asma che mi ha fatto tanto soffrire da bambino, e...»

«Asma un cazzo, Avvocato, asma un cazzo» ha detto lui. Ma piano, senza rabbia, calmo. E di colpo avrei voluto che urlasse e si incazzasse, perché questo mi sembrava molto molto peggio. «La conosco, sai, la tua asma. È come i piedi piatti, il soffio al cuore, certi cali improvvisi della vista. Malattie speciali, che vengono solo ai figli dei ricchi e potenti, e gli fanno saltare il militare. Da sempre eh, non sei mica te il primo. Già quando c'era la guerra, e infatti se andavi a controllare i soldati erano tutti figli di operai e contadini e minatori e gente così. Loro mangiavano meno e peggio, vivevano in case umide e rotte e si sfondavano di fatiche, però stavano tutti bene. Certi problemi fisici venivano solo ai figli delle famiglie ricche, guarda caso, e questa disgrazia li teneva lontani dal fronte. E dopo, dal servizio militare. E dal servizio civile pure. Una volta, quando questo buco era ancora una scuola, è venuto al posto tuo il figlio del sindaco di un paese qui vicino. E io mi sono stupito. Il figlio del sindaco che stava in perfetta salute, abile e arruolato. Ma è durato un paio di settimane, poi tragicamente ha scoperto uno scompenso al cuore, sai, e con tanto dispiacere ha dovuto lasciarci. Tu sei durato un attimo di più, ma sei uguale, Avvocato, sei come il figlio del sindaco» ha detto Don Basagni, piano, quasi pianissimo.

Lo sentivo a fatica sotto il volume della tv, però lo sentivo, e a questa cosa del sindaco mi è venuto da rispondere che «no, Padre, questo no, il mio babbo è un idraulico, non...»

«Stai zitto, stronzo!» stavolta l'ha urlato. E ha dato un pugno al materasso. «Stai muto, non ci provare! Se sei uno schifoso, almeno abbi il coraggio di esserlo fino in fondo! Cosa vuol dire se il tuo babbo è idraulico, te non sei il tuo babbo, te ti sei trovato gli agganci giusti, con la gente che conta e che comanda. Con quelli che le guerre le vogliono e le mettono in piedi, poi però a morire ci mandano i figli degli altri. Sai una cosa, Avvocato? Te non vuoi che ti chiami avvocato, ma lo sei eccome. Sei proprio un avvocato perfetto, con le leggi tutte dalla tua parte, belle lucidate lì in tasca. Mi fai schifo! E mi faccio schifo pure io, che ti ho fatto venire qui da me, e ho ascoltato le tue cazzate, e ti ho raccontato le mie! Te sei uno stronzo, e io sono un coglione! Vattene via! Vattene subito di qua! Non ti faccio nemmeno problemi, quando arriva il certificato del distretto. Hai pure questo culo, io firmo subito e via, così ti levi dalle palle e mi lasci in pace, solo e tranquillo, perché mi fai schifo, mi fai schifo!» urlava Don Basagni. Sempre di più. Quando pensavo che non potesse gridare più forte, chiudeva una frase e ne partiva una ancora più urlata. E io restavo così, schiacciato sotto tonnellate di volume, di offese, di parole pesanti come pietre che mi cadevano addosso mentre il mondo crollava. Anzi, più di pietre: perché così pesanti possono essere solo le parole, quando dicono la verità.

E non finivano mai. Sarebbero andate avanti per sempre, fino a far esplodere il convento.

E invece, di colpo, Don Basagni è rimasto zitto.

Perché nella stanza è scoppiato un altro grido. Ci siamo voltati, ed era Don Mauro lì sulla porta, sudato e spaventato.

«Oh! Ma che succede qui! Che succede, Santo Gesù!»

Don Basagni l'ha guardato solo per un attimo, il tempo di capire chi era, poi: «E sparisci pure te, rincoglionito! Andate via, non mi rompete le palle, andate via!».

Ha agguantato il sacchetto delle noccioline, e con uno scatto del braccio lo ha lanciato contro di noi. Ci ha presi entrambi, perché il sacchetto si è rotto e le noccioline si sono allargate in volo come la rosa dei pallini da un fucile.

«Sparisci Don Mauro, e portati via questo stronzo, o faccio un casino!»

«Ma lo stai già facendo, Marino! Da sotto sembrava che ammazzavi qualcuno, Santo Dio! Ma che succede, cosa...»

«Nulla succede, è colpa mia, che non ho capito subito chi era questo. Viene qui, fa tutto l'ingenuo, non sa cosa vuole, non sa che deve fare. E invece è il peggiore squalo che ci sia. Non devi preoccuparti Avvocato, te lo sai benissimo cosa vuoi nella vita, e lo avrai fino in fondo. Te ci sei nato avvocato, perché così stronzo ci nasci e basta, non ci diventi. E ora vattene a casa, con la tua asma, vai a finire la tesi, che ti manca così poco, poi entri nel tuo bello studio tra i tuoi simili e sei a posto così, e te ne freghi di tutto, e...»

«Ma cosa dice, cosa cazzo dice, testa di cazzo!» un altro urlo ha zittito Don Basagni. Una voce piena di rabbia, fortissima, improvvisa. Solo dopo un attimo mi sono reso conto che era la mia. E continuava: «Ma quale avvocato, quale laurea! In cinque anni ho fatto sette esami soli, sette! Quest'anno poi nemmeno uno! A casa mia si preparano per la laurea, mia zia ha già prenotato la bomboniera, io però seguo i corsi coi ragazzetti appena usciti dal liceo, e lo stesso non combino nulla! Nulla Padre, nulla! E allora non mi chiami più avvocato, perché non sono un avvocato, e nemmeno uno stronzo! Sono un coglione! Questa è la verità, così stanno le cose. E adesso che lo sa è contento? Eh? Siete contenti? Siete contenti, vero?»

Lo chiedevo. Chissà a chi. Nel nero della stanza, mentre Pantani saliva sul podio e i tifosi applaudivano, e lui non sorrideva mai e forse nemmeno quel giorno, ma non potevo saperlo, non riuscivo a staccare gli occhi da quelli di Don Basagni. Piccoli, fissi, muti.

E poi la voce di Don Mauro, lì sulla porta, appena un soffio disperato: «Contenti? Ma come facciamo a essere contenti, figlio mio? È una cosa tristissima, è una cosa così triste».

30
Babbo Natale esiste

Marco non chiede mai nulla a nessuno, meno che mai alla sorte. Ha imparato che è meglio lasciarla stare, sennò magari lei arriva davvero e chissà cosa ti porta. No no, molto meglio non andare a cercarla, la sorte.

Eppure la tappa di oggi è così importante che Marco ieri sera non ha resistito. Ha guardato il disegno del percorso, una sfilza di muri appuntiti che sono le Alpi da scalare, e prima di salire in camera ha detto ai compagni: «Oh, speriamo ci sia tanto sole, e tanto caldo». Perché lui il caldo lo ama, è nato sul mare e il sole addosso gli carezza il corpo e l'anima. L'opposto del suo rivale Ullrich, che al sole vero non c'è abituato, e rischia di soffrire come l'altro giorno sui Pirenei.

Questa speranza Pantani se l'è portata a letto, ma stamani si è svegliato e lei se n'era andata come la peggiore delle amanti. Perché ha aperto la finestra e una lama ghiaccia gli ha inzuppato il braccio e il viso, buttata giù dal cielo nero in una pioggia svergognata che picchiava da ore e sarebbe andata avanti così per tutto il giorno. Ieri c'erano quaranta gradi e nessuno si poteva aspettare che in fondo a luglio arrivasse di colpo l'autunno, ma infatti non è così: oggi è proprio inverno.

Marco guarda in basso, alla strada, perché davanti è solo foschia che tappa tutto quanto. Vede piumini, vede cappelli di lana, poi smette di guardare. Mai chiedere favori alla sorte, meglio fare tutto da soli, se si può, e se non si può è uguale.

Si infila un maglione, lascia il caldo della camera e si butta fuori.

E intanto io, nello stesso mattino, ero in maglietta ma mi veniva da togliere anche quella. Perché a Firenze il caldo cuoceva il respiro, e ancora peggio in questa sala d'attesa senza finestre e senza sedie, davanti a una porta chiusa e dietro quella il dottore militare amico dell'avvocato Ferroni.

Dall'ingresso della caserma avevo chiesto indicazioni a una decina di soldati almeno, ognuno mi domandava nominativo e numero di matricola e io rispondevo che un numero non ce l'avevo, ero obiettore di coscienza, allora mi dicevano secchi dove andare, e me lo dicevano sbagliato. Infatti ci avevo messo un po' ad arrivare, ma senza arrabbiarmi perché alla fine ero lì, e non ne avevo nemmeno troppa voglia.

Stavo meglio il giorno prima, al bar La Gazzella a guardare la tappa della domenica, con la Franca dietro al banco che per il caldo teneva i piedi dentro una bacinella di acqua fredda, e se volevi qualcosa te lo prendevi da solo. La sera a casa l'avevamo raccontato alla mamma, lei ci aveva provato subito e in uno sbuffo di piacere: «Ah, quella Franca la sa proprio lunga». La zia no, non aveva caldo, aveva sempre freddo lei, forse per le medicine. Invece mi aveva chiesto se sapevo cosa dovevo dire stamani al dottore amico dell'avvocato. Le avevo risposto di sì: non dovevo dire niente, il dottore sapeva già tutto da sé. E lei mi aveva detto «bravo, bravissimo», poi avevamo cenato in silenzio.

Un silenzio lungo e vuoto, perfetto per rovesciarci dentro la cosa enorme che avevo da dirgli, la vergogna che tenevo segreta da quasi cinque anni senza raccontarla mai a nessuno, nemmeno ai miei amici. Solo a Don Basagni e Don Mauro, l'altro giorno quando a forza di offese il direttore mi aveva mandato fuori di testa.

Adesso però era il momento giusto per prendere un respiro e confessare ai miei che la tesi non era pronta perché non l'avevo nemmeno iniziata, dovevo prima finire gli esami, che non li avevo dati proprio tutti. Diciamo metà, o appena un po' meno. Un terzo, ecco, un terzo sì, quasi. E forse potevo pure spiegargli come mai gli avevo detto tutte quelle bugie, come succede. Che fai un esame e va bene, e tutti ti dicono bravo e ti abbracciano. Poi ne fai un altro, e va meno bene, ma dici che è andato come il primo, e altri abbracci. Poi al terzo ti bocciano, ma il mese dopo lo recupererai, basta metterti a studiare, hai capito cos'hai sbagliato e allora non c'è problema, è quasi come se l'avessi già passato. E infatti a casa dici così. Ma il mese dopo non lo recuperi, allora provi a cambiare materia, perché questa proprio non ti piace, però in fondo è sempre la stessa roba, è privato o pubblico, civile o penale, ma ancora diritto. E ancora ti bocciano, e a casa ti abbracciano e ti dicono bravissimo, perché gli racconti un'altra scemenza, e la zia guarda il cielo e ringrazia Alessandra, perché appunto è lei che da lassù ti manda la sua bravura e ti accompagna in questa corsa accademica trionfale. Che era una grandissima bugia, ma come tutte le grandi bugie, se la guardavi da vicino era una catena di anelli stretti fatti di piccoli silenzi, mezze verità e informazioni aggiustate. Il risultato era una catena lunga e pesante, che mi teneva prigioniero.

E domenica sera avevo provato a spezzarla, giuro. Il momento era perfetto, o almeno il migliore che mi poteva capitare. Invece no. Non ce l'avevo fatta. A dire alla zia che Alessandra non stava correndo con me in un tripudio di trenta e lode, ma affogavamo insieme nella melma di mille bocciature. A dare un dolore e un altro pensiero alla mamma, che già vedeva il babbo sempre più piegato dalla malattia, e proprio quel giorno mi aveva preso da parte in cucina per raccontarmi che ormai non capiva più bene cosa diceva: tante volte fingeva di sì, però magari il babbo le aveva chiesto di aprire la finestra e lei gli preparava il caffè, lui le domandava cosa stava facendo e lei «oddìo, mi sono sbagliata, dove ho la testa, cosa volevi Giorgio invece?». E se lei si accorgeva dei peggioramenti, figuriamoci lui, che la settimana prima era contento perché il tremore alle mani era diminuito, l'aveva detto al dottore e lui gli aveva spiegato che nel Parkinson il tremore è roba da poco: è quando smetti di tremare che cominciano i problemi seri.

E insomma, in tutto questo ribollire di casini, potevo buttarci pure la mia notizia tremenda? No, non potevo. Ormai ero grande, e i miei genitori quasi vecchi: cominciavano a diventare un po' i miei figli. E quando ero piccolo avevano fatto di tutto per evitarmi i dispiaceri, come quella volta che avevo perso l'estate per la gamba rotta, e loro si erano inventati un'estate stupenda in mezzo a dicembre, col riscaldamento al massimo in costume a mangiare il cocomero. E io uguale, avevo inventato una carriera universitaria clamorosa che li rendeva felici e orgogliosi, e ora non potevo deluderli, i miei tre figli coi capelli grigi e gli acciacchi da tutte le parti. Proprio non potevo ammazzarli con la verità.

Ma soprattutto, non avevo il coraggio per farlo. Come non ce l'avevo avuto per salire da Don Basagni dopo quel litigio selvaggio, nemmeno sabato pomeriggio prima di montare in macchina e lasciare il convento. Avevo solo guardato la sua finestra dal piazzale, senza salutarlo. Invece Don Mauro era venuto da me, mi aveva abbracciato e mi aveva detto: «Vai con Dio». La Flora mi aveva stretto la mano, e quasi sorriso. La Gina si era avvicinata, aveva posato la bocca sulla mia mano e ci aveva lasciato dentro un sassolino. Volevo ringraziarla, ma lei era scappata via. Con le braccia larghe e la testa che scattava avanti e indietro, ma intanto faceva una cosa che le galline non sanno fare: piangeva.

Allora, mentre mettevo il sasso in tasca e partivo con la macchina, sono partito a piangere anch'io.

Perché stavo solo andando a casa come ogni sabato pomeriggio, sì, ma lunedì non sarei tornato: avevo un giorno di permesso per venire qua dal medico, lui mi dava un certificato e con quello al convento non ci tornavo più.

Cercavo di non pensarci, mentre sudavo e aspettavo nella stanza senza finestre, e finalmente alla radio iniziava il primo collegamento con la tappa. Che era cominciata da poco, e già a Grenoble c'era un freddo da cappotti, figuriamoci in cima alle quattro salite terribili del giorno, con tre che schizzavano assai sopra i duemila metri.

Chissà cosa pensava adesso Pantani, lì sotto quella pioggia congelata. E chissà cosa pensava Don Basagni. Di sicuro era sul letto davanti alla tv, ma non vedeva molto più di me, perché tra la bufera e la nebbia mancavano le riprese degli elicotteri, e le telecamere sulle moto naufragavano nel diluvio. Insomma, guardarla in tv era un po' come sentirla alla radio. Dove raccontavano di tifosi vestiti da settimana bianca, piumini e tute da sci, di un giorno che sembrava notte, di corridori già consumati dal gelo. E io vedevo Marco, nella tappa fondamentale per la sua impresa, l'unica occasione per ribaltare il Tour, un ragazzo di cinquantacinque chili strizzato da un mondo cattivo e gelido intorno che gli mordeva la poca carne e arrivava subito alle ossa, ai polmoni, al sangue e fino al cuore.

E giuro che per un attimo, un attimo strano ma autentico, quel freddo l'ho sentito anch'io. Nello stanzino che era un forno e mi faceva bruciare gli occhi, mi ha scosso un brivido profondo di gelo.

Poi, sopra la cronaca della radiolina, una voce grossa. Da oltre la porta. Diceva «avanti», poi ancora «avanti!». E allora ho spento, ho girato la maniglia e sono entrato.

E ho cominciato davvero a morire di freddo.

Perché lì dentro c'era un'aria condizionata selvaggia, scatenata al massimo, uno sbuffo artico che dal tetto scaricava addosso al mio sudore vento ghiacciato e puzzolente, tanto che lì per lì non riuscivo nemmeno a dire *buongiorno* all'uomo di là dalla scrivania, sotto la finestra chiusa che gocciolava per la condensa.

Senza capelli e con la barba, sopra un camice bianco enorme a coprire un corpo così grasso che in quel surgelatore doveva asciugarsi il sudore con un rotolo di carta.

«Sì?» ha detto senza guardarmi, segnando qualcosa su un blocco.

«Buongiorno dottore.»

«Nominativo e numero di matricola.»

La matricola appunto non ce l'avevo, gli ho dato solo nome e cognome con la voce che mi tremava per il freddo, ma è bastato per fargli alzare di scatto la testa: «Ah! Oh! Eccoti, finalmente! Ce ne hai messo di tempo, eh!».

La voce ingrossata da tutta la carne che attraversava prima di uscire di bocca. E ancor più grossa quando si è voltato alla tenda bianca lì di fianco e ha urlato: «Caltrano, vammi a prendere un caffè!».

Subito è spuntato da dietro la tenda un soldato, anche lui col camice ma sopra quello un maglione pesante di lana. Ha detto «Signorsì!», mi è passato accanto verso la porta ed è sparito. Mentre il dottore si metteva gli occhiali piccolissimi, o forse sembravano così sul suo viso, e mi ha guardato meglio.

«Allora, come sta il caro Ferroni, come sta?»

«Bene, credo. È un po' che non lo vedo, è sempre impegnato.»

«Oh, quell'uomo non si ferma mai. Quante ne fa, mi stanco solo a pensarci. L'altra sera eravamo a una cena elettorale insieme, e lui veniva da un'altra cena. E lo sai perché è andato via, a un certo punto? Perché lo aspettavano a un'altra cena ancora. Vedrai alle elezioni quanti voti prende, vedrai. Lo voteranno tutti, tranne me.»

«Perché lei no?»

«Eh, si candida anche mia moglie. Ma comunque. Veniamo a noi. Anzi, a te, come stai? Sfiancato dal servizio civile, vero? Oh, uno fa l'obiettore per evitare la fatica del militare, ma se capiti male, puoi faticare il doppio!»

Ho stretto la bocca. Volevo rispondere che non l'avevo scelta per quello, l'obiezione di coscienza, ma insomma, ero lì a fare finta di avere una malattia per saltare il servizio civile, una sparata su valori e ideali non me la potevo proprio permettere. E poi l'avvocatessa Pacini me l'aveva spiegato bene, che non dovevo dire nulla. Quindi ho solo risposto che sì, ero un po' affaticato, con la voce che tremava per il gelo sempre più.

«Ah, e cos'hai, respiri male? Eh, l'asma è una brutta bestia, vero?» Mi ha guardato da dietro gli occhiali affondati nelle guance, e mi sembrava che stesse sorridendo. Poi però è proprio scoppiato a ridere, così forte che il camice bianco è diventato una valanga in caduta devastante dalla cima di un monte, pronta a seppellirmi nel suo abbraccio congelato.

Ha preso un foglio da un cassetto, mi ha chiesto di nuovo nome, cognome e data di nascita e li ha scritti in alto, ma il resto era già tutto compilato, pronto a certificare la mia asma e la mia libertà.

Io intanto lo guardavo e provavo a pensare alla corsa. Al nevischio sui monti dove già salivano, al freddo che patiranno i corridori in cima, quando zuppi di sudore e pioggia dovranno buttarsi giù per i tornanti, rischiando di finire in un burrone o assiderati. Pensavo a Ullrich che veniva dal nord della Germania, era grande e robusto e il gelo lo apriva in due col petto, a Pantani che invece sperava in un giorno di solleone come quello che c'era oggi a Firenze e dappertutto, tranne dove serviva a lui. E se adesso si sentiva male davvero, se gli prendeva un colpo di freddo e si fermava, saliva sull'auto della squadra e si ritirava, non sarebbe stata una vergogna: aveva vinto il Giro, poi era venuto al Tour e l'aveva onorato da protagonista finché aveva potuto. Tanti al posto suo sarebbero rimasti a casa, in vacanza, e pure lui se la voce di Luciano non avesse smesso di parlargli al telefono per arrivare dritta dall'Aldilà.

Marco poteva essere libero e lontano dalle fatiche. Come me fra poco. Lui però aveva scelto di no.

E io lì a guardare il dottore con la penna in mano, minuscola tra le sue dita. Biascicava piano quel che stava scrivendo, e scriveva il mio nome. Forse per questo mi sono vergognato un po'. E ci metteva tantissimo. Ma alla fine: «Oh, ecco qua, adesso puoi dire addio all'ospizio e correre al mare, contento?».

Io ho provato a incrociare le braccia sul petto per riscaldarlo, e anche a sorridere, mentre rispondevo che al mare ci andavo sicuro, «ma prima corro a casa, che c'è la tappa!»

«Eh? La tappa? Di che?»

«Del Tour. Oggi c'è il tappone alpino, è già cominciato, un freddo pazzesco.»

«Eh? Ma non l'hanno annullato, il Tour, con tutti quei casini del doping? Hanno ancora il coraggio di farsi vedere, quei drogati?»

Così ha detto il dottore. E mica cattivo, mica ruvido. No, per lui era una cosa normale, uscita liscia dalle sue labbra, sopra i tre doppi menti. Ma a me quelle parole erano arrivate come uno schiaffo, e mi avevano tolto il respiro che non avevo.

Eppure sono riuscito a rispondere: «Sì, ci sono stati dei brutti scandali, però hanno mandato via tanti corridori, non è che tutti sono così, non...».

«Tutti drogati, tutti pieni di roba! Oh, ma sennò come cavolo fai a salire su quelle montagne? Ma l'hai visto come vanno? Come fai a correre così, se sei normale? Io morirei dopo un minuto!»

Stavo per rispondergli che lui in effetti pesava come quattro o cinque ciclisti insieme, ma mi sono trattenuto. Mi sono morso la guancia, forte, e ho ripensato alla avvocatessa Pacini. Alla zia. Alla mamma che provava a capire quel che diceva il babbo. E io provavo a capire il dottore, qua, oppure a non ascoltarlo proprio, solo prendere il foglio e via.

Ma lui non smetteva: «Drogati fino agli occhi. Lo vedi proprio. Anche quel Pantani, ma l'hai visto come va in salita? E poi dài, prima vince il Giro, dopo va pure al Tour. Oh, secondo te come fa? Te lo dico io come fa, prende tutte le droghe del mondo, Pantani è pieno fino agli occhi!».

«Be', però dottore, con l'allenamento, col talento, con la volontà, si possono fare delle cose che magari a guardarle dal divano ci sembrano...»

Ma ho smesso di parlare, perché le ultime parole le aveva coperte la sua risata piena, grassa, che rimbombava nel gelo dell'ambulatorio scuotendo la tenda, il vetro della finestra e l'estate stupenda e profumata chiusa fuori, con la pesantezza sgraziata che l'arroganza usa per schiacciare ogni bellezza.

Pure le più grandiose. Pure un uomo che è uno scheletro e non mangia un biscotto anche se muore dalla voglia, perché fa male. Uno che aveva la gamba in frantumi, con l'osso in briciole nella carne, eppure è tornato a correre. E anzi, quando gli avevano tolto il tutore di metallo non aveva voluto l'anestesia, perché è roba che fa male al fisico.

Quella gamba fragile e più corta, quel corpo leggero più dell'aria dove volava sui pedali, adesso stava morendo nel gelo dei monti per un traguardo, una promessa, una parola data a qualcuno che non c'era nemmeno più.

E intanto il medico prendeva il foglio, faceva per alzarsi ma la fatica era troppa, allora si lasciava ricadere sulla poltrona e ripeteva: «Tutti drogati, lui per primo. Però, se a te piace ancora credere a Babbo Natale, oh, fai pure, eh».

Così mi ha detto. E io ho ripensato ad Alessandra, quando a sei anni mi aveva detto che Babbo Natale non esisteva, e nemmeno la Befana, e nemmeno gli altri che ti portavano i regali. Lei sapeva tutto e aveva sempre ragione, ma quella volta no. Quella volta Alessandra si sbagliava, adesso lo capivo bene. Perché io a Babbo Natale ci credevo ancora, e ci credeva Don Basagni, ci credevano milioni di persone come noi. E ci credeva Pantani, ci crede chiunque abbia ancora qualcosa dentro che sia caldo e magico, e trasformi un corpo come tanti, nato per riempire i treni e i supermercati e comprare e spendere e consumare e morire, in un volo di passioni e di emozioni, in qualcosa che è vivo veramente.

E io magari non mi ero mai innamorato davvero, ma le passioni ce le avevo forti eccome. Anche adesso, mi prendevano alla gola e mi facevano bollire il sangue. Davanti al dottore che rideva ancora, e ripeteva *drogati*, e siccome non riusciva ad alzarsi, il foglio l'ha piegato in due e me l'ha buttato, come fosse un'elemosina.

E in fondo lo era davvero. E io ero un accattone, squallido almeno quanto lui che me lo buttava, perché adesso mi piegavo a raccoglierlo e me lo mettevo in tasca, degno cittadino della nostra nazione, una repubblica fondata sul favore.

Anzi, nemmeno cittadino, perché un cittadino è libero di fare quel che vuole, ma non c'è nessuna libertà nel fare schifo. Infatti io ero un suddito, e da suddito abbassavo la testa, mentre lui diceva: «Tiè, amico asmatico. E va' dove ti pare, al mare a guardare le ragazze, o alla tv a guardare i drogati. Salutami l'avvocato e va' dove ti pare».

E giuro che non l'ho deciso io, io non comandavo più nulla, tutto è successo da sé senza chiedermi il permesso. Il cuore ha pompato su uno schizzo gonfio di calore, che mi ha aperto la gola e la bocca ed è scappato fuori un urlo come il fuoco atomico di Godzilla, che ha spazzato via il gelo artificiale della stanza: «E lei dottore, lei invece se ne vada affanculo!».

Così ho detto, giuro. E lui ha piantato gli occhi nei miei. Poi li ha buttati in basso, alla scrivania, alla poltrona. Perché voleva alzarsi, e magari riprendersi il certificato che mi liberava dal convento.

Ma non ce la poteva fare, e poi io mi ero già piegato a raccoglierlo. Lo tenevo nell'aria tra me e lui, con due dita, e con quelle dita l'ho strappato.

Volevo che il rumore della carta fosse assordante, che facesse crollare tutto il distretto addosso a noi.

In realtà è stato appena un soffio, ma mi ha riempito il respiro.

Mentre mi giravo, aprivo la porta e me ne andavo. Nell'aria di nuovo calda, e vera. E i pezzi del certificato li ho lasciati in mano a Caltrano, arrivato di corsa al mio urlo.

Nel corridoio ho incontrato altri due militari, mi hanno chiesto nominativo e numero di matricola, ma io la matricola non ce l'avevo, perché non ero un militare, io ero un obiettore di coscienza.

Non credevo nelle armi, non credevo nell'esercito e nella guerra: io credevo a Babbo Natale.

E se mi davano indicazioni sbagliate per uscire non mi importava, perché per una volta, una sola volta nella mia vita, adesso dove dovevo andare lo sapevo da me. E ci andavo di corsa.

31
La tempesta dell'impossibile

«E te cosa vuoi» ha detto Don Basagni mentre saltava su col busto.
Voleva suonare cattivo, ma l'avevo spaventato. Senza bussare, senza chiedere permesso, ero arrivato di corsa urlando: «Eccomi Padre, a che punto siamo!».
Non l'avevo fatto apposta, è che correvo da quando ero uscito dal distretto militare. Per arrivare alla macchina, per uscire da Firenze coi suoi palazzi che ti stringono di bellezza da ogni parte. Avevo corso pure in autostrada, con la Ford Fiesta che faceva un rumore strano, come se nel motore ci fosse una cerniera lampo che si apriva o si chiudeva lungo tutto il viaggio fin quassù. Avevo chiesto alla mia amica meccanica se quel pezzo costruito da Don Mauro era il caso di cambiarlo, quanto poteva funzionare ancora. Lei mi aveva risposto che in teoria non doveva funzionare mai, quindi poteva anche durare per sempre.
Intanto la radio mandava musica schifosa, però mi toccava ascoltarla perché mi aggiornava su quel che stava succedendo al Tour. Dove pioveva ancora fortissimo e i corridori erano arrivati in cima alla prima salita, sopra i duemila metri della Croix de Fer, e giù verso la seconda montagna di questo inferno alla rovescia, che invece di punirti col fuoco lo faceva col freddo più feroce. E anche con una fatica disu-

mana, perché adesso cominciava il Col du Télégraphe, che siccome dalla sua vetta all'inizio del Galibier ci sono solo tre chilometri, i due monti formano una sola, immensa salita, fino ai 2645 metri della cima più alta del Tour.

Io cercavo di capire se qualcuno aveva attaccato, se i migliori stavano ancora insieme, e commentavo a voce alta anche se ero solo, perché dovevo scaricare in qualche modo l'agitazione ancora addosso dopo aver mandato affanculo il dottore amico dell'avvocato, il foglio strappato in faccia, i pezzi di carta consegnati al suo aiutante che arrivava proprio mentre io andavo via, preciso come nei film. Non ci potevo credere, ma l'avevo fatto.

Poi, uscito dall'autostrada, la telefonata della zia. Voleva sapere com'era andata, ma io sono rimasto zitto. Mi ha chiesto se era tutto a posto, allora l'ho rassicurata: «Sì, zia, non preoccuparti, adesso è tutto a posto». E per la prima volta mi sembrava di non aver detto una bugia, mentre spingevo la Fiesta al massimo lungo i tornanti, perché cominciava la salita più dura del giorno e volevo seguirla bene, volevo guardarla alla tv, insieme a Don Basagni.

E adesso appunto ero arrivato da lui, di corsa e urlando: «Eccomi Padre! A che punto siamo?» e Don Basagni, dopo un attimo di terrore: «Se sei venuto a portare il certificato, lascialo a Don Mauro e sparisci».

«Ma no, Padre, sono venuto per guardare il tappone!»

«Vattelo a guardare a casa tua, o al bar giù in paese, ma sparisci di qui.»

«Ma io non posso sparire, Padre. È lunedì, sono le due, sono in servizio.»

«Tu non sei più in servizio, hai l'asma, poverino.»

«No che non ce l'ho, sono guarito!»

Non voleva ma si è voltato a guardarmi, poi è tornato alla tv: «Il medico ti ha mandato affanculo, eh?».

«No. Cioè, dopo praticamente sì, ma prima ce l'ho mandato io.»

«E perché?»

«Ma come, perché! Me l'ha detto lei, che era una cosa brutta. E aveva ragione. Lei dice centomila cose al minuto, una ogni tanto deve essere giusta, no?»

Mi ha fissato di nuovo, e ha piegato la bocca in un modo strano che solo dopo un attimo ho capito cos'era: stava tentando di trattenere un sorriso, che però era prepotente e presto avrebbe vinto, stendendosi sulle sue labbra sottili, così poco abituate a quella piega. Per non farmelo vedere si è voltato di nuovo verso la tv, l'ha indicata e ha detto: «Va bene, Avvocato. Ora però guardiamo la tappa e basta cazzate, che il Pirata ha attaccato!».

«Eh? Ma come, quando!»

«Adesso! È un pezzo che ci sono degli scatti, ma tutti con l'elastico, partono e tornano indietro. E lui nulla, lui lì fermo. Pantani è così, scatta una volta sola, e quando parte non torna più.»

«E quanto ha guadagnato?»

«Ti dico che è scattato adesso! Prima, in discesa, è anche scivolato.»

«È caduto? Si è fatto male? Quanto ha perso?»

«Nulla, ti ho detto che è scattato! Sta' zitto e fammelo guardare!»

Ed era la stessa cosa che volevo fare io, quindi siamo rimasti zitti con gli occhi allo schermo. Anche se stavamo fissando un quadro astratto.

O un acquerello, coi colori delle maglie dei corridori, degli impermeabili e le bandiere dei tifosi che colavano nel diluvio sopra il riflesso giallo dei fari delle auto e delle moto al seguito.

Era insomma una tappa che non si poteva guardare: andava intuita. Ma era giusto così, perché quel che stava succedendo esondava dal corso rigido della realtà, allagando i campi misteriosi dove galleggia solo la barchetta traballante dell'immaginazione.

E in questo delirio, il Pirata ha attaccato. Si è portato da una parte del gruppo, li ha studiati da dietro, ha chiuso gli occhi e via nell'ignoto.

Ullrich l'ha guardato sparire, ha stretto il manubrio e per un attimo forse ha pensato di seguirlo, poi però no.

Non è la forza che gli manca: altri corridori sono scattati finora, lui è andato a riprenderli uno per uno con facilità. Sceglie invece di non seguire Pantani non perché non ce la fa, ma perché non ci crede.

Mancano ancora cinquanta chilometri all'arrivo, in una giornata che li fa sembrare mille. Bisogna scalare il Galibier fin lassù, poi una lunga discesa e la salita finale. Partire adesso sarebbe già un azzardo, ma farlo in questa bufera è proprio follia. Ed è questo che fa il Pirata, il suo non è uno scatto, ma un tuffo. Un tuffo di testa nel mare scuro del delirio. Senza appoggi o riferimenti, uno sciagurato atto di fede, il primo passo di una danza suicida verso lo strapiombo del nulla.

Davanti al campione tedesco, Pantani parte e si volta solo un istante, come per invitarlo dentro la sua corsa fatta di assurdo e solitudine. Una solitudine irredimibile, così grande che se ti avvicini non puoi portarle compagnia, ma è lei a ingoiarti.

Non è per mancanza di forza, insomma, che Ullrich resta fermo, ma per mancanza di fede. È a questo primo passo nell'ignoto, che dice no. Guarda la schiena di Pantani che si allontana, pensa per un attimo di seguirlo, poi rimane aggrappato al nostro mondo.

Mentre Pantani va, sulla strada che viaggia accanto a un torrente e ne sembra la sorella che ha deciso di salire al cielo, reggendo naufraghi in bicicletta alla deriva nella notte. Ma uno di questi naufraghi è un pirata, e va all'arrembaggio.

Di cosa non lo sa, e non se lo chiede. Solo pesta sui pedali tra alberi che sono accenni nella nebbia, scheletri scuri sempre meno folti fino a sparire insieme all'ossigeno lassù, dove resistono solo rocce spaccate da millenni di schiaffi dal firmamento.

E se ogni grande salita è un assassino, il Galibier è uno strangolatore: più sali e più aumenta la pendenza, ti finisce senza fretta, fino in cima, fino in fondo. La prima volta l'hanno scalato nel 1911, solo tre corridori ci sono riusciti pedalando. Chi non metteva piede a terra diventava per sempre un eroe, un gigante della strada.

E Marco è un gigante adesso, così grande che la telecamera non riesce a prenderlo tutto insieme, si vede il colore della maglietta che deborda e si mescola a quello dei tifosi scatenati, si lega a questo giorno che è una notte e si impasta nei nostri occhi.

In classifica ha tre minuti di ritardo da Ullrich, e nel ciclismo moderno sono un'infinità, ma niente di quel che succede oggi è moderno, niente sembra reale. Si corre in un tempo senza tempo, in una dimensione altra che infatti la televisione non riesce a mostrarci, ma a due chilometri dalla cima del Galibier la voce di Adriano De Zan informa che Pantani ha già staccato tutti di un minuto.

Davanti a lui, quattro coraggiosi fuggitivi che in mattinata erano partiti in cerca di fortuna. Ma li troverà il Pirata, che potrebbe raggiungerli sulla vetta e collaborare con loro nella lunga fradicia discesa. Sarebbe la mossa giusta, una tattica sensata. Ma se la sensatezza avesse un senso, questa giornata non esisterebbe proprio. E allora Pantani gli arriva addosso e li supera a una velocità che nel buio della tempesta li spaventa.

Come in un altro Tour, quello del 1994 sempre su questi monti ma verso l'Alpe d'Huez. All'epoca quasi nessuno conosceva Pantani e forse non lo conosceva nemmeno Ronan Pensec, che stava sputando l'anima per salire, ma quando dal nulla si è visto passare di fianco questo corridore senza nome non ha mica provato a stargli dietro, solo ha staccato le mani dal manubrio, per allargare le braccia in un gesto di sconcerto.

L'Alpe d'Huez, Pantani ha usato i ventuno tornanti di quel monte per creare meraviglie irripetibili, e la classifica delle migliori scalate lassù è una lista di campioni leggendari, ma ai primi tre posti ci sono tre nomi scritti chiari uno sull'altro:

Pantani
Pantani
Pantani

A lui però non importano i record e i tempi di scalata. Il tempo è una bugia, il tempo non riesce a contare nei momenti che contano davvero. Il tempo è l'orologio rotto che quel Don Ermete in Amazzonia ha regalato a Don Basagni prima di morire. Seguendo il tempo, Pantani oggi non sarebbe mai scattato, forse non sarebbe nemmeno uscito dall'albergo. Invece eccolo che va, e passa per primo e tutto solo sul Galibier, vincendo il premio speciale per chi domina la vetta più alta del Tour.

Si chiama Premio Henri Desgrange, in onore del fondatore e padre della corsa, che di questo monte era innamorato. Ma del ciclismo tutto. Una passione bollente, violenta e dolce insieme. Piangeva quando un corridore si sfiniva per onorare i tracciati che disegnava, poi tornava in piedi sull'auto della direzione, e con una lunga frusta da carrozza sferzava senza pietà i tifosi troppo impetuosi a bordo strada.

«Desgrange, quello sì che era un uomo» ha detto allora Don Basagni, la bocca impastata di noccioline ed emozione. «Lo sai, da ragazzo suo padre l'aveva sistemato a lavorare in uno studio legale, doveva diventare avvocato. E lui ci ha provato eh, ma alla fine ha mollato per la sua passione, ha salutato tutti ed è scappato via in bicicletta.»

Don Basagni l'aveva detto con gli occhi fissi alla tappa, ma era chiaro che parlava a me. E io ho fatto di sì, e volevo dire qualcosa, o solo pensare bene a questa storia. Ma adesso proprio non si poteva.

Perché Pantani è in cima al Galibier e prima di tuffarsi nel fiume gelido della discesa deve prendere la mantellina dal suo terzo direttore sportivo Maini, che lo aspetta a bordo strada sotto l'uragano.

L'avrà fatto mille volte, Maini, ma stavolta è rigido, gambe di legno reggono braccia di sasso. Perché deve fare una cosa semplice, ma se sbaglia Marco dovrà buttarsi giù fradicio e nudo nel ghiaccio, e questa cosa minuscola e sbagliata può spazzare via quella gigantesca che sta compiendo lui.

Però Maini ci riesce, e urla a Marco quanto è grande mentre lui afferra la mantellina e parte in picchiata, e le telecamere si spostano sul gruppetto di Ullrich per controllare quanto gli manca alla cima.

Ma proprio adesso, con loro che salgono e io che penso a Desgrange che se ne va in bicicletta, un urlo dalla telecronaca cancella questo e il resto del mondo:

«Attenzione! È caduto! Pantani è caduto!»

È un attimo solo, ma ferma il cuore. Che riparte incerto, e solo dopo un po', quando invece si capisce che no, non è caduto. È che scendendo tra le raffiche di vento che cambiano a ogni tornante, sotto la pioggia che lo acceca e con le mani indurite dal ghiaccio, non riusciva a infilare la mantellina. Allora si è fermato, se l'è messa e poi di nuovo giù, con la bocca spalancata a ingoiare la bufera.

E anche nella nebbia nera che copre tutto è evidente la meraviglia di questo volo folle, tra tornanti nudi che sfiorano burroni pieni di nuvole. E sul filo di questo burrone e del congelamento Pantani va.

Non ha tolto la bandana, togliersi qualcosa di dosso oggi è impensabile, ma lo stesso tenta l'arrembaggio più impossibile di tutta la sua vita corsara. Il vantaggio adesso è di due minuti, e questo delirio rischia di avere un senso.

E forse ce l'ha anche un ragazzo che vola giù senza peso a tenerlo sull'asfalto, senza carne a difendergli il cuore e i polmoni dal ghiaccio che gli si appiccica alla pelle e gli entra nelle ossa rattoppate: un polso rotto, rotti una clavicola e un metatarso, due costole incrinate, un ginocchio aperto e una lesione al menisco, una spalla lussata, due vertebre lombari schiacciate, tibia e perone spezzati e un paio di traumi cranici. Quando sei così rotto e bastonato, o smetti di muoverti o voli per sempre. E Pantani vola.

Ma non perché non soffre: la sofferenza ce l'ha dentro sempre e sempre in faccia mentre corre, gli occhi stretti e una smorfia che gli sfigura il viso. Però nella sofferenza non affonda, lui ci pedala sopra. La conosce bene, l'ha provata come pochi altri. Gli hanno chiesto una volta come fa a pedalare così forte in salita, lui ha risposto che lo fa per abbreviare la sua agonia.

Questa agonia, Pantani la trasforma in un impressionante, lacerante spettacolo. E, proprio oggi, in questa tempesta che non fa vedere niente, il Pirata ci offre la meraviglia sua più grande.

Mentre Ullrich e gli altri non stanno dietro, loro sono proprio da un'altra parte. Nel mondo reale, solido, sicuro. Il campione tedesco ha deciso di restare lì quando Marco è partito e lui l'ha lasciato andare. Adesso però si guarda intorno, nel dolore e nel gelo, e scopre che anche qua non esistono appigli, se davvero vai a fondo.

E c'è ancora l'ultima salita che li aspetta. Pantani sta sulle prime rampe e la aggredisce, con un vantaggio di quasi quattro minuti!

È molto, è più di molto, è qualcosa che i tifosi moderni non sanno nemmeno gestire nel cuore. Eppure non basta. Perché sabato, prima del finale, ci sarà un'altra maledetta cronometro, lunga e tecnica, e lì Ullrich può recuperare e scavalcarlo di nuovo. E allora, anche se l'impresa di Marco è già immensa, nei nove chilometri di scalata fino al traguardo deve essere ancora più grande, come se finora fosse rimasto tranquillo ad aspettare.

Forse è impossibile, sì, ma nell'impossibile c'è questo di buono: una volta che ci stai dentro, tutto può succedere. Pure che la pioggia diventi più forte di prima, che già era un muro addosso al mondo. E i corridori dietro si confondono tra loro e con le auto, i tifosi, le bandiere che tentano di sventolare ma sono stracci zuppi nel nero del cielo, immobili come gli occhi di Ullrich curvo sulla bici che non vuole salire più.

Mentre nel giallo elettrico dei fari che lo seguono, riflessi ovunque dall'acqua, Pantani pedala ancora in piedi, e il pubblico impazzito si apre davanti a lui.

Accanto al traguardo c'è una comoda tribuna per i vip e le autorità, vuota per il freddo. Qua sulla strada invece, sotto il diluvio, i tifosi sono rimasti tutti. Ore sotto il vortice di questa doccia polare, ripagate dall'istante in cui gli passa accanto un uomo solo e secco che gli mostra, per un attimo e per sempre, che tra il possibile e l'impossibile c'è un confine sottile e finto, tracciato da noi stessi come quelli tra i paesi, righe sulla terra e nella testa che diventano sbarre della prigione dove ci chiudiamo da soli.

E invece ci sono cose possibili che non succederanno mai, e altre impossibili che un giorno si stufano di stare di là da quella riga, e prepotenti succedono. Infatti succede che oggi, a fine luglio, è caduto dal cielo un giorno gelato d'inverno. Proprio come a me, da bambino, è successo il rovescio: tornando da scuola col cappotto, mi aspettava a casa un pomeriggio di piena estate, con la mamma e il babbo in costume, il cocomero e lo zio che portava il cocco.

Tra il possibile e l'impossibile c'è un confine che fa paura, ma per superarlo basta che qualcuno faccia un passo, uno solo più in là, ed ecco che quel confine si sposta, per lui e per tutti.

Oggi quel passo è un colpo di pedale, poi un altro, un altro ancora. E migliaia di persone lì e milioni a casa a vederlo, a seguirlo fino lassù, dove ballano i nostri sogni e ci aspettano, chiedendosi perché non arriviamo mai.

E i quattro minuti di vantaggio sono cinque, sono sei.

Erano anni che non si vedeva una cosa del genere, e se si cerca di calcolare quanti si comincia a pensare che forse una cosa così non l'avevamo vista mai.

Nemmeno io e Don Basagni, con gli occhi fissi alla tv. Ma io mi sono voltato a guardarlo, e adesso non avevo più pesi addosso, allora sono saltato su dalla sedia e mi sono piegato ad abbracciarlo. Forte. E lui lì per lì non ha risposto, ma dopo un attimo sì, e fortissimo! Non so per quanto, secondi o minuti o secoli. Ma cosa sono i secoli? Cos'è il tempo?

Cosa sono le sei ore di questa tappa micidiale? Solo un attimo immenso mentre Pantani arriva sul traguardo, la bocca spalancata a mordere l'aria, supera la linea e per un istante chiude gli occhi, sbuffa fuori il fiato che non ha più. Poi alza le braccia e dà quel suo solito, unico battito di mani, a innescare l'applauso dell'universo intero.

Ullrich, gonfio in faccia e vuoto dentro, arriverà dopo nove minuti. Nove. Era primo in classifica, ora non sta più nei primi tre, non sa nemmeno dov'è.

Mentre la maglia gialla va addosso a lui, a Marco. Che fa per metterla ma non sa che è una maglia speciale, da premiazione, con la cerniera sulla schiena per lasciare il petto liscio e pulito. Infatti sta per indossarla alla rovescia, perché in tanti anni di imprese e arrembaggi, oggi è la prima volta che mette una maglia del Tour.

Ormai pensava che non l'avrebbe fatto mai. Non ci credeva più, e con lui nessuno.

Anzi, uno sì. È per lui che Pantani è venuto qui, è per lui che è arrivato quassù. E appena gli mettono il microfono sotto la bocca, dopo sei ore di agonia nel ghiaccio e sul filo dei crepacci, è solo a lui che parla:

«La volontà mi ha fatto soffrire più di quello che normalmente si riesce. Ho creduto di fare qualcosa di importante, ho attaccato da lontano e ho rischiato tutto, potevo saltare per aria. Luciano Pezzi... penso che questa vittoria... non sia solo un dovere dedicargliela, ma sia una vittoria sua... ha creduto in me quando avevo le stampelle... lui ha creduto e ha fatto di tutto per fare una squadra per portarmi un giorno in Maglia Gialla... e penso che questa vittoria sia tutta sua.»

Ha creduto. Luciano ha creduto. E Pantani ha creduto a lui che ci credeva. Solo questo, e così un uomo che è morto ha vinto il Tour de France. Perché credere è tutto. Se ci credi, parti, e se parti, rischi di arrivare: basta crederci, e Babbo Natale esiste.

E proprio a Babbo Natale somiglia questo tifoso che inquadrano nella folla sotto il palco, fradicio e in lacrime e con la barba bianca che gocciola e trema. Prende stretto il microfono e ci urla dentro in romagnolo, con la voce storta dal freddo e dal vino:

«Ci vediamo lunedì, ci vediamo tutti lunedì a Cesenatico, per salutare Marco che torna a casa! Dobbiamo essere tutti lì per lui, per il grande Marco Pantani, per dirgli grazie Pirata, grazie da tutti noi! Grazie!»

Continua così, e continuerebbe forse fino a notte, ma riescono a togliergli il microfono di mano e tornano a riprendere il podio.

E il tifoso non si vede più, non si sa chi è, non lo saprò mai.

So solo cosa sta per dirmi Don Basagni, che scatta con la testa verso di me e mi pianta gli occhi negli occhi. Perché è quel che sto pensando anch'io, dopo le parole di Babbo Natale:

«Oh, Avvocato, preparati, lunedì bisogna che andiamo anche noi!»

32
Anni buttati

L'autostrada è un paese magnifico, così aperta e pulita, senza incroci e semafori e tutta dritta lì davanti a te. Le persone in autostrada viaggiano fisse sulla corsia di sorpasso e ti sfanalano se non ti togli subito di mezzo, con l'ossessione di superare e superare per arrivare dove devono, ma il posto giusto, quello dove merita di starci il più possibile, è proprio questo.

Infatti mi sono sentito così bene, appena ci siamo tirati fuori dagli ingorghi stretti del traffico e ci siamo tuffati qua, come Pantani quando si mette da una parte del gruppo, si alza sui pedali e va, su per una salita assassina e però libera davanti a lui.

Sarà per questo che ci sembrava di essere in fuga, guardando l'autostrada di là dal parabrezza grosso come quello di un camion.

Stringevo il volante del pulmino della scuola. E pure quello era grande, come la leva del cambio che sembrava un bastone, e non era facile cambiare marcia. Qua in autostrada non si cambiava quasi mai, ma era stata dura in mezzo a Pisa, dove mi pareva impossibile far passare questo scatolone giallo che non era mio, eppure ce l'avevo fatta. Forse perché anch'io non ero più davvero io.

Infatti quel che avevo appena fatto, prima di prendere

l'autostrada verso la Romagna, non ci credevo nemmeno io di averlo fatto veramente. Figuriamoci Don Basagni, sul sedile accanto a me.

«No, è una balla, non ci credo nemmeno se lo vedo.»

«Vabbè, però glielo faccio vedere uguale» ho detto. Mi sono allungato sotto il volante per pescare il foglio dalla tasca dei pantaloni. Era già tutto spiegazzato, ma tanto non mi sarebbe mai servito a nulla.

Don Basagni l'ha preso e l'ha studiato, mentre io mi godevo la musica dal mangiacassette posato sul cruscotto, che si legava bene a quella delle ruote nuove sull'asfalto. E quando è arrivato in fondo al foglio, dove c'era lo stemma dell'università: «Porca puttana, Avvocato, l'hai fatto veramente!».

E io non ho risposto. Solo ripensavo a mezz'ora prima, che mi sembrava un secolo e insieme un secondo. Davanti allo sportello della segreteria. Era l'ultimo giorno di apertura, poi chiudevano per le ferie d'agosto. L'avevo preso come un segno.

Di solito c'era una fila sciagurata, che dallo sportello usciva giù per le scale fino allo spiazzo di cemento intorno all'edificio, stamani invece c'eravamo solo io e una signora di là dal vetro. Che lì per lì pensava di aver capito male, poi che mi fossi spiegato male io. Gliel'ho ripetuto tre volte, cosa volevo, e le ho passato il libretto, mentre lei mi spiegava che questa cosa, una volta fatta, era fatta e addio.

E io ho risposto proprio così: «Addio». Allora lei ha fatto di sì, ha girato lo schermo del computer verso di me, c'era una scheda col mio nome, i miei dati, i sette esami che ero riuscito a passare in cinque anni a giurisprudenza, con data e voto. Ha tenuto il dito sospeso sul tasto, mi ha guardato ancora, ancora ho fatto di sì. Quindi l'ha premuto, e in un attimo è sparito tutto. I giorni degli esami, mesi e anni di studio, di lezioni, di tentativi andati ogni tanto bene e più spesso male. I mille treni regionali su e giù, in piedi perché non c'era posto, le parole vuote risposte ai professori se riuscivo a rispondere, le bugie ai miei genitori, alla zia, ai miei amici. Una cosa enorme, sparita in un attimo. E per quell'attimo non sono riuscito a respirare. Poi la signora mi ha detto «arrivederci. Anzi, addio», e mi ha dato questo foglietto, che adesso sventolava in mano a Don Basagni.

«Rinuncia agli studi! Cazzo, Avvocato, che mossa pesante, che decisione da duri! Non ti ci facevo così estremo!»

«Eh, lei Padre non lo sa, ma io quando voglio vado fino in fondo, io...»

«Ma proprio fino in fondo, eh. Potevi fare una cosa un po' più morbida, invece no.»

«No no, morbida mai. O tutto o nulla. Ma poi in che senso, più morbida?»

«Be', invece di rinunciare agli studi potevi solo cambiare facoltà. Ne sceglievi una che ti piaceva di più, magari qualche esame che hai già fatto ti valeva anche di là.»

Così ha detto Don Basagni, e io continuavo a scuotere la testa. Poi però ho smesso. Solo il silenzio dalla bocca, spalancata. Ci ha superati un camion, poi due auto, poi un furgone. Poi: «Scusi Padre, ma non me lo poteva dire prima!».

«Io? Ci dovevi pensare da solo! E poi chi se lo immaginava che lo facevi davvero, Avvocato!»

«Vabbè, senta, almeno non mi chiami più avvocato!»

Il direttore ha riso, poi è rimasto a guardare la strada. E io uguale, mentre ascoltavo la musica dal mangiacassette, dalla cassetta che ci avevo messo io, portata da casa apposta per questo viaggio.

Era *Strange Days*, che è un disco stupendo, stupendo e perfetto per questi giorni, che erano strani davvero. E lo suonavano i Doors, lo cantava Jim Morrison. Perché adesso non sapevo più cosa facevo, chi ero, chi sarei diventato. Ma cazzo, almeno potevo ascoltare di nuovo i Doors, e allora volevo sfondarmi le orecchie a forza di canzoni.

Anche se Don Basagni dopo un po' ha ricominciato a parlarci sopra: «Vabbè, non ti chiamo più avvocato. Ma allora come ti chiamo?».

«Non lo so, per esempio col mio nome vero?»

Lui mi ha guardato, di nuovo la strada, di nuovo me.

«Aspetti, Padre, lei non sa come mi chiamo?» e lui nulla, zitto. «Cioè, lei si infila a bastonate nella mia vita, perché sa cosa sbaglio, cosa è meglio per me, sa cosa voglio e cosa no, però non sa come mi chiamo!»

«A parte che non ti ho stravolto nulla, io. E poi non è che non lo so. Non me lo ricordo. Me l'avrai detto di sicuro, però ho una certa età, non sono più tanto in forma.»

«La prego, non ci casco più, lei è anche troppo in forma.»

Perché quel mattino mi ero alzato presto e stavo per salire a prenderlo in camera sua. Avevo chiesto a Don Mauro se mi dava una mano a metterlo sulla carrozzina e portarlo giù dalle scale, e la Flora era lì con un sacchetto di asciugamani e una spugna, perché magari con questo caldo in macchina sudava o si sporcava...

E poi è rimasta zitta a fissarmi. E pure la Gina lì accanto a lei, e Don Mauro fissava dalla stessa parte con gli occhi spalancati. Ma non guardavano me, c'era qualcosa dietro di me. Anzi, qualcuno, che arrivava. Una figura nera, alta e sicura, che si avvicinava a lunghi passi verso il sole battente del piazzale. Una tonaca lucidissima e piena di drappi, un cappello nero, una valigia nera di pelle in mano.

«Santa Madonna, un'ispezione» ha fatto piano Don Mauro. Perché era per forza un prete ispettore, di quelli che girano i conventi e controllano che tutto funzioni secondo le regole. E qua stava per trovare un prete col fiato che sapeva di grappa alle sette del mattino, il direttore che non dirigeva nulla e stava a letto a dire parolacce, una ragazzina che viveva dentro il pollaio... eravamo spacciati, era la fine. Improvvisa e totale.

E invece no, non era la fine. E questo non era un ispettore. Era Don Basagni.

«Marino!» ha detto Don Mauro. «Ma... ma sei te?»

«Direttore!» la Flora. Entrambi secchi lì insieme a me. L'unica a muoversi è stata la Gina, che correva sbattendo le braccia. Ma non dall'altra parte per scappare, correva dritta incontro a lui. Gli ha fatto un giro intorno coi suoi versi strani, poi gli si è fermata davanti con un sorriso che non le avevo visto mai. E nemmeno sua madre, che tra le labbra ha soffiato un: «Gesù!».

Don Basagni ha allungato il braccio, le ha carezzato i capelli pieni di piume come si carezza il capo di una gallina. Le ripeteva: «Brava Gina, brava».

Poi a me: «Allora, giovane, si va?».

«Padre, ma... ma lei cammina!»

E lui ci ha guardati, si è guardato, poi ha alzato le braccia al cielo: «Hai ragione! Mio Dio, è un miracolo! Io cammino, io cammino!».

La Flora non sapeva se crederci, e nel dubbio si è fatta tre volte il segno della croce. Ma poi lui, dopo una risata: «Certo che cammino. Voi camminate, io non posso?».

«Sì, ma... pensavo di no» ho risposto. «Sta sempre lì sul letto, non si alza mai.»

«Non mi alzo perché non ho più posti dove andare. Che mi alzo a fare? Adesso invece sì. E quindi andiamo.»

«Ma allora perché non scendi, almeno a pranzo» ha chiesto Don Mauro. «Così si mangia insieme.»

«Perlamordiddìo. Mangio meglio nella mia stanza, col servizio in camera.»

«Ah, ti fai servire dagli altri» ha detto Don Mauro, sorridendo un po'.

Ma io sorridevo molto meno: «Sì, e si fa pure lavare, dagli altri!».

E Don Basagni: «Be', dopo tanti anni di vita dura nelle missioni, qualche comodità me la merito». E ha sorriso in un modo che non gli conoscevo. Ma anche la sua voce era diversa, e così in piedi, dritto e sicuro, il direttore sembrava pure più giovane. Sembrava un prete vero. «E comunque, basta discorsi, andiamo.»

La mia Fiesta era al suo posto di là dal cancello, ho fatto per andare ma Don Mauro mi ha bloccato: «No! Non quel catorcio! Vi aspetta un viaggio serio, ci vuole un mezzo serio». Si è palpato le tasche della tuta da lavoro, ha tirato fuori una chiave con un portachiavi dorato e luccicante che dondolava sotto, un piccolo San Cristoforo protettore degli autisti. «Su, prendete il pulmino!»

E io non ci potevo credere, Don Mauro non voleva nemmeno che lo guardassimo troppo a lungo, che rischiavamo di consumarlo, e adesso ci offriva il suo prezioso scuolabus per guidarlo fino alla costa opposta dell'Italia.

Mi sembrava impossibile, poi però mi sono voltato verso Don Basagni, in piedi e vestito bene, e ho ripensato a Pantani che il giorno prima era arrivato a Parigi e aveva alzato in aria il trofeo del Tour de France. E insomma, nulla era impossibile in quegli strani giorni di agosto.

«Io però non me la sento» ho detto. «Magari lo sgraffio, magari...»

«Ma no, ma no! E poi mi fa piacere, insisto! È così perfetto, muore dalla voglia di andare. E i bambini anche quest'anno non si sono visti, gli fa bene galoppare un po'. Quando tornate però mi dite come si è comportato, e se vi ha dato qualche problema, ma credo proprio di no!»

Mi ha consegnato la chiave e mi ha stritolato la mano con la sua, così grossa e forte che adesso sarebbe stato ancora più difficile guidarlo, questo pulmino giallo e luccicante che ci aspettava lì sotto, nel bagliore bollente dei suoi anni Settanta.

«Bene, molto bene. Non avremo problemi» ha detto Don Basagni. «Un prete a bordo di uno scuolabus, chi oserà darci delle noie?»

E con una falcata lunga e sicura ha attraversato il piazzale verso le scale e il parcheggio, con la Gina che lo seguiva e faceva versi felici.

Noi invece gli stavamo dietro a fatica, e arrivati di sotto ci è venuto in mente che il cancello del convento era chiuso da anni, a catena, senza una chiave per aprirlo.

Un attimo di sconforto, poi Don Basagni l'ha tirata fuori dalla tunica: «Chiaro che le avevo io, sono il direttore o no? E col cancello chiuso, quanti scocciatori in meno».

Sono salito a bordo, e mentre Don Mauro mi spiegava le poche cose da fare e le moltissime da non fare sulla sua creatura, la Flora è rimasta scostata a guardare sua figlia che andava in giro a cercare sassolini e fiori per portarli a Don Basagni.

E lui: «Brava Ginetta, bravissima!» poi faceva il verso della gallina come lei, con tanto di braccia scosse come ali, e lei rispondeva a tono.

«Ma...» ha detto la Flora, che provava a tenere la voce dura, però tremava: «ma voi vi capite?»

«Certo, Flora. E benissimo, vero Gina?» Lei ha annuito, e ha continuato a cercare cose belle lì intorno. «E parliamo spesso.»

«Ma come, dove...»

«Lei è lì nel piazzale con le sue amiche galline, e io mi affaccio alla finestra. Tutti i giorni, quasi. E... oh, ma che bella!» ha fatto il direttore, perché la Gina gli aveva portato una margherita. L'ha presa, l'ha annusata, se l'è messa all'occhiello vicino al collo. Si è cercato in tasca e ha tirato fuori un po' di noccioline, le ha buttate per terra come mangime, la Gina si è tuffata a mangiarle.

Poi le ha fatto ancora una carezza ai capelli pieni di piume, ha stretto la mano alla Flora prendendogliela proprio dal fianco, perché lei non riusciva nemmeno ad alzare il braccio, poi ha abbracciato Don Mauro e con un balzo è montato sullo scuolabus.

Io ho girato la chiave, una scossa e il motore subito cantava, ho trovato la levetta per chiudere lo sportello a soffietto, ho fatto manovra e giù fino al cancello dove Don Mauro era andato ad aprire. Mentre passavamo tra le due colonne ho suonato il clacson mille volte, la Gina ancora sbatteva le braccia correndoci di fianco, Don Basagni le ha buttato altre noccioline dal finestrino, poi via, in questa partenza così assurda da essere perfetta per il viaggio che ci aspettava.

«Padre» gli ho chiesto dopo un attimo. «Non so se fa bene, però. Così forse la incoraggia, no?»

«Chi, cosa.»

«Se ci parla a fischi, e le butta il mangime per terra, incoraggia la Gina a comportarsi come una gallina. Invece io provavo a farle capire che non va bene, che è un essere umano e...»

«Ma che palle, Avvocato! Anzi, scusa, che palle, Educatore... ma lasciala stare, no? Perché devi impicciarti nella sua vita? Lei è felice così.»

«Cosa? Ma con me lei si è impicciato eccome, e tantissimo, dal primo momento! Tutti quei discorsi, quei giudizi pesanti, perché a me non mi ha lasciato stare com'ero?»

«Ripeto, lei è felice così. E te?»

E io, io non ho parlato più.

Ho solo guidato.

Prima verso Pisa, dove appunto ho rinunciato in un istante a cinque anni di fatica e impegno. E cinque anni sono tanti, soprattutto se adesso ti sembrano buttati via. Però insomma, non c'era tanto altro da fare. Come un'amica di mia cugina Alessandra, che si chiamava Sara ed era una bella ragazza, ma Alessandra non ci usciva troppo volentieri perché lei parlava solo di scuola e di quanto non sopportava più il suo fidanzato. Che si chiamava Piero, e stavano insieme da sei anni. E Alessandra glielo diceva, certi giorni che non ne poteva più: «Basta Sara, senti, lascialo. Fai un favore a te stessa e a lui. E anche a me. Lasciatevi, vi prego. Oppure vi lascio io, qualcuno lo deve fare».

E Sara: «Lo so, ci penso spesso, a lasciarlo. Però ecco, sono sei anni che stiamo insieme, se lo lascio mi sembra di buttare via tutto questo tempo».

Così rispondeva Sara. E infatti non l'ha lasciato. Anzi, si sono pure sposati, e per non buttare sei anni hanno buttato via insieme il resto della loro vita.

Ma non sono mica loro due soli, lo fanno in tanti. L'avevo fatto anch'io, fino a quel mattino. Poi, un tasto di computer e addio.

E adesso eccomi qua, a guidare uno scuolabus, accanto a un prete che insieme a un corridore in bicicletta mi aveva appena cambiato la vita.

Quel corridore non lo sapeva, non sapeva niente di me. Ma appunto, nemmeno questo prete sapeva come mi chiamavo.

«Fabio, mi chiamo. Mi chiamo Fabio!»

«Ah, ecco! Non c'è bisogno di urlare, ho capito, Fabio.»

E siamo andati avanti così per un po', ascoltando Jim Morrison che ci cantava di una ragazza che non era felice e doveva volare via, non poteva perdere l'occasione di nuotare nel mistero.

«E già che ci siamo, quanti anni hai?» mi ha chiesto Don Basagni.

«Glielo ripeto per la millesima volta, ventiquattro.»

E lui ha fatto la smorfia di tutti quelli più vecchi quando gli ricordi la tua età: un sorriso distante, tenero e disperato. E poi non sanno più in che lingua parlarti.

«Senti un po', Fabio, tuo padre è sempre vivo?»

«Sì. Non sta benissimo, però sì.»

«Mi dispiace, pace all'anima sua. È stato un buon padre?»

«Molto. Ma le ho detto che è ancora vivo.»

«Bene, bene. E quant'è che non lo vedi.»

«Ieri pomeriggio. Abbiamo visto la fine del Tour insieme.»

«Ah, ecco, capisco.»

E ha smesso di parlare, come se avessi detto qualcosa di male. Forse era geloso, che l'avevo guardata col babbo la passerella fino ai Campi Elisei, Marco che metteva la maglia gialla e prendeva il trofeo e lo alzava davanti al mondo con gli occhi spersi.

O forse no, non era gelosia. Perché la domanda che Don Basagni mi ha fatto subito dopo non c'entrava più nulla, almeno secondo me: «E senti un po', ma se invece di ieri pomeriggio non lo vedessi da più tempo, tuo padre, come sarebbe?».

«Come sarebbe cosa.»

«La situazione. Cioè, saresti arrabbiato con lui?»

«No. Non credo. Dipende. Se non lo vedo per colpa sua, magari sì. Ma dipende anche da quanto tempo non lo vedo.»

«Eh, da tanto.»

«Ma tanto quanto? Tipo un mese, un anno?»

«Facciamo trenta.»

«Trent'anni? Vabbè, ma quello non è tanto tempo, è una vita!»

«Esagerato! Io ne ho quasi ottanta, questa è una vita! Se ci pensi, trent'anni alla fine non sono così tanti.»

«Veramente l'altro giorno diceva che erano tantissimi.»

«L'altro giorno quando?»

«Quando mi ha detto che le aveva scritto la sua... la sua amica, dal Brasile. Che le aveva mandato una lettera dopo trent'anni. L'altro giorno diceva che era importante quella lettera, perché trent'anni erano tantissimi.»

«Vabbè, vabbè, quanto sei puntiglioso, Avvocato. Cioè, Fabio. Però sei sempre un avvocato, lo vedi come ragioni secco, come misuri il tempo, quanto calcoli... su, lasciati andare alla passione.»

«Va bene, ma era così piena di passione, questa lettera?»

«Certo! Cioè, no. Ma insieme sì. Mi raccontava come vanno le cose adesso laggiù. Che la foresta è più lontana, stanno costruendo, stanno cambiando...»

«Sinceramente, Padre, tanta passione io non ce la sento.»

«Chiaro, perché sei un avvocato! Mi parlava di cose così,

è vero, ma che senso ha parlarmene, dopo trent'anni di silenzio? Da quando me ne sono andato, e me ne sono andato assai veloce eh, quasi dal giorno alla notte, mai nulla di nulla. Silenzio totale. E ora, dopo trent'anni, di colpo mi scrive. E guarda, se mi avesse scritto che mi ama, che non può stare senza di me, che mi sogna tutte le volte che dorme e anzi anche quando è sveglia, non sarebbe stato lo stesso: se scrivi a uno dopo trent'anni, e gli racconti le cose normali di ogni giorno come se l'avessi sentito un minuto prima, ecco, questa è la più grande dichiarazione d'amore che ci sia. Capito Avvocato?»

E io ho fatto di sì. Perché non avevo voglia di prendermi altri insulti. E poi, forse, un po' avevo capito davvero.

Mentre la pianura a Firenze finiva, prendevamo per Bologna e i monti diventavano sempre più alti intorno, dopo ogni galleria che gli bucava i piedi per passare. E io e Don Basagni ascoltavamo i Doors e li guardavamo.

In quei mesi ne avevamo visti tanti alla tv, e ci eravamo innamorati di un ragazzo che le gallerie non le prendeva mai, niente scorciatoie, lui i monti li affrontava per soffrire fino in cima. Ma adesso qualche galleria era utile, perché il pulmino viaggiava bene ma scalarci le montagne forse era troppo, e noi andavamo a trovare proprio lui.

«E poi non è vero, che parla solo del più e del meno» è ripartito Don Basagni dopo un po'. «Mi ha scritto pure che Don Ernesto è morto, e anche Don Felipe che aveva preso il mio posto. E invece Ignacio e Teresa stanno bene.»

«E chi sono?»

«Suo fratello e la moglie di suo fratello. Poi dice che anche lei sta bene, ma nel cuore no, perché Marina è brava, è buona, ma ha bisogno di aiuto.»

«E chi è Marina?»

«Eh, infatti, il punto è proprio questo. Chi è Marina, non lo so nemmeno io.»

Don Basagni l'ha detto restando con gli occhi davanti. Io

l'ho guardato un attimo, uno solo, poi sono tornato alla strada. E non capivo, poi di colpo sì. Forse. Anzi, senza forse. Allora non sapevo più che dire. E lui nemmeno.

E tra le mille auto che ci superavano, su una c'erano dietro due bambini, le mani appiccicate al vetro posteriore, che salutavano lo scuolabus. Li abbiamo salutati anche noi, agitando le mani, e Don Basagni mi ha detto di suonare il clacson. L'ho fatto, due volte, e loro tutti felici ci hanno urlato qualcosa che però non potevamo capire, e continuavano a dircelo felici sventolando le mani mentre sparivano all'orizzonte.

Chissà cosa ci dicevano, chissà dove andavano. Non lo so, non lo saprò mai. Di preciso non sapevo nemmeno dove andavamo noi. Ma la strada ondeggiava tra gli Appennini verso la Romagna, e non c'erano semafori o incroci o scelte, solo lei là davanti e l'autobus che ci filava sopra e i Doors che suonavano per noi.

E forse andava bene così.

33
Cadrò, sognando di volare

«In fondo alla strada, prendete a sinistra e ve lo trovate davanti, non potete sbagliare.»
«Grazie, grazie mille, e arrivederci.»
«Dove ci sono quei pini laggiù, li vedete? A sinistra e ci siete.»
«Sì sì, benissimo.»
«Sicuri? Sennò salgo con voi e vi ci porto.»
«No, grazie, abbiamo capito, grazie mille.»
E Don Basagni mi ha fatto segno di chiudere lo sportello, poi via verso i pini dove diceva questo signore vestito da corsa. In Romagna son gentili e un'indicazione te la danno sempre volentieri, se poi gliela chiede un prete su uno scuolabus è un problema non finire a cena da loro.
Che sarebbe stato bello, ma avevamo un posto dove andare, e ora sapevamo dov'era. Siamo ripartiti, abbiamo preso a sinistra su un grande viale pieno di persone, e Don Basagni è corso al finestrino, ci ha spiaccicato la faccia, ha urlato: «Il mare! Il mare!».
Io ho fatto di sì, ma senza voltarmi, perché un sacco di persone attraversava la strada per andarci, al mare, e volevo farcele arrivare. E poi al mare ci abitavo, Don Basagni invece non lo vedeva da trent'anni. E allora più tardi vole-

va tornarci, prima del tramonto che in agosto è ancora una storia lunga e ci dava un po' di tempo.

Ma non tantissimo, perché all'ora di pranzo avevamo fame, volevo fermarmi a prendere un panino all'autogrill ma Don Basagni ha detto che non mangiava fuori da un secolo, adesso voleva un ristorante serio.

Siamo usciti al casello di Faenza, e poco fuori sperse nella pianura c'erano tre case, su una c'era scritto con la vernice *Trattoria da Flora*.

«Flora, come la nostra Flora!» ha detto lui, e ci siamo fermati lì davanti. Sono sceso, la serranda era abbassata, si è affacciata alla finestra di sopra una signora molto vecchia che mi ha detto che il lunedì era chiusa, le dispiaceva tanto ma non aveva proprio nulla da farmi mangiare.

È sceso anche Don Basagni, la signora l'ha guardato che si aggiustava la tonaca e studiava i campi intorno, e ci ha detto: «Entrate».

Due ore tra garganelli e passatelli, maltagliati e cappelletti, poi nell'imbarazzo della signora Don Basagni ha preso pure un piatto di strozzapreti. Ma non si è strozzato, e allora lei gli ha chiesto due parole in privato. Che sono durate un'altra ora, perché la signora Flora aveva bisogno di confessarsi.

E insomma, alla fine ci siamo rimessi in strada così tardi che eravamo entrati col sole e uscivamo da lì col temporale davanti, nero e furioso come solo i temporali di agosto, carichi della forza sciagurata dell'estate.

Fulmini uno dopo l'altro, a volte anche due o tre insieme, e allora non c'è stato bisogno di dirci nulla: Don Basagni ha tolto la cassetta dal mangianastri e ne ha messa un'altra, ha cercato un po', e finalmente è partita *Riders on the Storm*. Perché questo eravamo noi, cavalieri nella tempesta. E abbiamo cantato a squarciagola. E quand'è finita la canzone, l'abbiamo rimessa da capo, e ririmessa, e riririmessa. Noi due insieme a Jim Morrison, sempre più forte.

Infatti adesso, che miracolosamente avevamo trovato parcheggio nel centro di Cesenatico in mezzo all'estate, eravamo quasi senza voce.

Ma lo stesso ringraziavamo delle indicazioni, quando chiedevamo dov'era la festa per Pantani e tutti ci rispondevano che il "Pantani Day" era fissato per il 13 agosto, tra dieci giorni. Allora chiedevamo dov'era il chiosco della sua mamma, e ora finalmente ci stavamo arrivando.

«Lo vede Padre, dovevamo aspettare il Pantani Day, oggi non c'è mica nulla.»

«Bah, quello è una cazzata già dal nome, Pantani Day. A noi che ce ne frega, di quella roba organizzata. Ci saranno i vip, ci saranno i politici, vedrai. Noi non vogliamo mica celebrare nulla, e nemmeno farci vedere. Noi siamo qui per dire grazie a quel ragazzo, e va fatto subito, oggi che torna. L'hai sentito anche te, quel tipo alla tv che dava l'appuntamento agli appassionati.»

«Ma quello col barbone bianco? Chissà chi era, magari un ubriaco, non l'ha visto che tipo che era?»

«E te? Non lo vedi che tipo sei, te? Un verginello che viaggia su uno scuolabus insieme a un prete, e hai il coraggio di giudicare. No no, il giorno giusto è oggi, fidati.»

«Sì, ma intanto non c'è nessuno, e si figuri se c'è Pantani. Sarà ancora in Francia, avrà degli impegni, e...»

E nulla, perché dopo il muro di un bar ecco là in fondo il chiosco, *Da Tonina crescioni e piadine*, e l'unica cosa che si vedeva era il tetto con la scritta, perché intorno c'era un mare di persone con striscioni, cartelli e bandiere. E lì da una parte, vicino a noi, Marco Pantani in persona.

Era lui, era proprio lui. Anzi, lo era troppo: bandana, occhialoni e completino della squadra, che senso aveva vestirsi così in un giorno normale, senza la bici?

E infatti non era Pantani, era un suo tifoso, identico a Marco. Anzi, quasi identico, perché poco più in là ce n'era un altro che gli somigliava ancora di più, col pizzetto dipinto di giallo come aveva fatto lui per l'arrivo a Parigi. E un altro ancora stava in fila al chiosco, mentre due Pantani erano seduti sul marciapiede e addentavano le loro piadine.

Mi sono voltato a Don Basagni, e mi preparavo ai suoi commenti tremendi su questi soggetti conciati come a carnevale. E invece: «Grandi!» ha detto. Non a me, proprio a loro. «Siete grandissimi! Pi-ra-ta! Pi-ra-ta!» col pugno scosso in aria al ritmo dell'urlo. E loro hanno sorriso e gli sono andati dietro, urlando «Grande Pirata» e «Grande Padre!» e cose così.

Poi Don Basagni ha guardato me: «Ti rendi conto, eh, della potenza di certe imprese? Questi qui magari vengono da... da chissà dove, da lontanissimo. Magari dall'estero, magari dal Molise! Hanno preso e sono venuti fino qui, come noi, chiamati dalla forza, dalla potenza, dalla bellezza! La meraviglia delle imprese vere è questa: che ne fanno nascere altre mille! Eh sì, c'è poco da fare, io lo devo abbracciare quel ragazzo. Lo voglio abbracciare forte e dirgli grazie. Per me, per te, per tutti quanti».

Faceva di sì a se stesso, mentre ci mettevamo in fila per prendere anche noi una piadina, e magari abbracciare almeno la sua mamma o il suo babbo o la sorella di Marco. Anche se una fila vera non c'era, perché questo era un mare di persone, e nel mare non c'è un riferimento mai.

E Don Basagni ce l'aveva ancora in testa, il mare, che aveva appena rivisto dopo tanti anni. Infatti, dopo un po' di silenzio: «Senti, qua ci mettiamo un secolo, e fra poco va giù il sole. Facciamo così, tu fai la fila, a me mi prendi una piadina formaggio prosciutto e funghi, se ci sono. Se non ci sono, te li fai trovare. Capito?».

«Sì, Padre, ma lei dove va?»

«A fare il bagno. Ho aspettato trent'anni, ora non posso resistere un secondo.»

«Ma adesso? È quasi buio. E poi non ha il costume. O sì?»

Lui ha sorriso, ha alzato il borsone nero che teneva sottobraccio. Poi da lì ha tirato fuori una busta più piccola, di plastica, legata con tre nodi stretti. Dentro c'era qualcosa di morbido, sembrava carta appallottolata. Mi ha chiesto di tenergliela.

«E se intanto arriva il Pantani vero, e io non ci sono, un abbraccio da parte mia glielo dai te, capito? Ma dato bene, eh. Lo sai dare, te, un abbraccio dato bene? Uno che dentro c'è tutto, tutto quello che non c'è verso di strizzare dentro le parole?»

«Sì, Padre. Cioè, penso di sì, non lo so...»

«Sai una sega te, Avvocato. Anzi, scusa. Sai una sega te, *Fabio*. Guarda, se lo incontri così devi fare.» Ha posato il borsone e mi ha preso, mi ha avvolto con le braccia, e mi sembrava un'altra persona così in piedi e dritto e forte davanti a me, addosso a me, stretti, strettissimi. E anche se questo abbraccio non era per me, me lo sono preso tutto fino in fondo, perché era caldo e vivo e c'erano dentro talmente tante cose che davvero le parole non potevano e non possono reggerle tutte quante sulle loro spalle spigolose.

Poi si è staccato, di colpo, e senza guardarmi ha soffiato un «grazie. Grazie davvero». E anche se non parlava a me, mi è venuto da rispondere: «Grazie a lei, Padre».

Lui ha sorriso, ancora senza guardarmi, ha ripreso il borsone ed è partito verso il mare, con la tonaca che danzava leggera alla prima brezza della sera.

E io sono rimasto lì, al chiosco, cercando di tenere il mio posto in una fila che non c'era. E intanto ripensavo a quante cose, dopo anni e anni di nulla, erano successe in questo poco tempo tutte insieme. A me, a Don Basagni, a Pantani.

E anche ai miei, che però non lo sapevano ancora. La sera prima, a cena con la borsa pronta per tornare al convento, la zia era già andata a letto ed ero solo col babbo e la mamma, ma non ero riuscito a dirgli nulla. Della gita a Cesenatico, dell'università dove avrei cancellato in un attimo tutti i miei esami, quelli che avevo fatto davvero e quelli inventati, che per loro erano la stessa cosa.

Non ce l'avevo fatta, non mi sembrava ancora il momento. E allora gli ho solo chiesto: «Ma ve lo ricordate voi quel giorno che era dicembre, e io ero alle elementari, sono tornato a casa e avevate inventato un giorno d'estate? In costume, col cocomero».

«E lo zio Ettore col cocco!» ha fatto subito la mamma. Il babbo ha riso con la smorfia che gli storceva ormai fissa la bocca, però era lo stesso un sorriso bello.

«Certo che ce lo ricordiamo!» ha detto la mamma, che ha smesso di sparecchiare. «Dovevi vedere che occhi avevi, che faccia! E l'hai tenuta per tutto il giorno, e quando ti abbiamo messo a letto ce l'avevi ancora, fino al mattino. Lo sappiamo perché siamo venuti a guardarti mentre dormivi. Che meraviglia.»

«Ecco, io... cioè, me lo ricordo anch'io, e benissimo. E insomma, ecco, grazie.»

Il babbo ha scosso la testa, per dire che non c'era da ringraziare.

La mamma: «Grazie di che? Guarda che non l'abbiamo fatto mica per te, eh».

«No? E per chi sennò?»

«Sì, anche per te, chiaro, però anche per noi! A noi vederti felice era la cosa che ci faceva più felici. E anche adesso, sai. È normale, è così.»

«Grazie, ma io... cioè, grazie lo stesso. Però insomma, dico, come posso io... come posso, boh, ricambiare?»

L'ho chiesto, ma avevo il terrore che mi rispondessero che lo stavo già facendo, che il mio percorso sfolgorante all'università e il mio futuro prestigioso erano la loro gioia e la loro soddisfazione, bastava andare avanti così e loro erano fieri e felici.

Invece la mamma: «Ma ricambiare cosa? Non son mica cose che si ricambiano, non devi fare nulla per noi. Cioè, una cosa sì. Quando siamo vecchi, per piacere non metterci in un ospizio di quelli che fanno vedere al telegiornale. Se proprio ci devi mettere da qualche parte, ogni tanto vieni a controllare come ci trattano, quello sì».

E io stavo per rispondere che mai, mai li avrei messi in un posto così. E in nessun posto proprio. Questa era la loro casa, e lo sarebbe rimasta sempre, e...

E però nulla, perché a quel punto ha parlato il babbo. E lui da sempre parlava poco, ma adesso quasi per niente perché non lo capivamo e gli dispiaceva troppo. Quindi, appena ha aperto la bocca, siamo rimasti zitti ad ascoltarlo.

E lui ci ha messo un po', e ha dovuto ripetere certe parole tante volte perché gli uscivano storte, ma alla fine mettendo tutto insieme il babbo ha detto: «E oltre all'ospizio, l'unica cosa che devi fare per noi è continuare il nostro lavoro. Adesso tocca a te. Noi abbiamo fatto di tutto perché tu fossi felice, ma adesso sei grande, adesso tocca a te, e ci devi provare da solo. Se sei felice, Fabio, siamo felici anche noi».

Così ha detto il babbo. E io, io ho fatto quello che avrebbero fatto tutti in quel momento: mi sono piegato sotto il tavolo a raccogliere una forchetta. E ci ho messo qualche minuto, perché non c'era nessuna forchetta da raccogliere, ma tanto, tantissimo da piangere.

E ci piangevo un po' anche adesso, qua nella fila per le piadine. Perché ripensavo alle parole dei miei la sera prima, e a quanto era bello questo giorno, e che fra poco prendevamo di nuovo lo scuolabus e tornavamo al convento, ma io chiedevo a Don Basagni il permesso di andare a casa mia a salutarli. Ad abbracciarli bene, e tanto, come avevo appena imparato da lui.

Quel suo abbraccio lo risentivo adesso. Quella stretta calda, quel *grazie* in fondo. Il modo in cui si era staccato e mi aveva sorriso, senza guardarmi, prima di andare.

E solo ora, forse, lo capivo davvero. Perché funziona così, il cervello è delicato, le cose più forti le senti subito a pelle, ma per capirle con la testa ci vuole un po'. Come certi cibi, che magari le mani li prendono anche se scottano, ma devi aspettare un attimo a mangiarli, perché per la bocca sono ancora troppo caldi.

E certi momenti sono troppo bollenti per il cervello. Li senti sulla pelle, nella carne e nel sangue, ma li capisci solo dopo un po'.

Solo adesso.

Che ho lasciato il posto nella fila, via dal chiosco e verso il vialone, l'ho attraversato e poi sulla spiaggia, fino alla riva col mare piatto e calmo davanti e alle spalle il sole, che su questa costa pazza sparisce sulla terra e non nell'acqua.

C'erano due ragazzini che facevano il bagno e si schizzavano, una mamma che li guardava dalla battigia. Non avevano visto nessun prete, né loro né il bagnino che chiudeva le ultime sdraio. Non c'era la tonaca, non c'era il borsone. Non c'era nulla.

Solo la busta di plastica che mi aveva chiesto di tenere per lui, prima di andare. Era chiusa con tre nodi, ci ho messo un po' a scioglierli perché erano stretti e un po' mi tremavano le mani, ma alla fine ce l'ho fatta. E quella che da fuori sembrava carta appallottolata, dentro era carta appallottolata. Ma avvolgeva una cosa al centro più dura. L'orologio rotto. Che gli aveva regalato Don Ermete in Amazzonia.

L'ho preso in mano, lì sulla riva del mare che mi guardava, l'orologio che adesso Don Basagni aveva regalato a me. E di colpo ho saputo, così chiaro, che non l'avrei rivisto mai più.

Ma avevo il suo orologio. Che non funzionava, non scandiva la vita con ingranaggi e meccanismi. Non ti diceva che ora è, quanto tempo è passato, quanto ne manca. Non provava più a misurare i secondi infiniti di quando avvicini la bocca per dare un bacio che bruci dalla voglia di dare, o quelli che ti separano dallo schianto a terra quando sei nel nulla e cadi.

Cadi, e non sai quanto male ti farai. Però se sopravvivi, se domani il sole ti troverà di nuovo in piedi a disegnare un po' di ombra su questo mondo matto, sai che sarai pronto a cadere ancora, ancora e ancora.

Per un tempo che è di secondi e insieme anni, è una vita e tante vite tutte insieme, che per caso si incontrano, si intrecciano, si mescolano in una sola.

Non sai quanto durerà né dove ti porterà.

Sai solo che sarà così, che per mille volte sciagurate e favolose ancora tu cadrai, e io cadrò.

Sognando di volare.

Da qualche parte dopo la fine

San Valentino è un giorno stupido.

Se due si amano la loro festa è sempre, un giorno speciale non gli serve a nulla.

Serve invece a far sentire strano te, che sei solo e magari ci stai pure bene, ma stasera meno. Perché esci dal lavoro e piove e vuoi tornare a casa, ma devi passare per le vie del centro schivando fasci di rose rosse, orsacchiotti giganti e coppie strette sotto un ombrello che vagano a caso fra le vetrine. E tu l'ombrello non ce l'hai, tu adesso prendi il raffreddore e perdi l'autobus, e vorresti che non fosse San Valentino, che fosse un giorno normale di quelli che sai portare in fondo col pilota automatico dell'abitudine.

Poi il suono di un nuovo messaggio, prendi il telefono al volo, e rallenti. Ti fermi. Cominci a piangere.

Perché davvero smette di essere San Valentino, e un giorno normale non lo sarà mai più: oggi è il 14 febbraio 2004, il giorno che è morto Marco Pantani.

A Rimini, in un residence dove le famiglie passano le vacanze estive. Ma è inverno e lui è solo, è morto.

In un posto sperduto e lontano da tutti, come fanno gli animali più fieri quando sentono che è il loro momento. Ma non doveva essere il suo momento, aveva trentaquattro anni, era un campione: era Marco Pantani!

Eppure questo dolore non è una bastonata improvvisa nel buio, è lo schianto che chiude una vertiginosa, lunghissima caduta. Finisce sul pavimento di un residence della costa romagnola, ma è cominciata cinque anni fa, nel giugno del 1999 a Madonna di Campiglio. Quando Marco ha iniziato a morire.

L'anno dopo l'estate clamorosa in cui si era preso il Giro d'Italia, il Tour de France e i nostri cuori tutti. Era di nuovo al Giro e lo stava dominando, con una classe divina e imprese che se ci ripenso non ci credo ancora, e la tappa di quel giorno aveva una salita in fondo che era la rampa perfetta per il suo volo definitivo. I negozi chiudevano, chiudevano gli uffici, i ragazzi uscivano prima da scuola, i pensionati anticipavano la passeggiata, al bar La Gazzella la signora Franca faceva entrare i soliti clienti ma poi ci serravamo dentro per evitare scocciatori.

E Marco nella sua camera si stava preparando a partire, un attimo prima di sapere che invece non partiva: escluso dal Giro, per un valore troppo alto dell'ematocrito nel sangue.

Lì per lì non ha capito. Ha finito di infilarsi calzoncini e maglia rosa, poi è rimasto immobile accanto al muro, la carica per la corsa che si mescolava a una rabbia spersa, a una furia senza mira, a fiotti di ingiustizia, di vergogna e di altre cose amarissime che non riconosceva. Ha provato a sfogarle in un pugno alla finestra, al vetro che come la sorte ti lascia vedere cosa c'è più in là, ma ti blocca prima di arrivarci.

La finestra si è rotta, gli ha aperto la mano, e Marco ha fissato il sangue che colava dal polso sul braccio e giù per terra. Come quel giorno a inizio carriera che era caduto sui monti della Francia, era rimasto a guardare il rosso vivo e bollente mentre il gruppo davanti spariva, poi era tornato in bici e con una spinta soprannaturale aveva ripreso e staccato tutti.

Stavolta però era un rosso diverso. Non luccicava, non gli accendeva nella carne la voglia di ripartire. Era appiccicoso e cupo, una melma che lo disgustava, e invece di farlo volare lo invischiava nel suo fango.

"Sono caduto e mi sono rialzato tante volte, stavolta non so se ce la farò."

Le prime parole che ha detto, e sono una bugia. Perché Marco già lo sapeva che non ce l'avrebbe fatta.

Era riuscito a correre nelle tormente e in mezzo alla neve, ma adesso arrancava sotto una scarica incessante di schiaffi e sputi, da giornali e tv, dalla gente per strada e nei bar, da mille infiniti processi che gli imponevano un nuovo giro d'Italia, però senza bici e coi tribunali al posto dei traguardi.

Avrebbe dovuto fregarsene, e tornare a correre così forte da chiudere quelle bocche malefiche una per una, ma come faceva? Lui che per sentirsi leggero buttava una bandana, buttava un brillantino dal naso, come poteva alzare la testa sotto il peso di tante voci orribili attorcigliate intorno al collo come viscidi serpenti strangolatori.

Le uniche che non sentiva più erano quelle dei suoi nonni, Sotero e Luciano, le loro voci tremule e insieme così forti.

Simili a quelle che io sento ogni giorno, alla casa di riposo Biancofiore.

Ci lavoro da un anno, e anche se non ci credo sto per compierne trenta. Certe volte immagino di confessarlo a Don Basagni, che mi spaventano i trent'anni, e mi tranquillizza la risposta che di sicuro mi darebbe lui: «Oh, Avvocato, ma vaffanculo!».

Anche se da quel giorno a Cesenatico non l'ho visto più. Io e nessuno. È andato a fare il bagno nel mare ed è sparito. Come le comete, come gli uccelli migratori. Ho avuto pure qualche problema con la polizia, perché ero partito con un prete e tornato senza. Mi ha aiutato l'avvocato Ferroni, così adesso i miei sono contenti perché non sono finito in galera, la zia perché se sono libero è merito di Alessandra, e Ferroni è contento perché finalmente si è sdebitato, non deve più venire a trovarci e nemmeno prendersi allo studio un avvocato cialtrone come sarei diventato io.

Che invece cosa sono diventato non lo so. Forse ancora nulla, forse mai: perché dobbiamo diventare per forza qualcosa o qualcuno? Non lo siamo già? Perché dobbiamo tirare dritto per arrivare da qualche parte che nemmeno sappiamo dove sta, e intanto perderci il panorama che ci troviamo intorno a ogni passo del nostro viaggio sgangherato?

E allora domani non lo so, ma oggi eccomi qua, a lavorare in un posto poco diverso dal convento dei preti in cima ai monti. Dove alla fine sono riusciti a costruire l'hotel termale. Don Mauro se n'è andato prima, l'hanno trovato accanto allo scuolabus. Si è spento mentre sistemava la coppa dell'olio, ora tormenta gli angeli a forza di discorsi e lucida i pulmini magnifici che viaggiano in Paradiso.

Ma il più bello resta il suo, che vale tutto l'oro del mondo e però io e la Flora l'abbiamo comprato con ottocentomila lire. Adesso sta davanti a casa sua, tanta paglia per terra e sui sedili, così la Gina ci passa le giornate insieme alle galline e a una felicità che noi non siamo attrezzati per capire.

Come ormai non si capisce una parola di quel che dice il mio babbo. La sua malattia è una ladra senza fretta e senza sosta che piano piano gli sta togliendo tutto, ma lui ha così tanto da dare che quella figlia di puttana ci metterà un sacco a finire il suo lavoro. E anche se non lo capiamo, lui parla con un sorriso e uno sguardo che facciamo di sì lo stesso, e di sì fa lui, e insieme muoviamo le teste al ritmo di una musica incantatrice. Come le canzoni dei Doors, che pure lì tante volte non si capisce cosa sta cantando Jim Morrison, ma va benissimo così.

Capire è un'ossessione nostra, serve solo a distrarci da tutta la bellezza che ci passa accanto, mentre noi a occhi bassi facciamo i nostri conticini su un foglio che il vento sta per strapparci via.

«Quanto sono felice, da quando non capisco più nulla» mi ha detto stamani la signora Christabel. Ho passato un paio d'ore con lei, poi l'ho salutata e mi sono chiuso la porta dietro, ma sono rientrato subito perché mi ero dimenticato la borsa. E lei: «Buongiorno! Che bello, sei venuto a trovarmi, che meraviglia vederti!». Felice davvero, felice tanto. E mi ha detto pure che sono un bell'uomo. Io le ho detto che ha un bellissimo nome, e lei sottovoce ha risposto che il suo nome ha una storia tanto strana e tanto appassionante, e uno di questi giorni me la racconta.

E mi ha sorriso, anche se non capiva chi ero, e io provo a sorridere ora, ma nella pioggia che batte sempre uguale riesco solo a piangere più forte. Allora guardo là davanti, e ricomincio a camminare.

Non è una scelta, mi viene e basta. Andare avanti è un bisogno fisico, come il respiro, come la pipì. Per vivere devi respirare, devi pisciare, devi andare.

E io adesso vado a casa. L'ultimo autobus l'ho perso, ma vado a piedi. Ci vorranno due ore, forse tre, chi se ne frega: al polso ho un orologio vecchio e fermo che segna sempre la solita ora, quella giusta. Cammino e piango nella pioggia, e le coppie abbracciate mi lasciano passare, mi guardano per un secondo e credono che nella sera di San Valentino questo tipo solo e senza ombrello stia piangendo per amore.

E in fondo è proprio così: da oggi questa festa diventa davvero il giorno degli innamorati. Gli innamorati del Pirata, la sua ciurma zuppa e ammaccata, che non sa più dove andare eppure va. Come le auto rotte che funzionano lo stesso, gli orologi rotti che segnano il tempo più vero, le gambe rotte che corrono come nessuno. Tutti dietro al Pirata e insieme ai nostri sogni, agli uccelli migratori, alle galline senza piume e agli scuolabus senza scuola, ai preti nell'Amazzonia, ai cavalieri nella tempesta, e pure a Babbo Natale. Naufraghi stupendi alla deriva, che piangono e ridono, piangono e ridono, aggrappati stretti a questa folle, smisurata, impossibile meraviglia.

Il titolo di questo romanzo viene dal poeta Alfonso Gatto, che seguiva e raccontava il Giro d'Italia. Quando si sparse la notizia che non sapeva andare in bicicletta si offrì di fargli da maestro addirittura Fausto Coppi. Un mattino reggendolo per la sella e dandogli consigli e incoraggiamenti, poi con una spinta dolce lo lanciò a pedalare da solo. Quel favoloso bimbo di quarant'anni ci provò, e nei pochi attimi prima dell'inevitabile, rovinoso epilogo, riuscì a trovare una libertà esaltante, e queste magnifiche parole: "Cadrò, cadrò sempre fino all'ultimo giorno della mia vita, ma sognando di volare".

Indice

7	1	La fine dei confini
13	2	Cartoline dal mondo
18	3	Bimbo antico, dove vai?
27	4	Educatore
35	5	Il trucco dei frutti
44	6	Il rosso del sangue
50	7	Numeri a caso
57	8	*Riders on the Storm*
67	9	I sogni finiscono nelle foreste del Giappone
79	10	Nel Duemila
86	11	Il mostro del pollaio
94	12	Quel che deve succedere succede
98	13	Quaderno rosso
106	14	Posate di plastica contro lo stinco
113	15	La voce del bosco
121	16	Il pezzo mancante
132	17	Il figlio della cava
142	18	I diamanti non valgono nulla
155	19	Povero Babbo Natale
163	20	Bolle nella birra
169	21	Lasciatemi sperdere

179	22	Confessioni e confidenze
192	23	La voce dei morti
198	24	Il test della domenica sera
210	25	Un mugnaio nello spazio
214	26	La mappa falsa dell'Amazzonia
223	27	Gli animali sono immortali
233	28	Il passato non passa
242	29	La guerra dei poveri
248	30	Babbo Natale esiste
259	31	La tempesta dell'impossibile
270	32	Anni buttati
282	33	Cadrò, sognando di volare
291		*Da qualche parte dopo la fine*

Mondadori Libri S.p.A.

Questo volume è stato stampato
presso ELCOGRAF S.p.A.
Stabilimento - Cles (TN)

Stampato in Italia - Printed in Italy